不埋没一本好书，不错过一个爱书人

七楼书店

川端康成经典辑丛

舞姬·再婚者

Kawabata Yasunari

川端康成 著

高慧勤 魏大海 主编

赵德远 林少华 译

金城出版社
GOLD WALL PRESS
·北京·

图书在版编目（CIP）数据

舞姬；再婚者/（日）川端康成著；赵德远，林少华译. —北京：金城出版社有限公司，2023.3
（川端康成经典辑丛/高慧勤，魏大海主编）
ISBN 978-7-5155-2383-5

Ⅰ.①舞… Ⅱ.①川… ②赵… ③林… Ⅲ.①中篇小说－日本－现代 ②短篇小说－日本－现代 Ⅳ.①I313.45

中国版本图书馆CIP数据核字(2022)第203621号

川端康成经典辑丛：舞姬·再婚者

作 者	〔日〕川端康成
主 编	高慧勤　魏大海
译 者	赵德远　林少华
责任编辑	杨　超
责任校对	彭洪清
责任印制	李仕杰
文字编辑	叶双溢
开 本	880毫米×1230毫米　1/32
印 张	8.75
字 数	203千字
版 次	2023年3月第1版
印 次	2023年3月第1次印刷
印 刷	天津丰富彩艺印刷有限公司
书 号	ISBN 978-7-5155-2383-5
定 价	48.00元

出版发行	金城出版社有限公司　北京市朝阳区利泽东二路3号　邮政编码：100102
发 行 部	(010) 84254364
编 辑 部	(010) 64214534
总 编 室	(010) 64228516
网　　址	http://www.jccb.com.cn
电子邮箱	jinchengchuban@163.com
法律顾问	北京市安理律师事务所　（电话）18911105819

目录

舞姬__001

皇宫护城河__003

站在母亲一边的女儿和站在父亲一边的儿子__025

睡醒和觉醒__053

冬季里的湖__084

爱情的力量__106

山脉的另一侧__137

佛界与魔界__166

深远的过去__191

再婚者__213

舞姫

まいひめ

赵德远 译

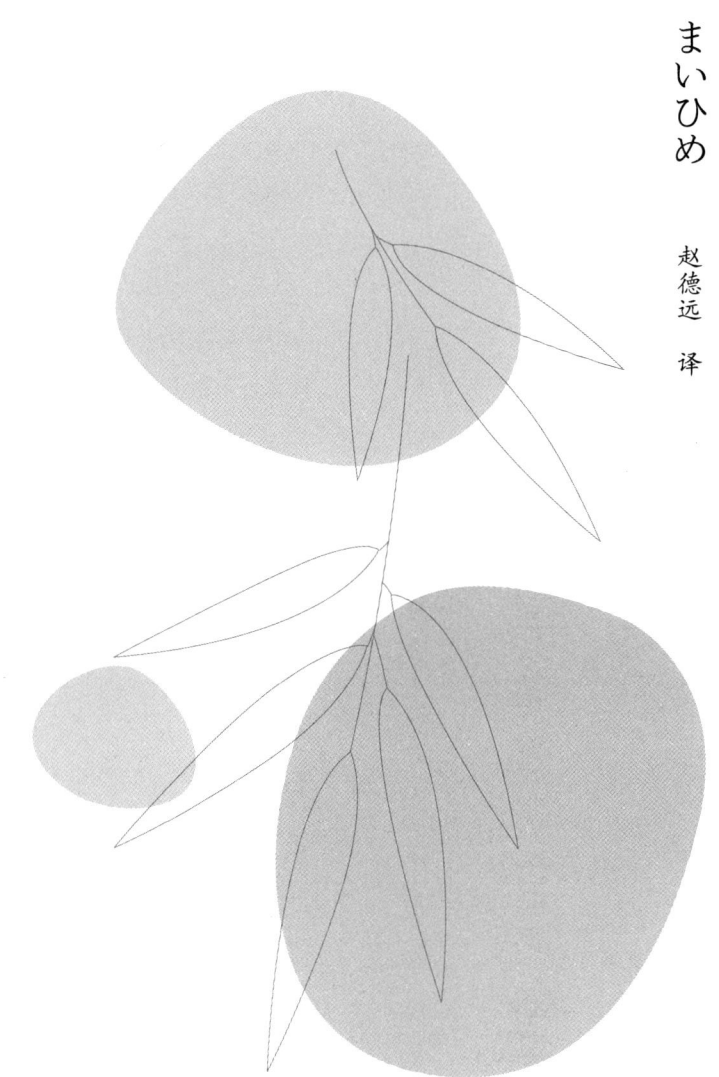

皇宫护城河

东京的日落在下午四时半左右,其时在十一月中旬。

出租汽车发出难听的声音停了下来,随即后面喷出一股烟。

车子尾部载着装木炭的草包和装劈柴的袋子,还挂着一个七扭八歪的旧铁水桶。

后面的车子鸣起笛来,波子扭头看了一眼,口中说道:

"我怕,我害怕。"

说着便耸肩缩背朝竹原靠了过去。

随后又把双手举到胸口,像是要把脸遮起来似的。

竹原发现波子的手指在颤抖,不禁有些吃惊。

"害怕?……你害怕什么?"

"被人看见,会被人看见的呀!"

"啊……"

竹原望着波子,心想原来是这样。

车子现在正停在由日比谷公园后身驶入皇宫前广场的十字路口的正中央。这里是一条车水马龙的大路,且正值傍晚下班的高峰期。因此,二人乘坐的车子后面已停了两三辆车,两边来来往往的汽车川流不息。

堵在后面的汽车一倒车,车上的灯光便明晃晃地射进二人的车子里来。波子胸前的钻石跟着一闪一闪地放出光芒。

波子在黑色西服套裙的左上方别了一枚胸针。饰针呈细长串葡萄状，茎蔓是白金，叶片是暗绿色宝石，还有几粒用钻石制成的葡萄。

她还戴着与项链相配的珍珠耳环。

不过，耳朵上的珍珠遮在头发里若隐若现。脖子上的珍珠也因白衬衫上装饰着花边而不那么显眼。花边给人的感觉是白的，但也许略带点珍珠色。

那道装饰花边一直镶到胸口下方，柔软而高雅，从气度上自然使主人显得年轻了许多。

镶着同样花边的领子并没有高高耸起，只是从耳朵下方的部位才开始做出皱褶，那些褶纹愈往前愈呈圆形，宛如细长的脖颈下有微波在轻轻地荡漾。

在微弱的光线下，波子胸前的宝石也一闪一闪的，仿佛在向竹原诉说着什么似的。

"'会被人看见'，在这种地方会被谁看见呢？"

"万一被矢木……还有，万一被高男……高男从小就向着他父亲，平时总监视我呢！"

"你丈夫不是在京都吗？"

"说不准。而且，不知什么时候就回来了。"波子摇了摇头，"都怪你让坐这种车呀。您以前就爱干这种事嘛！"

然而，车子带着难听的声音又开始向前动了。

"啊，动了。"波子嘟囔了一句。

对于停在十字路口正中央屁股冒烟的汽车，交通警察也早就看到了，但并没走过来追究。由此可见，停车的时间可能还是很短暂的。

波子将左手捂到脸上,好像担惊受怕还留在脸上似的。

"还怪我不该让你坐这种车子哩!……"竹原说道,"那都是因为你一出公会堂就慌慌张张的,急急拨开人群,简直像在逃跑嘛!"

"是么?我自己可没注意,也许是那样吧。"波子把头垂了下去,"今天临出门时,我还突然想到要戴上两枚戒指哩。"

"戒指?"

"是啊。因为这是丈夫的财产,万一让我丈夫碰见了,见宝石还在,知道他外出期间没弄丢,矢木他会高兴的……"

波子说到这里时,车子又发出烦人的声音停住了。

这次司机下车走开了。

竹原望着波子手上的戒指说:

"戴上钻石,原来是为防备矢木看到啊?"

"是,倒不那么明确……只是突然想到。"

"真令人吃惊。"

可是,波子却仿佛没听到竹原这句话似的,自管说道:

"这车真够烦人的。出毛病了呀。太可怕了。"

"烟冒得好厉害呢!"竹原也瞅着后车窗说,"好像打开炉盖在扇火。"

"这辆车真该死!我们能不能下去走走?"

"还是下去吧。"

竹原打开很难打开的车门。

出租车此刻是在通往皇宫前广场的护城河上。

竹原走到司机跟前,又回头看了看波子。

"二位急着回去吗？"

"不，没关系的。"

司机把一根长长的旧铁棍探进炉膛里，正在喀哧喀哧地搅和着。可能是要把火弄旺点。

波子仿佛怕被人看见似的，一直低头望着下面护城河里的河水。但当竹原靠近时，她便马上说道：

"我估计今晚只有品子一个人在家。每次我回家晚了，那孩子总是要问：怎么了？妈妈去哪儿了？有时眼里还含着泪花。但她只是因放心不下才说说而已，不像高男，总是在监视我。"

"是吗？不过，刚才您提到钻石那件事，我可是吃了一惊哩。钻石本来就是你的，而且，几十年如一日，府上的日子完全是靠你的力量维持过来的吧！"

"是啊，尽管力量有限……"

"这种事真令人无法置信。"竹原望着波子无能为力的样子，"你丈夫的心情，我实在是不可理解。"

"这是矢木家的家风啊。早已经成了传统，从结婚那天起，一直都是如此。您不是早就知道得很清楚吗？"波子继续说道，"也许从结婚前就是那样子的。从我婆婆那一代开始……因为我公公去世早，是婆婆靠她那妇道人家的一双手供矢木上学的。"

"这根本是两码事嘛！更何况，战前全是靠你的陪嫁钱才过上宽裕日子的，跟那时比，恐怕是两码事吧！矢木也应该再清楚不过的。"

"矢木很清楚。不过，人总是各有各的悲伤压在心头嘛！这已成了矢木的口头禅。人就是这样，悲伤太深，在其他事情上也就容易出现熟视无睹、束手无策的情况。在这方面，我觉得自己也不例外，跟他是彼此彼此吧。"

"净说傻话！尽管我不知道矢木先生悲伤什么，可……"

"矢木说，由于日本战败，自己心中的美梦破灭了。他认为自己是旧日本的亡灵……"

"哼。就是说，要以这种亡灵的迷惑人心的话语来掩盖住波子您为养家糊口所付出的辛劳，并做出一副视而不见的样子……对吧？"

"哪里是视而不见呀！东西在不断减少，矢木对此极为不安。所以，对我的做法，他时刻都在监视着呢！对每一笔小账都要唠叨半天呢！我在想，当家里一无所有时，矢木怕是要自杀的吧？我真害怕呀。"

竹原心里也不禁有点发毛。

"就因为这个，出门时才要戴上两枚戒指？……恐怕矢木根本就不是亡灵，倒有可能是你叫什么亡灵附体了。不过，总是站在父亲一边的高男少爷对父亲的卑劣态度是怎么看的呢？他已经不是小孩子了吧。"

"嗯。好像很苦恼。在这点上他是同情我的。看到我一直在工作，他就说自己也要停学去上班。可是，那孩子从小就把爸爸看成是学者，始终是绝对尊敬的。所以，万一动摇了对爸爸的信任，不知后果会怎样呢，真令人担心呢。不过，在这里讲这些事，恐怕已经……"

"是啊。反正我会心平气和地听下去的。但是，你方才那么怕矢木的样子，我可真不忍心再看啦！"

"对不起，已经没事了。我身上常常有恐惧症发作，就像癫痫或者歇斯底里似的……"

"是吗？"竹原似信非信地应了一句。

"真的。刚才那两次停车，我真受不了啦！现在已经没什么事了。"说完，波子抬起头来，"那晚霞真美呀！"

项链上的珍珠也仿佛在与空中那美丽的色彩交相辉映。

上午是晴空万里，下午则有淡淡的云层遮住阳光，一连几天都是这个样子。

云层确实很薄，适值落日时分，西边天空中的云彩已与傍晚的霭雾融为一体。然而，看来似乎是云层的缘故，霭雾中的晚霞微微透出一种奇妙的色彩。

天空布满晚霞，犹如迷蒙的烟雾垂向地平线，把白日里的温暖一下子都轻柔地拥进自己的怀抱，只是其中已开始有秋夜的凉气在袭人了。略带暗红色的晚霞就恰恰给人这样一种感觉。

略呈暗红颜色的天空中，既有浓得黑红黑红的地方，也有稍淡一些显得鲜红鲜红的地方，而且还有少许发淡紫色和淡蓝色的地方。还有其他各种颜色，看来均已融入日暮时分的霭雾之中，仿佛一动不动地悬在天际。但实际上却并非如此，那些斑斓的色彩正快速向远处移去，很快就要消失了。

而且，皇宫森林树梢的上方，仍露出一道蓝天的细缝，宛若一条浮在那里的飘带。

在那条细长的蓝天里，没有一丝晚霞的色彩。这道蓝天的缝隙，在黑乎乎的森林和火一般堆积在空中的晚霞之间，构成了一道泾渭分明的界限，看上去很遥远，静谧清澈，仿佛很悲伤的样子。

"这晚霞真好看呢。"竹原也说了一句，但只不过是重复波子的话而已。

竹原只是在心里认同一下晚霞就是这个样子，因为他脑子里始终在挂记着波子。

波子仍在望着天空。

"从现在起，一直到冬天，差不多天天都会有晚霞的。这些晚霞仿佛会令人回忆起童年时代，对吧？"

"嗯……"

"我还曾被申斥过，说冬天这么冷，还在外面看晚霞，会冻感冒的。啊……我曾经想过，自己总爱死瞪瞪地望着晚霞，这也可能是受了矢木影响的结果吧？不过，我从小就是这样的。"说到这里，波子回头望着竹原，"而且，还有更有意思的呢！刚才，不论是在进日比谷公会堂之前，还是在公园的出口处，那两个地方都有四五棵银杏树吧？尽管都是并排长着的几乎相同的树种，可黄的程度却因树而异，有的叶子落得多，有的落得少，对吧？难道树木也是这个样子，各有各的命运么？……"

竹原始终沉默不语。

"当时我正在因考虑银杏树的命运而发呆呢，谁知车子却嘎嗒嘎嗒地停下了！真吓了一大跳，因此才害怕的。"波子两眼望着汽车，"看样子根本修不好了。一个劲地站在边上傻等，会让人看见的，我们还是到对面去吧。"

竹原谢过司机，一面付钱，一面扭头看去，波子已经横穿马路往对面走了过去。从背影看，她真是显得既亮丽又年轻。

正前方护城河尽头的对面，在麦克阿瑟司令部的楼顶上，记得直到刚才还挂着美国国旗和联合国旗帜，然而现在却不见了。大概刚好是降旗时间吧。

司令部上方东部半边天里，没有一丝晚霞，只有零零星星的薄云飘散在高空中。

竹原很了解波子，知道她爱感情冲动。看到波子爽快利落的背影，估摸正像波子自己所说的，"恐怖发作症"可能已经消失了。

竹原也穿过马路赶到对面，冲着波子轻声说道：

"从车水马龙之中横穿过来，你的步伐很轻盈嘛。不愧是舞蹈家，动作不凡呢。"

"是吗？您在取笑我吧？"接着，波子稍显犹豫地说，"我也来取笑您一句，怎么样？……"

"取笑我？"

波子点了点头，然后就把头垂了下去。

司令部雪白的墙壁从正面映进护城河里，河水也映出了窗口里透出的灯光。然而，大楼的白色倒影却不断淡化。就在这短暂的时间里，水面上似乎只留下了点点明亮的灯影。

"竹原先生，您很幸福吧？"

竹原扭过脸来，没有吭声，倒是波子脸上泛起了红晕。

"现在，您已经再也不跟我讲这句话了吧？过去可不知问过我多少遍呢。"

"对，是二十年前了。"

"您已经二十年不问这句话了，所以，现在该轮到我来问您了。"

"用这话来嘲笑我？……"竹原笑了，"现在不问也是明摆着的嘛。"

"难道您过去不清楚么？"

"啊，那也不过近似明知故问罢了。对于幸福的人，还要问：'您幸福吗？'大概是不会有这种事的吧。"

竹原边说边朝皇宫方向迈步走去。

"我一直认为你的婚姻是错误的，所以，不论是结婚之前，还是结婚之后，我才总是要问那句话的嘛。"

波子点了点头。

"不过，那是什么时候了？是那位西班牙女舞蹈家来日本那次吧，大约是你结婚后的第五年吧？在日比谷公会堂曾偶然见到过你一次。波子的座位是二楼前边的招待席，当时在一起的有和你一起跳芭蕾舞的，还有你丈夫。我的座位在后边，好像有意躲起来似的。谁知，你一发现我，马上就毫无顾忌地来到后边高处，在我旁边坐了下来。我说：'你还是回到自己座位上去吧！这样对你丈夫和朋友都不好。'可你却说：'就让我在旁边坐着吧！我会乖乖地一声不吭的。'说完，你就在我旁边的座位上一动不动地坐了两个小时，直到演出结束，对吧？"

"是有这么回事。"

"我可是大吃一惊啊！矢木很有点不放心，不时抬起头来往这边瞧瞧，可你就是不回到下面的座位上去。当时，我真是大惑不解呀。"

波子仿佛有意落后一步似的，突然停下不走了。

皇宫正面广场入口处，有一块标语牌映入了竹原的眼帘：

"这座公园是大家的。要共同保持公园的整洁……"

"这儿也是公园吗？也叫公园了吗？"读过厚生省国立公园部的告示牌，竹原说道。

波子将目光投向广场的远处。

"在战争期间,我家的高男和品子都还很小,一个上中学,一个在上小学,都从学校到这里来干过活,搞过运土或拔草。听说是到皇宫跟前去,矢木还让孩子们用冷水净身呢。"

"那个时候的矢木会是这样的。同样一座皇宫,现在好像已经不叫'宫城',而叫作'皇居'了。"

皇宫上方晚霞的红色已基本褪去,出现的是大片大片的灰色,反而在相反方向的东边天空中留下了白昼的光亮。

不过,还有一丝蓝色的天空没有消失,恰如为皇宫森林镶了一道细边。

森林里有几棵高出一头的松树,穿过那道蓝天细缝,在尚未褪尽的晚霞里映出松枝的黑影。

波子边走边说道:

"太阳落得好快呀。离开日比谷公园时,议事堂的塔尖还是一片粉红色呢。"

波子所说的国会议事堂已被笼罩在傍晚的霭雾之中,顶上已经亮起了一闪一灭的红灯。

右侧空军司令部和总司令部的屋顶上也一闪一灭地亮起了同样的红灯。

总司令部窗口的灯光,透过护城河堤岸上的松树也一闪一闪地依稀可见;在那些松树下面,还能影影绰绰地看到几对正在幽会的人影。

波子仿佛有些犹豫,停下了脚步。冷冷清清的情侣幽会的剪影也映入了竹原的眼帘。

"太冷清了,绕到对面那条路上去吧!"波子说了一句。于是二人便原路返了回去。

就是说，由于看到有情侣幽会的人影，二人已同时意识到了：自己此刻也正以幽会的形式漫步在这里。

尽管由于竹原送波子去东京火车站途中出了故障，他们才下来步行的，但到日比谷公会堂听音乐会却是波子打电话约他来的，所以，从一开始二人就纯属幽会。

然而，二人都已年过四十了。

谈论过去也就等于是在谈论爱情。商量波子的切身问题，听起来也是一种爱的倾诉。岁月就这样在二人之间流逝了。这岁月既是二人的纽带，也是二人之间的屏障。

"您方才说'大惑不解'，对什么大惑不解？"波子把话题拉回去问道。

"唔，当时嘛……我还年轻，对你当时的心情实在无法做出判断。因为你竟敢把矢木丢在一边，始终坐在我的身旁，这行动真可谓胆大包天了。你怎么会做出这种果敢行为呢？仔细一想，你以前就是这样，有时会感情激动得令人吃惊。我想大概这次就是吧！肯定是这么回事，不过……"

"刚才你自己说是'发作'，假定那次和方才都是感情发作的话，那么，这两次可是有天壤之别呢。因为，那一次你根本就没把坐在一边的丈夫放在眼里。同样是你这一个人，今天却那样害怕此刻应该待在京都的丈夫……"竹原说，"当时，若是悄悄把你领出公会堂，两个人一块儿逃跑就好了吧？我那会儿还没结婚。"

"可是，我已经有孩子了。"

"不过，话还得说回来，也许当时我也犯了错误，叫你的幸福之类给迷住了心窍。在那个时代，像我这样的年轻人早就给灌输了一个信条，以为女人一旦结了婚，她的幸福就只能在其婚姻中去寻找……"

"现在也还是如此呀。"

"也是，也不是。"竹原先是轻轻地，继而又加重了语气说道，"然而，那一次你之所以敢于离开矢木来到我身边，恐怕也正是因为你的婚姻是幸福而又美满的缘故吧？因为你完全相信矢木，心里毫无后顾之忧，所以你才这样任凭感情支配的，难道不是这样吗？我当时也是这样认为的。只是见到我才突然动了怀念之情罢了。到我身边来，你对矢木并不感到内疚。尽管如此，你还是很反常，坐在那里从头至尾一动都没动。你一句话都没说。我当时就意识到，绝不能看你的脸，所以连头都没扭一下。当时我真困惑极啦！"

波子始终默默地听着。

"矢木的外表也令我迷惑不解。因为事情是明摆着的，他是一位温文尔雅的美男子，望着他本人，谁也不会想象他太太会有什么不幸。纵使有什么不幸，也只会认为是他太太的过错。眼下恐怕也是这样吧？因为我记得有一件事，是前年，还是大前年吧，当时我正租着府上的厢房，有一次好像说是没有钱交电费了，我便把工资袋递给你。结果你却扑扑簌簌地落下眼泪，说工资袋还没启封。你还说，自打结婚以来就没见过丈夫的工资……我不禁吃了一惊，当时首先想到的就是，全怪你以前的做法不好。矢木看上去那么冠冕堂皇。更何况，在早先那个年代，只要你们二位走在路上，人人都会回过头去瞧一眼的。尽管我心里知道你结婚伊始就不对头，但还是要问：'你幸福吗？'这好像是在怀疑自己的眼睛了。我心里也明白,你不作答也是理所当然的。"

"可您不是也没有作答吗?"

"我?"

"嗯。方才我可是问过您啦!"

"我们嘛,马马虎虎。"

"还有马马虎虎的婚姻么?您在撒谎吧。好像每一对婚姻都是非同寻常的呢。"

"但是,我可不像矢木,不是那种非同寻常的人,所以……"竹原仿佛转移话题似的说道。

"不对。看看我那些在校时的同窗学友,他们也差不多都是这样。但这并不等于说,一个人非同寻常,他的婚姻也就非同寻常。普普通通的两个人凑到一块儿,他们的结合也会是非同寻常的呢!"

"高见。"

"开口就来了句'高见'。什么时候成了您的口头禅了?……简直就像上年岁的老人在敷衍人似的,您不觉得讨厌么?"波子轻挑眉梢,仿佛在仔细观察竹原的表情,"每次都是我把家里的事讲给您听。"

波子主动使竹原获得了解脱。

尽管波子也急不可待地想步步进逼,但却始终无法将话题引到竹原家庭上去。

"那辆车还停在那儿冒烟呢。"波子笑了起来。

日比谷公园上空已经升起了月亮。今天可能是初三或初四吧,弓形的弯月垂直地悬在云隙里。

二人来到护城河上，望着映在水里的灯光，停下了脚步。

司令部窗口的灯光是从正对面射过来的，水面上摇曳着长长的灯影。右岸是成排的柳树，左手有一座不太高的石崖，石崖上面长着松树，那些松树也都在灯影的一侧投下了昏暗的倒影。

"今年的中秋明月大概是在九月二十五日或二十六日前后吧？"波子说，"报纸上已经登出了这一带的照片。画面上有着司令部上方的圆月，也有这护城河里倒映的灯火。只是那一排排窗户的倒影在照片上照出来的是一道道亮光，上面有一团明显的光柱，似乎那就是明月的影子了。"

"报纸上的照片你看得那么细吗？"

"嗯。尽管跟彩色明信片上的照片差不多，但留给我的印象却很深。上面还拍了近似城墙模样的石崖和青松，照相机很可能就是在眼前那片柳树里取的景哩！"

竹原感到有股秋夜的凉气向身上袭来，便像催促波子似的向前迈动了脚步，同时低声嘟囔道：

"你对子女也讲这些话？会使孩子变脆弱的。"

"脆弱？……难道我就只有这脆弱的一面吗？"

"品子小姐一上舞台也很坚强，但今后若像她母亲就麻烦啦！"

走过护城河，二人朝左拐去。从日比谷那边走过来几个巡警。二人眼里只能看到他们皮带上的金属扣环在闪闪发光。

波子让开路，在贴近竹原的一瞬间差点就要抓住他的手了。

"所以，我很想求您帮助品子，保护品子。"

"比起品子小姐来，你更……"

"我不是很多方面都靠您帮忙了么？首先，在日本桥那里已经拥有一座排练场，就完全靠的是竹原先生的帮助。更何况，现在您对品子给以保护，实际上就等于是在保护我了。"

波子仍在躲开那队巡警，沿着岸边的柳树往前走去。

这些垂柳的细叶几乎还都原样挂在树上。

但排在电车道两侧的法国梧桐却不一样了，靠这边的那排，有的叶子才发黄，而对面的一排，同样是法国梧桐，叶子却已经全部脱落，只剩下光秃秃的枝干了。大概是因为被公园里的树木遮住了阳光的缘故吧！仔细望去，这面那排树里也是参差不齐，有的叶子已基本落光，有的依旧是绿满枝头。

竹原想起波子说过的那句话："难道树木也各有各的命运么？……"

"如果没有战争，品子现在很可能正在英国或法国的芭蕾舞学校跳舞呢！说不定我也能跟着去了。"波子说，"那孩子把大好的学习时光浪费掉了。再也无法挽回了。"

"品子小姐还年轻，以后也还有机会……不过，波子你也一直在考虑这种解脱方法嘛。"

"解脱？……"

"从婚姻中解脱……离开矢木，躲到国外去……"

"啊，这个吗？……我满脑子想的都是品子，心里觉着就是为女儿才活在这世上的……现在也是如此……"

"躲到孩子里面去，这正是做母亲惯用的解脱方法嘛。"

"是吗？可我觉得自己在这方面更厉害。好像有点精神病的样子啦！因为我有一个愿望始终丢不掉，那就是让品子成为芭蕾舞演员……品子就是我呀！我们自己就经常搞糊涂了，说不清究竟是我在为品子做出牺牲，还是品子让我给牺牲掉了。反正都是一码事。

只要一想到这些,就好似看到了我们自己的能力有限,根本就不顶用啊。"波子说着,漫不经心地往下面瞧去,"哎呀,有一条鲤鱼。是一条白色鲤鱼呢!"

波子一面高声嚷叫,一面探身紧紧盯着下面的护城河。她用手拨开了垂到眼前和肩上的柳枝。

来到日比谷交叉路口,护城河也拐了个弯。

在拐角处的河水里,有一条白色鲤鱼正一动不动地停在那里。既不浮出水面,也不沉入水底,刚好在河水的半中腰处。由于拐弯的缘故,淤泥较多,只有这里能看清并不很深的河底。落下的树叶也都沉了下去。但有一些法国梧桐的叶子却跟那条鲤鱼一样,也是一动不动地漂在半中腰的水里。波子拨开的柳枝上的叶子飘飘忽忽地落到了水面上。河水呈淡黄色,略有些混浊。

借着司令部窗口的光亮,竹原也俯身朝鲤鱼仔细望了一眼,但马上又往后退了两步,两眼盯着波子的背影。

波子身上的黑色西装套裙越往下摆处收得越窄,从腰部到小腿部的曲线都十分鲜明地凸现出来。

从年轻时竹原就在波子的舞姿中见到过这种令他怦然心动的线条。这种女人所特有的线条,现在也还是那么美。

可是,具有如此优美身段的波子却只顾低头望着护城河里的鲤鱼。竹原从背后瞧着波子的这副样子,心里真有点忍不住了,这算什么呀!于是他便厉声叫道:

"波子!那东西要看到什么时候呀?不要再看了吧!你不宜看那种东西。"

"为什么?"波子转过身来,从柳树下重新回到人行道上。

"这么小的一条鲤鱼,没有人会去看的。可它却让你给盯上了,所以……"

"可是,尽管谁也没发现,谁也不知道,但这条鲤鱼还是存在在这里嘛。"

"你就是这种人。专爱发现什么孤单寂寞的一条鱼……"

"也许是这样吧。不过,您瞧,在这么大的一条护城河里,偏偏在过往行人很多的转弯处的一个小角落里,有那么一条一动不动的鲤鱼,对此您不觉得怪有趣的么?过往的人谁也不会发现,过后不管您跟谁提起这条鲤鱼,保准谁都不会相信的。"

"那是因为发现它的人都有点不正常嘛……这条鱼说不定就是想让你看到才来的。正所谓形影相吊,同病相怜嘛。"

"是的。您看,在这条鲤鱼正对面的护城河里,正中央就立着一块牌子,上面写着:'请爱护鱼类'。"

"噢,那太好了。上面没写'请爱护波子'吧?"

竹原说完便笑了起来,又做出寻找告示牌的样子朝护城河里望去。波子也笑了,说:

"就在那儿嘛!您连告示牌也看不到么?"

二人身旁来了一辆美国造的军用大型客车,里面坐满了男男女女的美国人。

紧挨人行道一侧也停放着一长列美国的新型汽车,正一辆接一辆地往前开出去。

"在这种地方还要看什么可怜的鱼儿,你可真成问题哟!"竹原又开口了,"你这种性格,早该丢掉喽。"

"是啊。哪怕就是为品子呢。"

"即便为你自己,也应该……"

波子沉默了一会儿，然后很冷静地说道：

"我已经决定把家里的厢房卖掉了，当然这也不仅仅是为了品子。就是原来曾租给您的那栋单独的房子，所以想事先跟您打个招呼……"

"是吗？还是由我买下来吧。这样做也许会更合适些，因为万一，我是说万一呀，说不定以后你还想把正房也卖掉呢！"

"怎么？竹原先生是突然冒出这种判断的么？"

"啊，太失礼了。"竹原道歉似的说道，"一不留神竟有失礼貌地抢先……"

"不，没关系。反正正如您所讲的，早晚有一天正房也得卖掉的。"

"真到了那个时候，正房的买主肯定要关心厢房里住的是什么人哩！虽说距正房有一段距离，但在宅院里说话还是能听得到的，所以，到那时也许正房就不好卖了。如果由我把独门独户的厢房买下来的话，到正房需要出卖的时候，也可以连它一起转让出去的……"

"这……"

"不过话又说回来了，如果只需要卖厢房的话，还不如先把新宿区四谷见附那片烧剩下的地方卖掉呢。那里恐怕只剩下残垣断壁，早已野草丛生了吧？"

"嗯。可是，那片地方我还想给品子建一座舞蹈研究所呢！将来……"

竹原本想说"这种希望看来很渺茫"的，但讲出口的却是：

"也不一定非在那里不可嘛！到要建的时候完全可以另找一块

更好的地方嘛。"

"您讲的也有道理，但那块地皮毕竟寄托着我和品子在舞蹈方面的梦想呀。我年轻的时候，还在品子很小的时候，从那时起，我们就把跳舞的心血都凝聚在那块地方啦。在那块地方我经常能见到各种舞蹈的梦幻场面。我真舍不得把那块地皮交给别人。"

"噢……若是这样的话，就不要单把厢房卖出去，索性趁这个机会干脆把北镰仓的房子和宅院全套统统卖掉，然后再在四谷见附兴建一座配有研究所的宅邸。你看怎么样？这是完全有可能的。就我来讲，如果工作照现在这样干下去的话，也多少会给你一些帮助的。"

"我丈夫死也不会答应的。"

"可是，这事应该由你下决心嘛。在这件事上若不能做出正确决断，建研究所就更难实现了。我认为现在正是时候，机不可失呀！靠一点点变卖家当过日子，最后会一无所有，一事无成的。听说现在有很多人正为没有排练场而苦恼，所以，如果你能兴办一所相当规模的研究所的话，岂不是既可以供其他舞蹈家使用，又可以使品子小姐有了用武之地了吗？"

"这事很难通过呀。"波子有气无力地说，"即使跟矢木去谈，他也只是照例哼上一声便做出一副深思熟虑的样子，仅此而已。以前我还以为他真是一个喜欢深思熟虑的人，谁知竟是故意摆出一本正经的样子，嘴里'嗯，噢'地应付，实际上是趁这个工夫在心里打小算盘呢！"

"竟会……"

"我心里很清楚的。"

竹原扭头望着波子。波子迎着竹原的目光，说：

"不过，我觉得您真是了不起呢。无论我跟您商量什么，您都能当即做出判断，从没有含糊其词的时候。"

"是这样的吗？这很可能出于两个原因，一个是我对你没有耍小心眼，要么就是我变成了凡夫俗子。"

波子的目光始终盯着竹原的表情。

"可是，您把我家厢房买下来打算做什么用呢？……"

"做什么用吗？这倒还没考虑。"竹原接下来半开玩笑地说道，"当初我就好像是被矢木从那座厢房给体面地撵出来似的，所以，如果我当真买下来的话，说不定就要趁住在那里的机会向矢木好好报复一下啦！但话又说回来了，说不定矢木还不肯卖给我呢。"

"这就要看矢木的了，也许他经过盘算会出乎意料地卖给您哩。"

"矢木不是从不动这个脑筋吗？动脑筋盘算一直都是波子你的任务吧。"

"是啊。"

"可是，正如你所讲的，也许矢木会认为我也可以的。他是一位从不把嫉妒流露在脸上的绅士嘛……倘若说不卖给我，人家会以为他吃醋，而这恐怕正是矢木所忌讳的。但是，你们二位之间究竟是否存在嫉妒这个问题，彼此又都不能在外表上有任何流露，这在外人眼里看来真有点怕人哩。甚至会被认为是暴风雨来临之前的宁静……"

波子虽然没有吭声，但内心深处却涌动着一股冷漠之火。

"我说要买府上的厢房并不是因为有长远的打算，只是觉得能不时地在那幢房子里露露面,能成为矢木的一颗眼中钉,这样也怪有趣的嘛。我是想把矢木那副正人君子的外表剥下来看看……不过,看来第一个尝到苦果的很可能就是波子你自己,而矢木的嫉妒却远在其次了。就我来讲,处在这种背景下,又要重新出现在你们二位的身边,我内心也很可能会不平静哩。"

"不管您身在何处,我咀嚼的苦果都是一样的呀。"

"为我咀嚼苦果?……"

"这也是其中之一。也还有其他苦楚呀。就拿刚才跟您谈过的卖房子建舞蹈研究所这件事来说吧,这对女儿是有益的,可高男会怎么样呢?高男这孩子模仿性很强,现在正亦步亦趋地跟着父亲学。如果这对高男自身有好处,也是无可厚非的。只是我净为品子的芭蕾舞事业操劳,高男就往往因为姐姐而被忽视,所以……"

"是啊。是要注意呢!"

"而且,还有更为严重的事,就是经纪人沼田一直纠缠不休,在我们家四口人中间搞挑拨离间的诡计。甚至在我和品子之间也……他大概是想让我们家分崩离析,把我耍弄一番,然后再欺骗利用品子。"

眼前这一带岸边的柳树之间又立了一块告示牌,上面写的也是:

"请爱护鱼类。"

在司令部的正对面,也许由于窗口透出来的灯光又强又亮的缘故,无论是河对岸的松树还是这一侧一排排的柳树,映进河水里的倒影只有在这里才能稍微看得清楚一些。

窗口的亮光一直影影绰绰地照到对岸那座石崖角上。在那座石崖上边,可以看到正在幽会的男人吸烟的火亮。

"我好害怕。刚才过去的那辆车上,矢木会不会坐在里面?……"说完,波子又突然缩起了肩膀。

站在母亲一边的女儿和站在父亲一边的儿子

矢木元男带着儿子高男走出上野的博物馆。

在石头大门的正中央处,父亲停住了脚步。方才观赏古代美术作品有些疲倦的眼里,蓦地映进一大片公园的树林,所以像是很自然地驻足而立。满脑子仍是那些古代美术作品,一见到大自然景象感到很新鲜。

父亲坦然轻松地凝视着公园那边。高男则在一旁目不转睛地望着父亲的这副姿态。

这对父子长得极为相像,只是儿子比父亲略低一些,显得有些清瘦。

望着二十多天不见的父亲,儿子觉得父亲确实很帅。

二人方才是在雕刻陈列馆里偶然碰上的。

当时矢木从二楼下来进入雕刻馆还没走几步,就发现高男正站在被称为南都七大寺之一的奈良兴福寺的沙羯罗像前。

还没等矢木走到跟前,高男已回头发现了父亲,脸上显得有些不自然。

"您回来了。"

"啊,刚到。"矢木点了点头,"可是,你这是怎么了?没想到会在这儿碰上呢。"

"我是来接您的。"

"接我？……这地方你猜得很准嘛。"

"您来信说，跟博物馆的人一块儿乘晚上的火车回来，所以我估计您很可能不会马上回家，而是要先顺路到博物馆来看看。今天一上午我都在家里等您……"

"是吗？多谢了。信是什么时候到的？"

"今天早上……"

"时间刚好来得及吧？"

"不过，姐姐又是去排练场的日子，信到时已经跟妈妈先走了，所以她们俩都不知道爸爸今天回来。"

"噢。"

父子二人都望着沙羯罗像，仿佛在有意避开对方的目光。

"尽管我估计爸爸会来博物馆，但也在捉摸不知在什么地方才能找到呢。"高男说，"于是，我就决定在沙羯罗和须菩提这些像前等您。这主意不错吧？"

"唔，好主意。"

"爸爸只要来博物馆，临出去之前不是每次都要到兴福寺这两尊佛像前站上一会儿吗？"

"对。脑袋一下子就清醒了。胸中的郁闷和烦恼都清清爽爽地消除了。而且，就好像一切疲劳和淤结都消失了似的，感到有一种说不出来的温暖呢！"

"在我看来，沙羯罗那张娃娃脸上眉头是皱着的，给人的感觉是不是有点像姐姐和妈妈呢？尽管这样比方很不合适。"

父亲摇了摇头。

矢木摇头的样子好似在说这种比喻甚为荒唐，但随即又把表情缓和了下来。

"是啊。总之，高男感到母亲和品子什么地方有点像天平时代[1]的神佛，这本身倒是一件了不起的大事。倘若告诉她们俩的话，她们也多少会变得温顺些的。然而，沙羯罗可不是女的。女人是不会有这副长相的。沙羯罗还是个未成年的小男孩嘛！他是东方的少年圣人。顶天立地，威风凛凛。完全可以想象，天平时代的都城——奈良是会有这样一位少年的。须菩提也是如此。"

"对。"高男点点头，"我等爸爸已经等了好长时间，一直站在沙羯罗和须菩提像前。时间一长，这两尊佛像看上去都显得有点悲伤，不过……"

"唔。两尊都是干漆佛像，这种干漆雕刻素材大概是佛像手艺人在制作过程中最易做抒情处理的。天真的少年佛像身上也表现了日本的哀愁。"

"姐姐也是这样。她那双眼皮总爱眨动，时不时就皱紧眉头，眼神里带着一种忧伤，跟这尊佛像特相似呢。"

"噢。可是，紧锁眉头乃是制作佛像的一个规矩哩。跟这位沙羯罗经常在一起的属于天龙八部众之一的阿修罗神像，还有跟须菩提同属于释迦佛祖十大弟子的佛像里，有好几尊也都照样是眉头紧锁的。而且，这位沙羯罗给制成可怜兮兮的童子形象，其实他本来是条龙，是八大龙王之一，具有护持佛法、威力无边的法力，是水中之王。这尊佛像也蕴含了那种法力。盘绕在肩上的那条蛇不是正扬起头冲着少年佛像的头部吗？不过，制作得毕竟太像普通人了，

---

[1] 天平时代（710—794），日本文化史上的一个历史分期，这一时期的佛教美术极其发达。——译注（全书注释均为译者注）

让人心里很容易感到亲近，所以才会产生跟哪个人很相像的感觉嘛！而实际情况却是，看上去是如此接近现实生活，本质上乃是一种理想的永恒象征。在看似天真烂漫、充满稚气的背后，蕴藏着坦荡纯洁的博大胸怀，且于令人难忘的静谧之中饱含着深邃的动力。跟咱们家的两位女士相比，遗憾得很，在足智多谋、深思远虑方面简直是不可同日而语的呀。"

父子二人从沙羯罗像前移步朝须菩提雕像走去。

须菩提的立像显得更为自然、平和。

沙羯罗身高五尺一寸五分，须菩提立像为四尺八寸五分。

须菩提身披袈裟，右手拉着左边的袖口，脚蹬一双以木板做底、前宽后窄的极为结实的草鞋，谦恭而又略显寂寞的静静地站立在一座岩石上。清纯沉稳的光头和童子般的脸庞具有一种平易近人的永不消逝的魅力，而这光头和童子脸在凡人当中似乎是数也数不清的。

矢木默默地从须菩提像前走开了。

接着，父子二人就来到了大门口。

大门是朝外凸出去的，巨大的石柱仿佛成了坚固无比的画框，画面则是博物馆前庭和上野公园。

置身在这石头大门的正中央，伫立在花岗岩地板上，高男觉得作为一名日本人，父亲既不显得稀罕也不显得寒酸。

"在京都还算走运，刚好有考古学会和美术史学会先后连着召开，两个会议都参加上了。"父亲这样说道，然后从容不迫地边拢头发边戴上了帽子。

矢木说是在京都参加了考古学会和美术史学会两个会议，实际上也不过是观摩一下学会主办的个人作品展而已。

矢木既不是专业考古学者，也不是专业美术史学家。

矢木也曾把考古学方面的参考作品当作古代美术品来观赏，但他是大学国文学专业毕业，大约可以算作日本文学史家吧。

战争期间，矢木曾写过一本有关日本南北朝时代文学方面的书，取名为《吉野朝的文学》，当时曾作为学位论文提交给正在举办讲座的某私立大学。

这是一部考察文学与史实的著作，内容写的是南朝人战败之后，尽管流离失所漂泊在吉野郡的山区一带，但仍能坚持并传播王朝的传统，且充满了憧憬之情。当写到南朝几位天皇研究《源氏物语》这一史实时，矢木不禁潸然泪下。

矢木曾踏访过因辅佐后村上天皇而成为南朝重臣兼学者的北畠亲房的遗迹，还沿着写下《梨花集》的后醍醐天皇的皇子宗良亲王的流浪之路，徒步到古信浓国境界（现长野县）。

在矢木看来，公元六世纪至七世纪前半叶圣德太子的飞鸟时代和足利义政的东山时代等自不必去说，就是圣武天皇在位前后的天平时代和藤原道长所处的平安时代也绝不属于和平时代。这些在日本美术史上有名的时代，都在人类争斗的长河里绽开过美的浪花。

矢木是在读过原胜郎博士的《日本中世史》后受到启发，才逐步看清藤原时代的黑暗的。

而且，矢木现今正在撰写研究"美女佛"的文章，其中有很多地方是来源于矢代幸雄博士所著《日本美术的特质》一书中的美学观点。矢木甚至很想把"美女佛"命名为"东洋女神"，但这委实有些与矢代博士的观点太相近。就矢木来说，在"神""佛"这两种说法里，他想用的也刚好是后者。

由于日本打了败仗，矢木也吃过很大的苦头，倘若按日本通常意义上的"神"来理解，他便会很自然地产生某种负疚感。至于《吉野朝的文学》那本书，时至今日也早已成了宛如哀叹日本战败结局的论著。毋庸讳言，在那本书里，矢木是把皇室作为日本传统美中的神来看待的。

矢木所讲的"美女佛"，主要是指观世音菩萨。不过，除了观世音之外，不论是弥勒佛、药师佛，还是普贤菩萨、吉祥天女，凡是那些看上去像女人且又好看的佛，统统不管三七二十一地都给算进去，并试图从这些佛的雕像和画像中探求日本人的心灵和传统美。

矢木既不是佛教学者，也不是美术史家，因此在这些方面都很浅薄，但《美女佛》却很可能成为别具一格的日本文学论著。作为一本文学论著，矢木认为自己还是可以写得出来的。

倘若以国文学者来衡量的话，矢木也许就不那么博学多识了。

作为一介出身寒微的书生，跟波子结婚那会儿，矢木连女中学生都喜欢的奈良县境内中宫寺的观音像都没大听说过，更不用说过供有弥勒像的京都广隆寺了。他没见过江户时代中期著名俳人和画家与谢芜村的画，只学过与谢芜村的俳句。尽管他是大学国文学专业毕业，但在有关日本的知识教养方面，还不如当时的女高中生波子。

"名古屋的德川家在展出《源氏物语》画卷，您该去参观一下呢。"有一次，波子曾这样说道，然后便唤来已上了年纪的乳母，让她给拿出了路费。波子的乳母当时是她家的管家。

一股羞辱、懊恼的情绪铭心刻骨般地埋在矢木的心底。

博物馆里有一个展室，正在展出江户中期由中国传入的、以当时的名画家池大雅和与谢芜村为代表的同宗画派——南画（文人画）的著名绘画作品。

当初矢木曾研究过其俳句而尚不知其画的与谢芜村的南画，自然也陈列在展品里。

"二楼的南画看过了？"矢木冲高男说道。

"只是匆匆一带而过。因为不知道父亲什么时候到佛像那里，心里总惦记着，所以其他地方就没有细看……"

"是吗，太可惜啦！今天恐怕没时间了，因为马上还要赴一个约会。"父亲从衣袋里掏出表看了看。

那是一块伦敦史密斯公司出品的古色古香的银表，事前只要将旁边突出来的表把轻轻一按，便在矢木口袋里打出了三点钟的报时音响。接下来又响过两次，每次响两声。每响两声便表示过了十五分钟。由此可知，现在大约已是下午三点半左右了。这种表的结构是以声音自动报时的。

"若是送给像作曲家宫城道雄那样的盲人可就方便多了。"矢木常把这句话挂在嘴边，因为这是一种走夜路或夜晚在枕边能自动报时的表。

矢木还有一块怀表，也能自动报时。高男曾听父亲讲过：有一次，在庆祝某人著作出版的会上，正当某人作长篇席间致词的节骨眼上，矢木口袋里的报时怀表滴铃滴铃地尖声叫了起来，实在是有趣极了。

方才就是这样，听到父亲上衣口袋里那块表发出类似小八音盒般细嫩嫩的声响，高男对能碰上父亲立时变得高兴起来。

"我以为从这里就直接回家呢。爸爸还要顺路到什么地方去吗？"

"唔。因为夜里在火车上睡了个好觉。不过,高男一块儿来也没关系的。是跟一个教科书出版商的约会,我写了点关于平安朝文学与佛教美术之间彼此交流方面的东西,他想把这篇文字放到国语课本里去。就是这么一回事。反正已经商定省去那些过于专业的地方,只消搞成一篇通俗易懂的漂亮文字就成,然后还要把插图定下来。"

矢木走下大门的石头台阶,随即凝神朝一棵正在落叶的百合树望去。

百合树离石头大门不远,孤零零地立在那里;叶子呈深黄色,大小跟属于山毛榉科的槲斗树叶差不多。就是这么一棵正在落叶的大百合树,犹如一位年迈的国王伫立在偌大的一座院子里,把四周都镇得静悄悄的。

"即使把我文章中最有价值的部分删掉了,也还是对藤原时代的美术会有所感受的。我认为,这会对学生们阅读藤原文学有好处。"矢木接着说道,"芜村的画怎么样?高男你也是通过国语课本学习芜村俳句的,并没有见过他的画嘛。"

"对。可我觉得还是华山更好啊。"

"是渡边华山吗?是啊。不管怎么说,南画方面的大天才还是要属池大雅。而至于华山嘛,现今的年轻人恐怕就……在那个年代华山就能接受并引进西洋文化,这种强烈的好奇心和开创性的努力嘛……"

随后,刚走出博物馆大门,矢木又说道:

"对了,我还要见见沼田呢!就是给品子当经纪人的那位……"

父子二人乘中央线电车到了四谷见附。

二人正要穿过马路往圣伊格纳其奥教堂方向走去,因为有车通过,便只好等车先过去,就在这个间隙里,高男好像很激动似的抖动眉头说道:

"我对那个经纪人讨厌到极点。下次他若再对妈妈和姐姐搞什么名堂,我就跟他决斗……"

"决斗就太过分喽。"矢木脸上露出平静的微笑。

但父亲还是看了儿子一眼,心里在琢磨这究竟是如今青年人的口头语呢,还是高男性格的一种流露呢?

"真的呀!像他那号人,我们要是不针锋相对,以命相拼,他是不会有所收敛的。"

"既然对方是不值一提的人,你这样做不就更不值得了吗?还是要珍惜自己的生命呀!沼田肥头大耳的,肉很厚,凭高男你那小瘦胳膊,就是挥舞着小刀跟他比画,也一刀扎不透他的。"说完,父亲朝儿子笑了笑。

高男做了个用手枪瞄准的手势。

"这个准行。"

"高男,难道你手里有手枪这玩意儿吗?"

"眼下是没有。不过,这玩意儿找朋友随时都能借来。"儿子满不在乎地答道,父亲不禁暗暗吃了一惊。

一向喜欢模仿父亲、看上去斯斯文文的高男,难道内心深处也潜藏着母亲性格的火种,偶尔也会病态般地爆发吗?

"爸爸,穿过去吧!"高男语气坚决地说道。于是,父子俩急赶几步从一辆由新宿方向开过来的出租车前插了过去。

一群身穿制服的女学生三人一伙两人一对地微垂着头朝圣伊格纳其奥教堂走了进去。她们都是马路对面双叶学校的学生,也许是放学路上顺便来祈祷的。

父子俩沿皇宫外护城河土堤背面朝前走去。矢木一直用眼望着教堂的墙壁。

"新教堂的墙壁也映上了古松的影子呢。"矢木平静地说道,"去年,在日本首创基督教的扎比埃尔的传人曾来过这所教堂嘛。四百年前,就是弗朗西斯科·扎比埃尔要到京城去,也得从栽在街道两边的日本松的树荫下经过吧。当时的京都正处在战国时代战乱的热点上,足利义辉将军也自顾不暇,正在四处逃窜。扎比埃尔尽了一切努力想拜谒天皇,到头来自然还是没有被允许。在京城只待了十一天就回到平户岛上去了。"

映有松树影子的墙壁,被西下的阳光染上了一层淡淡的桃红色。

紧旁边上智大学的红砖墙壁上也洒满了阳光。

二人一走进前边的幸田屋旅馆,立即被引进最里面的一个房间。

"怎么样,够安静的吧?这栋房子在改成旅馆以前,原本是一个钢铁暴发户的宅邸,这个房间当时是茶室。对了,那位获诺贝尔奖的物理学家汤川秀树博士也在这个房间里住过。不论是乘飞机从美国抵达时,还是坐飞机去美国离开东京之前……游泳运动员古桥等人在去美国之前和回国之后也都在这里集中住过一段时间。"

"这不是妈妈常来的那家吗?"高男说。

一九四九年获诺贝尔物理学奖的汤川博士和古桥运动员乃是战败后日本的光荣和希望,现在被领进的就是这两位在日本广受欢迎的名人去美国时往返都住过的房间,所以矢木以为年轻学生一定会欢呼雀跃的,谁知高男却好像无动于衷。

矢木又进一步补充道：

"就在往这儿来的那面，曾有一间大屋子的。当时就把两间打通，当了汤川博士的会客室。各色人等蜂拥而来，都尽量不让他们进这间卧室。但那些报社的摄影记者却不知从什么地方偷偷钻进院子里来了，专等拍他不常见的镜头，所以，弄得汤川先生根本就没有好好喘口气的机会。为了不让摄影记者进来，听说专门由这里的两名女佣站在庭院两边值班，连夜里也不例外，女佣让蚊子给叮得好苦。因为当时正是夏天哩。"

矢木把目光投向庭院。

庭院里栽满了竹子，其中有专门供观赏用的称为大名竹、布袋竹、寒竹、方竹等品种，角落里则能看到一座近似日本最常见的祭祀五谷神的明神牌坊。

父子二人所进的这个房间就叫"竹间"，天棚也是用熏成黑褐色的竹子吊成的。

"汤川博士到这里时，旅馆的女主人刚好病了，但她躺在床上还在操心，吩咐说：博士去美国好久才回到日本，要焚上好香。牵牛花也开了，若是院子里树上的蝉也能叫起来就更好了。"

"啊……"

"若是蝉也能叫起来就更好了，这句话蛮有意思嘛。"

"嗯。"

然而，同样的话，高男从母亲那里早就听说过了。父亲似乎只是从母亲那里批发过来的，因此儿子脸上很难表现出兴趣。

高男把房间打量了一圈儿，口里说：

"这屋子好漂亮啊。妈妈大概现在也常来吧。够奢侈的啦！"

父亲背朝壁龛立柱缓缓地盘腿坐下。这种用吉野产的著名圆杉木做成的柱子，上面加工有凸起的花纹。他对儿子点了点头表示同意，但口里却说道：

"蝉好像叫起来了哩。当时汤川博士还作了一首和歌，歌中诵道：'此来东京宿，蝉鸣声先闻；依依怀旧事，庭院林木深。'汤川先生向来就有对和歌的嗜好。"

矢木仍继续前面的话题，把高男的话叉了回去。

接下来将该付的晚饭钱也记到了波子的账上。最近一段时间里，在这类事情上高男也开始流露出责怪父亲的神色。

矢木轻声说道：

"你母亲同这里的老板娘交情很深，说起来，彼此还算是朋友呢。这对你姐姐登上舞台大概也很有帮助。"

教科书出版社的总编辑来了。

在看自己的文章之前，矢木首先让对方看了有关藤原佛教美术的照片。

"这些照片都是我让人拍下来的，完全反映了我的看法。"

矢木将选出来的照片一张张摆放到桌子上。这些照片包括：和歌山县高野山金刚峰寺的圣众来迎图、京都净琉璃寺的吉祥天女、博物馆的普贤菩萨、京都金光明四天王教王护国寺的水天神、岩手县天台宗寺院中尊寺的人肌观音、大阪府河内长野市观心寺的如意轮观音等。矢木刚要做说明，却转而冒了一句：

"对了对了，让我们还是先来上一杯淡茶吧！还真染上京都习惯了……"

矢木将河内观心寺秘藏佛像如意轮观音的照片拿在手里，既不是冲着总编辑，也不是冲着高男，口里说道：

"说起佛嘛……平安朝中期的女性文学家清少纳言也早在近千年前的《枕草子》里写过了。其中写道：'如意轮托腮而坐，令世人心烦意乱。鲜为世知，羞于怜悯……'她出色地捕捉到了感觉，这些，我的文章里也引用上了，只是……"

这次矢木明确冲着高男说道：

"至于刚才在博物馆见到的沙羯罗和须菩提塑像嘛，这些奈良时代的佛像如实地反映了人世间的那种清静纯洁。从藤原时代对人世间的写实来看，就未免显得有些过于艳丽了。那都是些现代形象，身上还带有现代人肌肤的温馨。不过，倒还保持着神秘。尽管还算是女性美的最高象征，但若崇拜这样的佛像，马上就会令人想到大乘佛教中的密教仿佛也是崇拜女性呢。虽说奈良药师寺的吉祥天女图和京都净琉璃寺的这幅吉祥天女像很有些相似，但比较一下就会明显感觉到，奈良时代和藤原时代还是有差别的啊！"

接着，矢木又把可折叠式的皮包拉到身边，从里面取出净琉璃寺吉祥天女和观心寺如意轮观音的彩色照片，向总编辑推荐说：

"这两张照片色彩鲜艳清晰，可以用彩色印刷放到国语教科书的卷首插页上。"

"是啊。与先生的精彩文字相得益彰，肯定会不错的。"

"哪里。我那不成熟的仿古文还没敲定是否采用呢，所以……不管是否采用我的文章，我都希望在国语教科书的首页上能有一幅佛像插图哩。西洋教科书里都有一幅圣母玛利亚的插图，我们即使做不到这一点，也应该……"

"先生的大作我们当然是想采用的，这一点毫无疑问，因此我才不揣冒昧来拜访先生。不过，这些佛像实在是太有名了，现今的学生们一般都会在什么地方见过照片的吧？"总编辑略犹豫了一下，然后说道,"正文里插在先生那页的照片可以按先生的意思去办,只是……"

"我的文章倒无所谓,最理想的还是在首页插图里有一张佛像啊。不展示日本的传统美,还谈什么国语呀。"

"从这个意义来说,先生的论文请务必……"

"拙作还称不上论文,不过……"

矢木又从皮包里取出杂志的剪报,递给总编辑。

"在夜里回来的火车上又修改了一下。删掉了啰唆的地方,至于是否符合教科书的要求,请你过后再看一下。"说完,矢木啜了一口淡茶。

尽管女佣报知沼田已经来了,矢木却仍自顾将茶碗翻过来看个不停,头也不抬地哼了声:

"请。"

沼田身穿藏青色双排扣西服,打扮得整整齐齐的。但他大腹便便,看来连鞠躬致意都很困难。

"呀,先生,您回来啦!令千金又可喜可贺了。"

"啊,谢谢。波子和品子总是承蒙你多方关照。"

沼田所说的"可喜可贺",用的完全是在后台对登台演员讲话的腔调。

沼田的"可喜可贺",究竟指的是品子哪次登台呢?在京都的这段时间里,女儿究竟在什么地方跳了什么舞,矢木根本无从得知,因此只好静静地转动放在自己面前的茶碗,目不转睛地瞧着。

"这只茶碗也是蛮漂亮的美人嘛。在即将到来的寒冷日子里,这有名的'志野瓷'茶碗可是个好东西哩!暖融融的,恰似一位美女。"

"那是波子夫人呢！先生。"沼田故意板住面孔不露一丝笑容，"不过，先生这次在京都一定又有收获，又发掘出什么珍品了吧？"

"不，我不喜欢什么发掘品，没有兴趣。对古董也不感兴趣。"

"确实不错，是那些珍品在主动找先生……对，是那些珍品在破烂堆里闪闪发光，在静候先生垂青呀！"

"哪里，哪会有这种事。"

"是啊，是不多见。像品子小姐这样的珍品并不是十年二十年就能发掘到一个的。先生，有一件事还要得到您的允许，那就是最近我常常把令千金称之为真正珍品。珍品眼看就要光芒四射了。妇女杂志的新年专辑很快就要出版，届时请先生好好看一下。首页插图成功地推出了令千金的各色玉照。将会成为一九五一年众目所瞩的新星哩！更何况芭蕾舞会愈来愈时髦……"

"谢谢。但是，若过分当成商品来对待可就……"

"这不必先生操心，因为有她母亲跟着。"沼田以不容商量的语气说，"芳名品子，叫珍品刚好容易上口。真想请您早点看到新年专辑的照片呀！"

"噢？……说到首页插图，刚才我们就正在议论这件事呢。"

于是，矢木便将沼田介绍给了教科书出版社的北见。

女佣进来请他们进餐前先洗个澡。

沼田和北见都以怕感冒为由拒绝了。

"那么我就失礼了。晚上坐火车太脏，我去冲一下就来。高男，你不洗吗？"

高男随父亲进了浴室。

看到有台秤，父亲便说：

"高男，你有几十公斤？是不是有点瘦了？"

高男光着身子站到台秤上。

"四十八点七五公斤，刚好……"

"不怎么样啊。"

"爸爸您呢？……"

"瞧我的……"矢木与高男交换了位置，"五十七点三七五公斤。这些年老是这个样子，总在五十七公斤到这个数目之间哩。"

接下来，父子俩白净的躯体便在台秤前差点挨在了一起，儿子突然有些不好意思似的走开了，脸上仿佛露出感伤的神色。

这是在日本被称为"长州风吕"的那种用铸铁制成的放在木板上的浴缸，二人进去后，肌肤就碰上了。

高男首先离开浴缸，在冲洗处边洗脚边说：

"爸爸，对这位长期缠着母亲的沼田，这次您还容许他缠住姐姐吗？"

爸爸将头枕在浴缸沿上，闭着双眼。

爸爸没有作答，因此儿子便抬头望去。高男注意到，爸爸的头发又黑又长，但头顶上已开始变稀。从额头正上方往后似乎也有些秃了。

"爸爸为什么要见沼田这号人呢？从京都刚回来就……"

高男本想说"还没回家就见这号人"。他还想告诉爸爸：沼田平时分明是不把您放在眼里的。

"本来，我这次来接爸爸，能在博物馆碰到一起，心里真高兴。可是爸爸却把沼田叫来了，叫人好扫兴。"

"唔。"

"从很小的时候我就觉得妈妈好像要给沼田抢走似的,心里恨死了。因为梦里也是常常被沼田追着逃命,或者是眼看就要被他杀死,吓得我从噩梦里喊出声来,所以记得很清楚……"

"嗯。"

"姐姐跟妈妈一块儿跳芭蕾,所以都上了沼田的圈套。只是……"

"情况并不像你说的那样。是你的看法太偏激了。"

"不对。爸爸不也知道得很清楚吗?沼田为了讨好妈妈才不惜在姐姐身上下功夫的……恐怕正是沼田一手促使姐姐爱慕上香山先生的吧?"

"香山?……"矢木在热水里转过身来,"香山君现在在干什么,你知道么?"

"不知道。可能是不在芭蕾舞台露面的缘故吧,名字都见不到了。怕不是一直窝在伊豆吧?"

"是吗?这位香山君的情况我正想向沼田问一下呢。"

"若想了解香山先生的情况,您问姐姐不是更好吗?妈妈也……"

"唔……"

高男又进了浴缸。

"爸爸,您不洗了?"

"啊,懒得动了。"矢木把身子靠向一边,给高男腾出地方,"今天学校那边怎么样?"

"只上两节课就出来了。可是,就这样我也算是在上大学,倒是挺好的嘛。"

"因为现在是新学制,说是上大学,其实也就相当于原来大学预科的高等学校的课程嘛。"

"让我卖卖力气吧!"

"是么?……算了,别在澡盆里卖力了吧!"矢木笑了,从浴缸出来后边擦身子边说,"高男你这个人呢,有时对人太苛求啦!就拿沼田来说,对他的要求就要有所区别,有的应该,有的就不应该。"

"是这样吗?对妈妈和姐姐也是如此吗?……"

"你说什么?……"

矢木把高男说话的兴致压了下去。

父子二人重新回到被称作竹间的房间,沼田马上仰起头望着矢木说:

"这就是被先生叫作'美人'的那只茶碗,我一直在陪着它了。其实,先生,那座教堂叫圣伊格纳其奥教堂吧?方才来的路上我曾顺便往里面瞧了一眼。可是,从天主教会出来便喝上了淡茶,这该怎么说呢?……"

"噢?不过,天主教与茶老早就有缘嘛!比如,历史上不是管织部灯笼也叫吉利支丹[1]灯笼么。"说着,矢木盘腿坐下,"根据安土桃山时代著名茶人古田织部的爱好,在灯笼下面的石柱上,雕有怀抱基督的圣母玛利亚模样的图像。听说还有据传为高山右近所做的茶勺,高山右近是日本战国时代至江户初期以信奉天主教而闻名的诸侯。茶勺上还刻有'花十'铭文,要读成花十字架。"

---

[1] 葡萄牙文Christão,16世纪传到日本的天主教。

"花十字架？真有意思呀。"

"高山右近这些人喜欢坐在茶室里向天主教的上帝祈祷。茶道的清静和谐使右近成为品格高尚的人，也引导他爱上帝，发现上帝的美。在日本的外国传教士也写过这类意思的话哩。耶稣教传入日本时，在称为'大名'的诸侯和属于大阪府的堺市的商人中间正盛行品茶，所以那些外国传教士有时也被请去。逢到这种场合，在茶坐席上的所有人就一齐跪下，向上帝献上一通表示感谢的祈祷。在他们送往本国的传教报告里就有关于茶道状况的详细描写，甚至连茶具的价格都有记载……"

"原来如此……怪不得近来天主教和茶道又盛行起来了，先生所居住的北镰仓原来就是关东的茶道之都啊！这事波子夫人就曾提起过。"

"对。听说去年跟扎比埃尔的传人一起来日本的那位叫什么名字的大主教等，也曾在京都应邀参加过茶会，看到日本茶道的礼仪程序跟西方弥撒的礼仪规矩有许多相似之处，着实令他大吃一惊哩！"

"哦……专门跳日本舞的吾妻德穗先生也成了天主教信徒，下次将演出《踏绘》舞，怎么样，先生也去看看吧？"

"噢。在长崎？……"

"可能是在长崎。"

"'踏绘'这个词本是讲江户时代让人用脚去踏刻有圣母或耶稣像的板子，让人去踏的目的是验明其是否为天主教徒，而《踏绘》舞表现的大概就是古代殉教的内容。可现在的问题是，一颗原子弹就把长崎市浦上那座有名的天主教堂给毫不客气地炸得无影无踪了，假定整个长崎死亡人数为八万，那么据说天主教信徒可能就有三万人……"

说到这里，矢木将目光停在了教科书出版社的北见身上。

北见始终一声未吭。

"听说附近那座圣伊格纳其奥教堂不知以什么名目号称为东方第一哩！然而，我还是更喜欢长崎大浦地区的那座天主教堂。那是座最古老的教堂，属于国宝……彩绘玻璃也很好看。尽管离浦上很远，躲过了原子弹的破坏，但我上次去的时候，毁坏的屋顶还都是当年的老样子。"

由于开始上饭菜了，矢木便把放在桌子一边的佛像照片收到了皮包里。

"不过，先生可能还是偏爱佛菩萨一边的啊。早先您让波子夫人跳的《佛之手》舞，那节目可太好了。那套舞蹈把佛像各种手势所表达的含义都编进去了。"沼田似乎正在仔细观察矢木的表情，"先生，我很想请您答应让波子夫人重新活跃在舞台上呢……"

"我刚想起《佛之手》舞，那是一个很好的例子。不过，品子小姐毕竟还年轻，恐怕只有到了波子夫人的年龄才能真正表现出那个舞蹈的深刻的宗教含义吧！"

沼田在继续自己的话题，但矢木却冷冷地嘟囔道：

"西洋舞蹈跟日本舞不同，那是充满青春活力的。"

"青春？……青春也要看怎么解释哩。至于波子夫人的青春是否已经成为过去，先生对这一点该是最了解的，但……"沼田语气里带着几分嘲讽，"换句话说，葬送和焕发波子夫人青春的，恐怕都在先生一人身上吧！波子夫人的心还很年轻，这一点连我也知道，即便说到身体，就在日本桥排练场所见到情景来看……"

矢木将身子转过去，给北见斟上酒。

沼田也将杯中酒一口倒进肚里。

"总让波子夫人教小孩子跳舞太可惜啦！如果能登台演出，其弟子也会大大增加。对令千金也有好处。母女同是芭蕾舞演员，宣传上一定会引起轰动，有时也会有利于卖座的。我也曾对波子夫人这样说过，并打算拍下母女二人共同起舞的照片，谁知竟让她们给逃掉了。"

"总还算有自知之明嘛。"沼田回了一句，"登台演出的人全都缺少自知之明哟！"

耳边传来了圣伊格纳其奥教堂的钟声。

"其实，今晚难得被先生叫来，我还以为先生要谈波子夫人重返舞台大展身手的事呢。于是我就兴致勃勃地赶来了。"

"唔，是吗？"

"因为，除此之外，我想不到先生还有什么其他特别的事情嘛……"沼田好像有些诧异似的眯起大眼睛，"您就让她跳舞吧，先生。"

"波子主动跟你提过这件事么？"

"是我在积极鼓动。"

"这就麻烦啦！不过，我跟你说，纵使四十多岁的女人跳上了舞，到下次战争为止，时间也是很短的。"

矢木含含糊糊地说了这么一句，便跟北见谈起别的话题来了。

晚饭的菜单是：主菜为甲鱼冻、腌干鱼子和柿子卷，鱼片有鲥鱼和干贝，汤是在事先做好的上等白酱汤里加上栗子面筋和白果，烤的菜是酱腌鲳鱼，煮的菜为蒸鹌鹑，凉拌菜为根芋芽和黑松蘑，还上了一个放在挺大台盘上的装饰得很漂亮的加级鱼什锦火锅。

沼田客客气气地表示要告退了,矢木便看了看表。

"先生还是那块表吗?不很准吧?"

"我手里的表从来就没错过一分钟。"

矢木扭开了放在跟前的收音机。

"以上是《左邻右舍》节目,本月作者为北条诚。"

矢木让沼田看了看自己的表。

"跟七点的报时一分都不差。"

"下面播送新闻。"

刚广播到这里,沼田便关掉收音机说:

"又是朝鲜吧?……先生,斯大林自己就说:'我是亚洲人。'还说:'不要忘记东方哩。'"

四人乘一辆车离开幸田屋旅馆,但北见在四谷见附站前下了车。

车子从赤坂见附驶到国会议事堂前时,矢木对沼田说:

"刚才你提到波子重返舞台,可香山君怎么样了?不能复出了么?"

"香山?让那个废物复出么?"

沼田摇了摇头。因为太肥太胖,他的脑袋只微微动了动。

"说是废物,未免太苛刻了。现在究竟怎么样了?"

"咳,作为舞蹈家来说,恐怕要算废物了……听人说,他在伊豆乡下当旅游大客车司机呢。不过这只是风传而已,我不大清楚。那种逃避红尘的人,我们还是不要主动去沾惹吧!"沼田朝矢木扭过脸去,"令千金大概早已不同他来往了吧!"

"是吧……"

"不过，这可没人敢保证呀！"高男尖刻地插了一句。

沼田故作不理会的样子说道：

"这就不好办了。高男少爷也该好好劝劝嘛！"

"那是姐姐的自由哇。"

"登台演出的人是没有自由的。特别是对那些正处于关键时刻的年轻人来说……"

"让姐姐那样接近香山先生的，不正是沼田先生您吗？"

沼田无言以对了。

车子沿皇宫护城河朝日比谷驶去。

矢木仿佛突然想起来似的，说：

"噢，对了，在京都旅馆里随便翻摄影杂志时，我发现竹原君公司的图片广告里用了一张品子的照片，那也是你从中斡旋的么？……"

"不。那大概是一张旧照片吧？是竹原先生住在府上厢房时拍的吧？……"

"噢？……"

"竹原先生那里照相机和双筒望远镜很畅销，生意好像蛮不错哩！为了给照相机广告做模特，他总该经过允许才大量起用品子小姐照片的吧！"

"这太过分了。"

"最近这些时候，怕是有意做过分的吧？其实只要波子夫人对竹原先生说一下就……"

"波子早就不跟竹原来往了！……"

"是吗？"

沼田突然把话打住了。

车子在日比谷公园后拐角处向左转弯，从皇宫护城河上驶了过去。

波子和竹原坐的那辆车就是在这里抛锚的，也就是波子对本该在京都的矢木感到害怕的那个地方。只是时间要提前五六天罢了。

沼田在东京火车站告辞走了。

矢木从乘上横须贺线列车就一声未吭，一直保持到品川附近，然后就睡着了。到北镰仓高男才把他叫起来。

位于镰仓市山内地区的圆觉寺正门前的杉树林上方，空中悬着一弯月亮。

父子二人背着月光沿铁路边的小路朝前走去。

"爸爸，您累了吧。"

"啊。"

高男把父亲的提包换到左手上，然后挨近了父亲。

月台很长，月台上栅栏的影子投到小路上，一直随着小路延伸了好长一段距离。走过这段路以后，下面便是从另一侧投到铁路线上的住户篱笆墙的影子了。小路变得更窄了。

"一来到这里，每次都觉得好像回到家里了似的。"

矢木略停了一会儿。

北镰仓的夜晚宛如深山峡谷一般。

"你妈妈怎么样？又说要卖什么东西了吗？"

"啊？我没听说。"

"不知道我今天回来吧？"

"嗯。因为爸爸的信是今天早晨到的，又写着我的名字，所以我揣在口袋里就出来了。若是在幸田屋旅馆早点打个电话就好了。"

高男讲话的声音含含糊糊的，父亲点了点头，说：

"噢，算了吧。"

二人走进小路右侧的隧道。山梁像伸过来的一只胳膊，人们便把它打通成了一条近路。

在隧道里高男说道：

"爸爸，听说有人要在东京大学图书馆前建一座纪念死亡学生的塑像，可学校方面根本就不会同意的。本想一见面就跟爸爸讲这件事的。塑像已经竣工，预计该在十二月八日举行揭幕式，可是……"

"唔。以前好像听说过嘛。"

"说过。还把死亡学生自己写的东西搜集起来，出了两本书，一本叫《向着遥远的山河》，一本叫《听吧，海神的声音》，甚至拍成了电影哩。借用'不许重复海神的声音'的含义，纪念雕像大概也要命名为'海神之声'。里面也包含着'广岛悲剧不许重演'的意思，从而成为和平的象征……"

"唔。那么大学方面是什么意向呢？……"

"看来是要禁止的。据说在纪念日本死亡学生大会上，学校当局就拒绝接受会议赠予的塑像……他们的理由有两条：一条是这座塑像是面向一般学生和社会公众的，并不只限于东大学生；另一条是根据东大历来的传统，只有在学术上和教育方面做出巨大贡献的人才能在校园里为其建纪念像。而这座塑像从酝酿到完成，其含义实在是太深远了。这恐怕就是它通不过的原因吧！一座塑像的象征意义是随形势的变化而变化的，假如有一天又要让学生们上战场了，在大学里面立着一座带有反战意味的死亡学生塑像，那岂不就麻烦了吗！"

"唔？……"

"但是，我认为，死亡学生的墓碑建在他们魂萦梦绕的母校校园里还是应该的。听说牛津大学和哈佛大学里就有……"

"嗯……看来死亡学生的墓碑在高男心目中早已建立起来了。"

隧道出口处从山上不停地往下滴落着水珠，并且传来了欢快的舞曲声。

"正热闹着呢。每天晚上都练么？"

"嗯。我先去通知一声。"高男拔腿就往高处的练舞场跑去，"我们回来了……爸爸回来啦！"

"你爸爸？……"

波子刚想往排练服外再披上一件大衣，顿时脸色煞白，险些倒在地上。

"妈妈，妈妈！"品子抱住波子，"妈妈，您怎么了？妈妈。"

品子半搀半抱着母亲往墙边椅子走去。波子闭着双眼，将头无力地靠在坐在旁边椅子上的女儿的胸口上。

品子用大衣将母亲身体裹紧，随即用左手贴到母亲额头上。

"冰凉啊。"

品子身穿黑色紧身衣裤，脚上是芭蕾舞鞋。排练服也是黑色的，腿以下部分全露在外面，短短的下摆呈喇叭口状向外翘着。

波子穿的则是一身白色紧身衣裤。

"高男，把留声机关上……"品子说，"都是高男给吓的。"

高男也俯身仔细望着母亲的脸，口里说：

"我根本就没吓唬呀！没问题吧？……"

高男一瞧见品子，立即就从姐姐紧锁的双眉想到了兴福寺那尊沙羯罗的眉头。到底还是像的。

品子的头发拢得很紧，上面系着一根绸带。姐姐和妈妈都没施一点脂粉。因为排练是要出汗的。

品子急得脸蛋发红，由于害怕又变得煞白，闪着沉静的光泽。

波子睁开眼睛。

"没事了。谢谢。"

波子想直起上身，品子抱住没让动：

"再静静地待一会儿……要不要喝口葡萄酒？"

"不要。给我杯水吧。"

"好。高男，给杯水！"

波子用掌心擦了擦额头和眼睑，同时坐正了身子。

"当时是刚回旋转身完毕，正要以迎风展翅定住的时候吧？结果高男冷不防闯了进来，因此才……头有点发晕，是轻度贫血呀。"

"已经没事了吧？……"品子把母亲的手贴到自己胸口上，"连我的心都跳得这么厉害哩。"

"品子，出去接接你爸爸。"

"好。"

品子看了看母亲的脸色，然后便在排练服外麻利地套上女裤，上身则穿了一件毛衣。将绸带解开后，又用手把头发松散开。

矢木在高男跑开之后，仍不紧不慢地走着。

隧道穿过的山头上，长着一片细高的松树林，方才悬在圆觉寺门前杉树林上方的月亮，此刻已升到这片松树林顶上。

同一个高男，前面说要与沼田决斗，后来又起劲地赞成竖死亡学生纪念像，二者究竟是联系在一起的呢，还是彼此孤立的呢？父亲心里甚感不安，因而脚步变得沉重起来。

矢木现今的家，原是波子老家的别墅，所以并没有大门。入口处有一小株茶梅开着美丽的花朵。

芭蕾舞排练场在正房和厢房的中间，是削掉后山岩石建在略高一点的山坡上的，仿佛在居高临下俯视着整座宅院。正房和厢房都灯火通明。

"看上去我们家的电灯都是不花钱的。"矢木自言自语地嘟囔了一句。

睡醒和觉醒

矢木从京都回来第二天的早饭时,只在丈夫面前上了一个红烧龙虾段。因为矢木没有去动,波子便说:

"您不吃虾么?"

"啊……好麻烦。"

"麻烦?……"波子显出诧异的神色,"这是我们昨天晚上吃剩下的,真对不起。不过……"

"唔。剥皮太麻烦。"矢木说完便把目光落到龙虾上。

波子轻轻笑着说道:

"品子,替爸爸把皮剥掉吧!"

"哎。"

品子把自己的筷子掉过头来,扎到虾段上。

"好技术啊。"矢木仔细盯着女儿手上的动作,"把龙虾连皮咯吱咯吱嚼碎,那才痛快哩。不过……"

"由别人把皮剥掉,恐怕就没味道了吧。好,剥下来了。"说完,品子把头抬了起来。

矢木的牙并没有坏到嚼不动龙虾皮的程度。再说,即使不必有失体面地用牙齿咯吱咯吱去嚼,使用筷子也是完全可以解决的,但矢木却说这样也麻烦。对此,波子不禁暗自感到有点不对头。

怕不至于是年龄的缘故吧!

餐桌上还有烤紫菜片和矢木在京都时人家送的冻豆腐和干烧豆腐皮，所以即便不去动红烧龙虾段也是说得过去的，但矢木似乎真的是嫌麻烦。

难道是因为外出一段时间刚刚回到家里，精神有些放松，浑身提不起劲儿来的缘故吗？看上去矢木好像有些魂不守舍的样子。

要么就是昨晚太累了？想到这里，波子不禁脸上有些发烧，便把头低了下去。

然而，这种害羞的心理转瞬即逝。低头的时候心底里早已冷冰冰的了。

波子昨晚睡得很好，今早起床时头脑异常清爽。身体动作好像也兴冲冲的。

不知是否到了"三寒四温"的季节，今天早晨也颇有点近乎小阳春天气，这在最近是不常见的。

因为排练芭蕾在不停地运动，所以波子饭量大增。但今天早晨却不同往常，仿佛连饭菜的味道也不一样了。

波子自己也察觉到了这一点，顿时变得兴味全无了。

"今天难得见你穿上和服了呢。"毫无察觉的矢木开口了，"京都还是穿和服的多哩。"

"很可能的。"

"爸爸，今年秋天连东京也流行起穿和服来啦！"品子说完瞧了瞧母亲的衣服。

波子不禁暗吃一惊，自己并没有想到这一层，难道穿上和服也是为了给丈夫看的吗？但口上仍然说道：

"听前两天来的那位和服店的人说，战争开始时，香云纱和绞缬染花布卖得很快呢。"

"你说的香云纱和绞缬染花布，全都是高档品吧？"

"全绞缬和服，一套值五六万元呢。"

"哦？你若是留到现在再卖就好了。当时太性急啦！"

"旧衣服已经不行了，不值钱了。都不值一提了……"波子仍垂着头说道。

"是吗？那是因为可以随便购买新衣服了嘛！一旦恢复了自由，什么精品呀，高档品呀，和服店就会用这些东西来迎合女人的虚荣心。"

"是的。不过，因为前面这场战争刚开始时，香云纱和绞缬染很流行，这次才又畅销起来的，所以……"

"可事实是，战争爆发恐怕根本就不在于香云纱和绞缬染和服吧。上一次是战争带来的繁荣，而这一次大概是因为长期打仗好久没再穿过的缘故吧？假如把高档和服作为战争前兆的话，它所表现的女人的浅薄实实在在是够有讽刺意味的啦。"

"连男人们的服装打扮也有很大变化哩。"

"是啊。可是，并没有卖什么好帽子的嘛！大多是一些夏威夷衬衫之类的东西。"矢木手里拿着倒有粗茶的茶碗，"还有，我最喜欢的那顶捷克产的帽子，你竟然不好好弄清楚就送到一家马马虎虎的洗衣店去了，结果让水洗得丝绒全完了。"

"那是因为战争才刚刚结束嘛。"

"就是想买，现在也没有喽。"

"妈妈，"品子朝波子叫道，"有一个叫文子的女孩，是我在学校时的同学，您大概还记得吧？她给我来了一封信，说是要借晚礼服，准备在圣诞节晚会上穿。"

"她准备圣诞节够早的呀。"

"这才有趣呢。她说她做梦梦见我了。梦里的品子有许多套西服。还说品子西服衣橱里挂了一长排衬衫,有三十多件,全是淡紫色和淡粉红色的……镶的花边非常漂亮。另一个西服衣橱里挂的全是裙子,而且清一色的雪白,上面还有凸纹呢。"

"裙子竟有三十条?"

"信上写的是,大概有二十条左右。全都簇新簇新的呢!她说,由于做了这么个好梦,因此才想到品子同学很可能会有好几套晚礼服,所以才来借的。说这是梦里告诉她的……"

"可是,梦里并没有出现晚礼服呀。"

"对。全是衬衫和裙子嘛。她看到我总是穿各种衣服在台上跳舞,因此就错以为我自己也有许多套西服了。"

"是么。"

"我已经写了回信,告诉她到了后台,我是一无所有的。"

波子没有开口,只是点了点头。方才还觉得浑身清爽,现在却变得有些头昏脑涨,倦怠无力了。毕竟昨晚迎接了外出归来的丈夫,恐怕还是太累的缘故吧。

波子不禁兴味索然了。

凡是遇到矢木外出旅行时间长一点回到家里的当天晚上,波子也不知道为什么,总是要收拾那些根本没用的东西,迟迟不肯睡觉。

"波子,波子。"矢木在叫她,"你总是没完没了地洗什么嘛!都快一点了。"

"好。我先把您外出的脏东西洗出来。"

"明天再洗不行吗?"

"我不愿把皮包里拿出来的东西裹成一团丢在那儿……怕早晨让女仆看见……"

波子光着身子洗丈夫的内衣,一想到自己的这副模样,脑海里就闪出某种罪人的形象。

浴池里的水已经不太热了。波子却偏偏像故意要洗这半凉不热的水似的,连下巴颏在内浑身都在打哆嗦。

直到穿上睡衣照镜子,身上还是颤抖不止。

"怎么回事?洗完澡倒变得冰凉……"矢木很惊讶似的说道。

最近一段时间里,波子总是在控制着自己,矢木心里完全明白,但却做出毫无所知的样子。

波子感到自己仿佛在被丈夫调查什么似的,但又觉得有罪的心理好像得到了缓解,并且有一种近似被抛弃的感觉。波子有一会儿工夫完全陷入了由这几种因素造成的迷茫恍惚之中,甚至还觉得自己被摇来荡去的。而这次却在紧闭的双目里出现了一团火焰,有一个金色的光环在飞快地旋转。

从前就曾有过这么一次。当时波子把脸贴在丈夫的胸口上,说:

"你看,有一个金色的光环在我眼前转个不停。眼睛里一下子变得通红通红的。我在想是不是要死了?这样好么?"接着又说道,"我是不是有点精神不正常了?"

"精神很正常。"

"是么?我好害怕。你怎么样?跟我一样么?"波子仿佛在央求似的,"快点,告诉我嘛……"

矢木平静地答复之后,波子说:

"真的吗?那太好了!……我太高兴了。"

波子一直在流眼泪。

"不过，男人似乎达不到女人那种程度呢。"

"是这样么？……是我不好。对不起。"

如今回忆起这段问答，波子立时感到自己年轻时的可爱，不禁眼里充满了泪水。

现在固然有时也还会在眼前出现一团火光和金色光环，但早已今非昔比了。而且已失去了真诚和纯朴。

现在再也不是充满幸福的金色光环了。事过之后，随之而来的便是折磨自己心头的悔恨和屈辱。

"这是最后一次了，绝对……"

波子内心对自己说，为自己找借口解脱。

然而，细细想来，在这二十多年里，波子明显拒绝丈夫的事好像还一次都没发生过。当然，自己也从来没有明显主动去要求过。这该是多么奇怪的事啊！

难道这就是男女之间、夫妻之间那种令人可怕的差别吗？

女人的谨慎小心，女人的害羞心理，女人的温顺老实，难道这些就是不可救药的、囿于日本传统习俗的女性的标志吗？

波子昨天夜里突然醒了过来，当即伸手在丈夫枕边摸到了那块表，并按响了自动报时钮。

表响了三声，说明时间已是凌晨三点，然后又滴铃滴铃地响了三次。大约是在四十分至五十五分之间。

高男曾把这只表的响声比作小八音盒，但矢木却另有一番解释：

"它使我想起北京人力车上的铃铛。当时我常坐的那辆车上就带着一个铃铛，声音跟这只表一样好听。北京人力车的车把很长，在最前边挂了个铃铛,一跑起来老远就能听到声响。"

这只表也是波子老家父亲留下的遗物。

父亲这只表一响,母亲就显出很惋惜的样子。见此情景,矢木便死乞白赖地要了过来。

波子在想,逢到今夜这样为瑟瑟寒风惊醒的情况,倘若孤单年迈的母亲去按响这只表的话……对于当年与丈夫在枕边共同听到的这悦耳的铃声,母亲心中该会唤起多么深切的思念啊!就像高男从这只表的铃声感知到父亲一样,波子则再次感知到了自己的父亲。

这是一只用了多年的旧怀表,从波子还是少女时就有了,那时还根本没有高男呢。这只表的铃声会唤起高男对儿时的回忆,同样,对于身为母亲的波子来说,也会情不自禁地联想起自己的童年时代。

波子又一次伸手去摸,这回索性拿过来放到自己的枕头上,并再次按响了报时钮。

滴铃铃,滴铃,滴铃……

铃声过后,耳边传来的就是房后山上松树林里的瑟瑟寒风了。

房前那片高高的杉树林里仿佛也有风声在响。

波子一直背对着矢木将手掌合在一起。尽管屋子里面很黑,波子还是把手藏在被窝里做着双手合十的动作。

"太可怜了。"

跟竹原在皇宫前面时心中惧怕远在他乡的丈夫,昨晚突然听到丈夫回家时甚至发生了贫血现象,尽管如此,波子暗中的抵抗还是被巧妙地粉碎了。

此刻波子就是为了这件事才双手合十的,然而又不仅仅是为了这件事,也还因为内心荡起了对竹原的嫉妒之情。

方才入睡之前波子还在嫉妒竹原，并为此暗自吃了一惊。

对长时间待在外地而刚返回家的丈夫，波子既不起疑心，也不生嫉妒。这尚可说得过去。岂料在作为女人迎接了丈夫的那种悔恨之中，波子竟然不嫉妒丈夫，而出乎意料地嫉妒起竹原来了。这是一种真真切切的嫉妒，内中甚至包含着一丝痛苦得令人窒息的快慰。

现在，当睡至半夜突然醒来时，那种嫉妒心理又油然而生，波子于是才边双手合十边自语道：

"竟对一个没见过面的人……"

这人指的乃是竹原的妻子。

自跳过《佛之手》舞之后，波子便养成了在背地里双手合十的习惯。《佛之手》舞就是以双手合十开始，又以双手合十结束的。这个舞蹈表现了佛手的各种姿态，其间也插有双手合十动作，最后再以双手合十将各种手腕动作综合作结。

"在你们二位之间究竟是否存在着嫉妒？彼此都有意不露出任何蛛丝马迹，这在外人看来真有点怪可怕的呢。"

听到竹原这些话，波子始终没有吭声，但当时她内心就嫉妒得发抖。这嫉妒不是冲着丈夫，而是对着竹原的。有关竹原家庭的话题总是无法深入下去，波子对此甚为焦急。

可是，在迎接了丈夫之后，半夜里醒来时甚至还对竹原妻子抱有妒意，这却连波子自己都感到出乎意外了。难道是在丈夫唤起波子作为女人的那一面之后，她才立即对别的男人心生妒意的吗？

"没有罪。我没有罪呀。"

波子边合掌边自言自语地嘟囔了一句。

然而，认为自己有罪，这究竟是对丈夫还是对竹原而言的呢？波子本人也闹不清楚。

波子心向远方双手合十，向竹原表示歉意。那颗心已不由自主地完全跑到竹原那边去了。

"愿您早早安歇。您是怎么样安歇的呢？在一间什么样的房间里呢？……从未见过，我不得而知。"

接着波子便又入睡了。这深沉的睡眠正是丈夫带给她的。

今天早晨醒来感到浑身清新爽快，这照样也是丈夫的功劳。

波子比平时起来得晚一些，因此早饭也晚了一会儿。

"爸爸，今天上午您有课吧？如果出去的话……"高男仿佛催促父亲似的说道。

"唔。还是你先走吧！"

"是吗？我不去上课也没关系的，只是……"

"那怎么行！"见高男起身要走，矢木把他喊住，"高男，昨天晚上你讲的死亡学生纪念像那件事，学校方面怕是害怕有什么政治背景吧？"

品子也离席到厨房帮女仆干活去了。

波子对正在看报的矢木说：

"要喝咖啡吗？"

"好的。早晨一般都是在饭前才想喝。"

"今天是在东京的排练日，我们也要出去了，但……"

"我们的排练日，我知道的。"矢木语气里带着几分挖苦，"好啊，好久没在家里舒舒服服地晒晒太阳了，今天就让我享受一下吧。"

排练场位于正房和厢房之间，原来是矢木的书库。当时还兼做矢木的书房，为了也能起到日光室的作用，朝南方向全装上了玻璃，中间拉着一道厚厚的帘幕。

把里面的书架全部移走，刚好用来做芭蕾排练场。

也许是上了年岁的关系，矢木读书写字都喜欢在日本式的房间里，因此便同意给女儿做了排练场。

不过，矢木所说的晒晒太阳，意思指的还是原来的书库。

波子准备起身走开，心里却有点顾忌，正在为难之时，矢木放下报纸说道：

"波子，你跟竹原君见过面吧？"

"见过。"波子答道，声音像突然要绊倒时发出来的。

"噢？……"矢木十分平静，若无其事地问道，"竹原君身体还好吧？"

"还好。"

波子一直看着矢木的脸，目光始终没有离开。当意识到自己的这种眼神时，觉得眼皮里似乎已噙满了泪水，真想眨眨眼睛。

"会很好的。听说竹原君在经营望远镜和照相机，生意很好。"

"是吗？"波子的声音似乎有些嘶哑，又更正似的说道，"这些情况我倒没有听说，不过……"

"生意上的事他是不会对你说的。过去不就是这样吗？"

"嗯。"

波子点了点头，将目光移向别处。

透过镶在纸拉窗上的玻璃映入眼帘的庭院里，地上落着一丛丛杉树的影子。影子投下的只是杉树的枝梢。

从后山坡上下来三只小竹鸡，一会儿走进那片阴影里，一会儿又窜到太阳地里。

波子扑通扑通急速跳动的心刚刚平定,从心口窝到全身又变得僵硬起来了。

然而,波子却觉得丈夫脸上仿佛真的只有温和的怜悯。她望着庭院里的野鸟说:

"说不定真有一天要把厢房卖掉呢。因为竹原曾在厢房住过,所以才想提前跟他讲一下……"

"唔,是吗?……"

接下来矢木便缄口不语了。

波子回忆起自己曾对竹原说过的那句话:"矢木每次说完'唔,是吗?……'便故意做出深思熟虑的样子,其实在这段时间里他是在打小算盘哩。"

果然现在又来了一句:"唔,是吗?……"对此本该感到好笑的,但波子此时却受不了了。自己曾当着竹原的面把丈夫说得那么坏,实在是太丢人,太可憎了。

"不过,你真是很周到啊。"矢木笑了笑说,"虽说让竹原君在厢房里住过一些日子,轮到要卖这栋厢房时还要去征求竹原君的同意,这未免有点礼貌得太过头了吧?"

"我那样做并不等于是征求他同意嘛。"

"唔,那么就等于是说,波子对竹原君感到过意不去喽?"

波子被刺到了痛处。

"好啦,算了。厢房的事我不愿再提了。还是留待以后再说吧。"矢木反倒像安慰波子似的催促道,"还不赶快动身,排练场那边要迟到了吧?"

波子在电车里也一直迷迷瞪瞪的。

"妈妈，可口可乐车……"

听到品子叫自己，波子朝外面望去，只见一辆红色车厢的货车正在疾驶而过。

在程谷车站附近，一座长满枯草的小山包上立着一块招募警察预备队的广告牌，映入了波子的眼帘。

往返到东京去，矢木总是坐横须贺线的三等车厢。

因此，波子一般也是乘三等厢，但也经常坐二等车。她手里有两种车票，一种是三等车的月票，一种是二等车的多次乘车票。

品子平时训练很苦，登台表演又至关重要，所以，为了避免过度疲劳，凡与母亲在一起时，一般都让她坐二等车。

可是，在进入二等车厢之前，总会不由自主地看到三等车厢拥挤不堪的情景。但今天却与以往不同，直到听见品子说"可口可乐车"时，波子竟然还没有意识到自己已身在二等车厢里了。

品子是个不爱多说话的姑娘，在电车里一般不大主动搭话。

波子连坐在身边的品子都给忘了，脑海里翻腾着这样那样的事，从自己的遭遇联想到别人的命运，左思右想理不出个头绪。

波子毕业于号称豪华的女子学校，许多在校时的好朋友都嫁到了名门富豪之家。这类家庭因战败都明显地衰落了，再加上从未为家务所累而仍保持着青春活力，因此，尽管已身为中年妇女，却都额外地经受着因旧道德观念动摇而带来的苦恼。

跟波子和矢木所处的境况一样，波子的许多朋友也都不依赖丈夫而仰仗娘家补贴过日子，但这一类型的夫妇也大多都失去了安定与和谐。

"结婚的人一对对的好像都非同一般了呢。即使是两个平凡的人凑到一块儿,一结婚就变成非凡的人了。"

波子当初对竹原讲的这句话里,就包含着亲眼见到那些朋友的事例后的实际感受。

由于恪守夫妻生活准则的这种旧藩篱和旧基础已经土崩瓦解,因此,平凡的外壳便遭到了破坏,从而显露出本来非凡的一面。

据说,教育人们认清命运的往往不是自己的不幸,而常常是他人的不幸,但波子所学会的却不仅仅是认清命运。在对别人的事情感到吃惊过后,她对发生在自己身上的事也醒悟过来了。

波子有一位女友,曾经爱过另外一个男人,由于有过这样一段经历,在与那个男人分手之后,才真正体会到了与丈夫结婚的喜悦。还有一位女友,由于有一个三十多岁的情人,对丈夫也突然变得年轻了许多,而当她疏远了那位年轻男子之后,对丈夫也失去了热情,且反而受到了怀疑。所以,这位女友就再次与年轻情人重修旧好,从别的源泉获取爱情以倾注到丈夫身上。这两位女友的丈夫,谁都没有觉察到妻子的秘密。

波子那些女友们聚到一起时,也会毫不掩饰地讲到这些话题,而这在战前是从来没有过的。

电车驶出横滨以后,波子才开口说话:

"今天早晨,你爸爸对龙虾可能是根本不想沾筷子吧。是不是因为那是剩菜呢?……"

"不会的。"

"妈妈现在想起来了。同你爸爸结婚不久就曾有过这么一件事。当时给客人端出来一些点心,客人走后你爸爸就想伸手去抓,因此我忍不住就狠狠说了一句:别人吃剩下的东西,别吃了吧!你爸爸脸上当即露出很不自然的表情。不过,若细想起来也怪有意思的，分放在几个盘子里的点心，因为是客人吃剩下的就觉得有点脏，而统统都放在一个大盘子里端上来，再吃剩下的感觉也就不一样了，真够好笑的。我们的习惯和礼仪里，这种现象实在是太多啦！"

"是呀。不过，大虾应另当别论嘛。爸爸大概只是要在妈妈面前稍微撒撒娇吧？"

波子在新桥车站跟品子分开，马上换乘地铁到日本桥的排练场去了。

从前年开始，品子加入了大泉芭蕾舞团，一直在那里的研究所上班。

虽然波子也在教授芭蕾舞，但为品子着想，还是不让女儿跟母亲在一起。

品子倒是经常顺路到日本桥排练场来。在北镰仓的家里，偶尔也有时替代母亲进行排练。

然而，波子却轻易不到女儿所在的研究所去。大泉芭蕾舞团公演时也尽量不到后台露面。

波子的排练场在一幢钢筋混凝土小楼的地下室里。

对于矢木让别人给剥龙虾皮这件事，品子说大概是想撒撒娇，而波子却在琢磨怎么竟会有这种看法。她一边在脑子里考虑这件事，一边朝地下室走去。

地下室里，透过玻璃门可以看到自己的助手日立友子正在用抹布擦地板，波子不禁停住了脚步。

友子干活时身上穿的是一件黑色外套。领子是旧式开口，下摆很短，也没有向外呈喇叭形。友子比品子个头低一些，所以便把这件旧衣服送给了她，当时心里就觉得下摆的尺寸可能不够显眼，现在看来果然还是落后于时髦了。

"辛苦了。好早呀。"波子走进室内，"天冷了，把取暖炉点着吧。"

"您早！动弹动弹就热了。"

仿佛意识到了什么似的，友子脱掉了外套。

毛衣是用旧毛线重新织的，裙子也是品子的旧衣服。

若论友子的舞蹈水平，无论是姿势还是动作，都比品子胜出一筹，具有一种轻柔优雅的美感，总是让她担任波子排练的助手实在可惜。因此，波子曾劝她跟品子一块儿到大泉芭蕾舞团去，品子也这样动员过，但友子却始终坚持自己的意见，说是只想待在波子身边。看来，这不仅仅是出于知恩图报的心理，对于友子来说，能为波子尽心尽力，仿佛真的就是自己的一种幸福。

在品子登台演出的日子里，友子更是始终不离左右，兢兢业业地帮着化妆或换装。

友子比品子大三岁，今年二十四岁。

本来长着一副单眼皮，但常常变成疲惫不堪般的双眼皮。

在煤气取暖炉前，友子接过波子脱下来的大衣，今天她就成了双眼皮。波子心想，方才可能是流着眼泪在擦地板的吧？

"友子姑娘，你是有什么心事吧。"

"嗯。过后再对您讲。今天不行……"

"噢？那就等你方便的时候吧。不过，最好快一点。"

友子点点头，走到对面换上排练服很快就回来了。

波子也换了一身排练服。

二人抓住把杆开始做屈腿动作，但友子今天却有些反常。

从一大早就下起了冷冷的细雨，波子今天是在自家排练，上午一直在为友子重新缝制品子的一件旧衣服。

镰仓、大船、逗子一带的一些小女孩放学后从学校到这里来学练芭蕾舞。一共有二十五名左右，还不值得分组；再加上从小学生到高中生都有，年龄大小不一，来练习的时间有先有后，所以波子教起来很难，总觉得有些徒劳无益似的。但学生人数却有增加的趋势，多少也还算有点收入。

可是，逢到学舞的日子，连晚饭都要推迟。

"我回来了。"

品子从下面来到排练场，取下戴在头上的白毛线围巾。

"好冷啊。听说东京从昨晚开始雨夹雪直下了一夜，今天早晨屋顶和庭院里的点景石都是一片白……我是和友子姐一块儿回来的。"

"是吗？"

"友子姐是特意绕路到研究所找我的。"

"先生，晚上好！今天还想见见您……"友子站在入口处朝波子说道，然后又马上向学生们打招呼，"晚上好。"

"晚上好！"

小女孩们也还了一句。她们都认识友子。

由于品子的到来，有的小女孩眼里甚至闪出格外兴奋的目光。

"友子姑娘，你最好还是先去洗个澡暖和一下吧，跟品子一块儿嘛。我再过一会儿就休息了。"

波子说完便又转回身去照看那些小女孩。友子马上靠到波子身后说道：

"先生，请让我也一块儿练习吧。"

"是吗？这样也好，友子姑娘就稍微替我一会儿吧……我去看一下你的晚饭就来。"

母女俩沿着在天然岩石上开凿的台阶往下走去。品子边走边悄声对波子说道：

"妈妈，友子姐好像有什么心事呢！今天妈妈没到东京去，她似乎很寂寞，显得坐立不安的样子。"

"大约一个星期前就有什么心事啦。今天大概就是来说这件事的吧。"

"会是什么事呢？……"

"听了就知道了。"

"我把品子的另一件外套也给友子姑娘好么？"

"好呀。您就给她吧！"

波子又下了几级台阶，然后才说：

"妈妈没有照顾好她呀。虽说友子姑娘那里只有两个人……"

"是和她妈妈吧？……友子姐的母亲也有工作吧？"

"嗯。"

"把她们母女俩都接到家来照顾一下怎么样呢？"

"事情并不那么简单呀。"

"是吗？……在回家的路上，友子姐在电车里也一直望着我，有时还显得很伤心的样子哩。尽管我把头巾围得很严，可那毛线织得很稀对吧？我知道从毛线缝里是能看到我的。但我还是装作什么都不知道的样子，任凭她去看好了。"

"品子就是这么个人嘛……"

"她一直不眨眼地盯着我的手呀。"

"是吗？可能是因为她一直认为品子的手长得漂亮的缘故吧？"

"不是的。她的目光是悲伤的。"

"因为自己有伤心事,所以才盯着心里认为是美的东西吧。过后你可以问一下友子姑娘嘛。"

"这种事不好开口去问……"

品子站下不走了。

母女二人已经来到下面的院子里。雨早已变小了。

"记得有一幅什么画来着?是一幅日本的美人画,脸盘画得很大。凡有毛发的地方都画得很漂亮,其中上面那对眼睫毛就画得很长,都快触到黑眼珠了……"品子说到这里顿了一下,"看到友子姐的眼睛,我就会想起那幅来。"

"是么?友子姑娘的眼睫毛还没那么密吧。"

"特别是两眼往下看的时候,上面眼睫毛的影子都会照到下眼皮上呢。"

听到排练的脚步声,波子望了望上边,说:

"品子也到场子里跟她待一会儿吧!"

"好。"

品子轻盈地踏着被雨淋湿的石阶往上走去。

晚饭前,品子拉着友子一块儿来洗澡。友子脱下外套后,马上又有一件外套从后面披到友子的肩上。

"把手伸进去试试……"

友子里面还穿着练功服。

"穿着合适的话,友子姐就穿上吧!"

友子吃了一惊,缩了缩肩膀。

"哎呀,那怎么行。不行。"

"为什么?……"

"我不能要。"

"这件事我已经跟母亲说过啦。"

品子麻利地脱下衣服,进到浴盆里。

友子随后也跟着进来,抓着浴盆边说:

"矢木先生已经洗过了么?"

"爸爸吗?大概洗完了吧。"

"您母亲呢?……"

"在厨房。"

"让我先洗多不好啊。我只冲一下就行了。"

"没关系的,这种事不必介意……太冷了。"

"冷我不怕……用冷水冲澡已经习惯了。"

"跳完舞之后可……"品子大概在水里浸得太深了,使劲甩了甩沾湿的发梢,用手捋了捋,然后又说道,"我们家的浴池可能太小了。东京那座给烧掉的研究所里,浴室很宽敞,可棒了。冲澡间都能跳舞,小时候不是常跟友子姐光着身子学跳舞吗?还记得吗?"

"记得。"

友子心不在焉地应着,猛然间意识到什么似的缩下身子,慌忙躲避似的泡进洗澡水里。紧接着又把双手捂到了脸上。

"等我自己成家的时候,还要建一个好大好大的浴室。可以舒舒服服的……也许当场就可以学学跳舞什么的哩。"

"从那时起我就很羡慕品子小姐,因为我长得太黑了。只是……"

"并不黑嘛。可以说是别具韵味的肤色吧……"

"什么呀。"

友子感到很不好意思，连忙若无其事地拉住品子的手仔细瞧起来。品子现出莫名其妙的样子，问道：

"怎么啦？"

"没怎么。"

友子边说边将品子的一只手放到自己的左掌心上，用右手捏着品子的指尖仔细瞧了瞧，然后又把品子的手翻过来，这次是仔细打量手掌这面。充满柔情地摸了摸，马上又放开了。

"真宝贵呀。是一双具有优雅灵魂的手呢。"

"说的什么呀。"

品子将手藏进水里。

友子则从水中把左手伸出来，将小手指贴近到嘴角边，说道：

"是这个姿势吧？"

"嗯？"

友子把手沉到水里后说：

"在电车里……"

"啊。是这样？……"

品子把右手抬起来，稍微迟疑了一下，然后做了个将食指和中指指尖轻轻挨到嘴唇斜下方的动作，说：

"这样？……是中宫寺的观音菩萨，还是广隆寺的观音菩萨？……"

"不是那样。不是右手，是左手。"

尽管听到友子这样说，但品子还是将无名指指尖贴到大拇指肚上，做出不知是哪两位观音的还是弥勒佛的手势。

接下来，由于自己的意念也情不自禁地被佛所吸引，品子的头微微前倾，静静地合上了双眼。

友子差点叫出声来。

可是，转瞬间品子又睁开了眼睛。

"不是右手么？不这样就有点怪了。"品子望着友子说，"广隆寺里另一尊观音菩萨就跟中宫寺的手指差不多，而作为皇室收藏品的金铜佛像，那位头大的如意轮观音就始终保持着把手指伸得笔直的姿势，就是这样嘛。"

品子边说边极其自然地将右手指尖贴到左下颏上。

"这是模仿母亲的舞蹈动作学会的。"

"这种动作不是佛的姿势，是品子小姐自然做出来的手势嘛。要用左手这样……"

友子像刚才一样，将左手小拇指放到嘴角跟前。

"啊，是这样……"品子也照着学了一下，"神佛是用右手，所以人们才用左手的吧。"

说完，品子便笑着离开了浴缸。

友子仍泡在热水里，接着说道：

"是啊。一般人们在思考问题时大多是用左手托腮吧。在回家的电车上就是这样，品子小姐当时就是那种姿势，手背白白净净的，同时手掌心也显得粉红粉红的，把嘴唇衬得格外好看哩。"

"你说什么呀！"

"真的。嘴唇看上去格外醒目，简直就像一朵含苞欲放的花呢。"

品子低下头在冲脚。

"那就总保持这个样子吧。至少，也许在不知不觉之中就模仿了母亲的舞蹈动作呢。"

"品子小姐，请您把广隆寺佛像的手势再来一遍……"

"是这样吗？……"

品子挺起胸，合上双目，用拇指和无名指构成环状，慢慢地贴近面颊。

"品子小姐，您就跳个《佛之手》舞吧！然后由我来跳向佛朝拜的《飞鸟少女》舞。"

"跳不成呀！"品子摇了摇头，收起佛的姿势，"那位观音菩萨胸脯是瘪的呀。没有乳房嘛。他不是个男身吗？——竟不愿拯救女人。"

"啊？"

"在浴缸里模仿神佛的姿态，可是大不敬的哟。以这种心境是无法跳《佛之手》的。"

"呀！"友子如梦方醒般地出了浴缸，"我可是认认真真向您提出请求的呀。"

"可品子我也是认真讲的呀。"

"那也许是的，但我还是想求您为我跳一遍呢。"

"好。等品子我也多少有那么点佛心之后吧。如果还想跳日本古典舞的话，等什么时候……"

"'等什么时候'可不行……说不定明天就会死了呢。"

"谁明天就会死呀？"

"人呗……"

"是啊。那就没办法了。假如明天就会死掉的话，还是趁今天晚上在浴池里稍微模仿一下，先跳个《佛之手》吧！"

"这还差不多。不过，不必仅限于模仿，倘若真心想跳的话，应该会更好的。即使明天死了也……"

"明天不死嘛。"

"说死只是个比方嘛！讲的明天也……"

"夜半暴风雨之……"刚说出这几个字，品子便连忙闭上口朝友子望去。

眼前是友子活生生一丝不挂的躯体。跟品子相比，虽说友子要黑一些，但在品子看来，友子的肤色在不同的地方却有微妙的变化和浓淡之差。比如说，脖子是棕色的，而胸部隆起的那两个地方，从底部向顶峰处就一步步地变得越来越白，形成低谷的心口窝处则又隐隐约约地呈现出略暗的颜色。

"品子小姐刚才说'不愿拯救女人'，这是您心里话么？"友子喃喃自语似的问道。

"啊？也未必是玩笑话呀。"

"还是二人跳个《佛之手》吧。让我也参加……您母亲跳的《佛之手》是独舞，但我觉得再加上一个向佛朝拜的飞鸟少女也蛮好的。请人在作曲时再添上几笔……"

"佛舞里有朝拜的动作大概还是比较容易的。因为容易蒙混过关嘛……"

"倒不是指蒙混过关的问题。我跳的是朝拜品子小姐的舞蹈动作，不知这对品子小姐跳的佛舞会增光呢，还是减色，心里实在没有把握。尽管如此，我还是准备跟品子小姐竭尽全力设计出一套少女朝拜的舞蹈动作呢。再请您母亲加以指教……"

面对友子的这一志向，品子略有些气馁，口里说：

"不管怎么说，即使在舞蹈动作里被人顶礼膜拜也怪难为情的，实在是……"

"我就是想跳一个对品子小姐顶礼膜拜的舞呢。作为对青春友谊的永久纪念。"

"永久纪念？……"

"对。作为我自己青春的见证……就是现在这会儿，品子小姐若闭上眼睛，也跟神佛二目合拢的样子完全一样哩。那样我就心满意足啦。"

尽管友子连忙改口作了更正，但品子仍旧有一种预感，觉得友子很快就会离开母亲和自己而到别的什么地方去。

用过晚饭之后，友子也到厨房里来帮忙收拾东西。就在这时，波子来到厨房，对品子悄声说道：

"你爸爸听了新闻广播显得特别忧郁的样子，这里的事如果干完了，就请你们二位到品子的厢房去吧！你爸爸那老毛病——战争恐怖症……还说，这条命只能活到下次战争之前了。"

品子她们虽已不再弄出响动，但七点钟广播的新闻早已结束了。

"你爸爸心情很不好，问在厨房里兴高采烈地嚷嚷什么呢。"

品子跟友子互相看了一眼，随即说道：

"战争又不是我们挑起来的嘛！……"

中国二十多万军队已越过边界进入朝鲜，联合国军已开始全面退却。十一月二十八日，麦克阿瑟总司令发表声明说："我们正面临一场全新的战争"，"原想急速解决朝鲜战乱的愿望终于被打碎了"。就在这四五天之前，联合国军已逼近中朝国境，正准备转入最后的总攻阶段。形势立时发生了逆转。美国总统十一月三十日在记者招待会上讲："为了对付朝鲜出现的新危机，政府正在考虑，如果必要的话,将对中国军队使用原子弹。"还说,英国首相将越洋来到美国跟总统会谈。

波子又过了二十分钟左右才来到品子的厢房。

"外面雨已经停了,但天气可是够冷的呀。友子姑娘还是住一晚上再走吧。"

"好。"品子替友子答道,"我们一块儿回来就是准备这样的。"

"是么?"

波子也凑到火盆跟前坐下,一眼看到了摆在那里的外套。

"品子,这件衣服你已决定给友子姑娘穿了?"

"嗯。不过,她却死活也不肯穿呢!友子姐说,'战后品子总共做了三件外套,其中两件都让给了我,这实在是太不好意思了。'真是煞有介事的统计……"

"不是统计嘛。"友子打断了品子的话,"今后还会下雪的,到时候没有替换的,您就不好办了。品子小姐演出前到后台或什么地方总不能穿一件脏兮兮的外套嘛,所以……"

"没关系的。其实今天早晨我还试着改了一件品子的旧衣服呢,只是……"波子停了一下,然后又接着说道,"只是,这些旧外套和旧衣服什么的可能都不大顶用了。友子姑娘心里有什么难处,今天晚上就请讲出来吧。"

"是。"

"只要我能帮上忙的事,无论什么我都会去做的。过去是友子姑娘为我贡献了一切,而不是相反;我一直认为,有你在我身边,为我尽力,这段时光是我一生中最宝贵的日子。这段时光不会很长,也不会永远持续下去的,因此我必须格外关心你。这是我的心里话呢。倘若友子姑娘结了婚,也就意味着这段时光终结了。"

"可是,友子姑娘的烦恼好像并不是结婚哩。"

友子点了点头。

"我从幼年时代起就有个毛病,对别人的好心和亲切关照往往容易接受过头,因此对友子姑娘的真心实意也就过分依赖和领受了。这一点我的心里是很清楚的,所以你还是早点结婚离开我为好……我有时也真是这么想的呢。"波子望了望友子,又接着说道,"因为你的婚姻,你的成就,你的生活,统统都可能为我牺牲掉的。这些年里,你大概是一心一意在为我做出无私奉献了。"

"谈不上什么牺牲,那只不过……能这样死死赖住先生才使我的生命有了价值。多年来一直承蒙先生和品子小姐的关心照顾,倘若能对先生做出些许貌似献身的事情我也就感到心满意足了。对于一个没有信仰的人来说,我的幸福就只有献身这一条……"

"噢?'对于一个没有信仰的人来说?'……"

波子把友子的话重复了一遍,仿佛自己也陷入了思索。

"照这么说的话……"品子自言自语地说,"战争刚结束时,我是十六岁,友子姐该是十九岁了,按虚岁数……"

"把自己比喻成无信仰之身的友子姑娘,对我可是一位竭尽全力做出贡献的人呢。所以……"

听到波子这样说,友子使劲摇了摇头:

"我对先生还是有隐瞒的。"

"隐瞒?……隐瞒什么?是你生活上的苦楚吗?……"

友子又使劲摇了摇头。

波子再怎么反问,友子也始终不作回答。

"如果对我不好开口的话,过后告诉品子也可以的。"波子留下这么一句话,没过一会儿就回正房去了。

铺好床铺，关上枕边的电灯以后，友子才对品子说，自己想离开波子这里到外面干活去。

"我猜就是这件事嘛。妈妈也说没有照顾好友子姑娘，总是感到内疚呢。"品子躺在枕上转过头来，说，"不过，如果是这件事的话……"

"不，我们自己倒没什么，不是我和妈妈的事。"友子迟疑了一下，但还是说道，"孩子病得没办法啦。孩子的命要紧啊。"

"孩子？……"

友子是不该有孩子的。

"你说的孩子，是哪儿的孩子？……"

友子吐出了真情，说是自己情人的孩子。他的两个孩子都因肺部有病住进了医院。

"他太太呢？……"

"太太身体也很不好。"

"是个有妇之夫呀？……"品子冷不防单刀直入地说了一句，然后又压低声音问道，"孩子也……"

"嗯。"

"友子姐要为这两个孩子去干活？"

没有任何回答。在一片黑暗之中品子叫了一声：

"友子姐！"

"而且，这就是友子姐的所谓献身么？真叫人弄不明白。我真不知道那个人是怎么想的。自己的孩子有病，却要让友子姐去干活，竟会有这种事？"品子的声音有些颤抖，"这种人友子姐竟会去喜欢？"

"不是人家让我去干活的。是我主动想这样做的。"

"一回事嘛。这人也太狠心了。"

"不是的,品子小姐……孩子的病怕是在我喜欢上他之后,才降临到他头上的灾难或命运吧?发生在他身上的事,也就等于是发生在我身上的事呀。"

"可是,那个人的太太和孩子都要靠友子姐给赚生活费,这合适么?"

"他太太和孩子对我的事都一无所知呢。"

品子如堕五里雾中,嗓子眼一下子堵住了。

"噢?"品子又压低声音问道,"孩子几岁了?"

"老大是女孩,有十二三了吧。"

由这个孩子的年龄,品子在脑子里估计了一下她父亲的岁数。友子的那位情人大约已年过四十了吧。

品子睁开眼睛不再吭声。这时黑暗中传出了友子枕头挪动的声音,只听她说道:

"我要是能生孩子的话也早就生啦!我大概是生了个很结实的孩子,可是……"

在品子听来,这简直就是白痴的语言。她感到友子已失去了贞洁。心里似乎涌起了一股厌恶情绪。

"这是我自己在跟自己瞎说呢。请原谅。"友子对品子的情绪已经有所察觉,"在品子小姐跟前真感到丢人。可是,若不把这些事讲明,就又成了撒谎了。"

"本来就是扯谎嘛!友子姐要为对方的孩子献出一切,这不明明是扯谎么?即使听了刚才讲的也……就是扯谎嘛。"

"确实不是撒谎。尽管不是我的孩子,但毕竟是他的孩子嘛!

而且，又是人命关天的嘛。他的心肝宝贝就是我的心肝宝贝，他的难处就是我的难处，这即便不是最高的坦诚，也算是我可以信赖的坦诚啦。若只靠品子小姐责怪我的道德理念和我本身自我怜悯的理智信仰的话，他那两个孩子的病还是不会变好的吧？"

"可是，即便将来病好了，过后如果知道是友子姐给出的钱，他的太太和孩子心里又会怎么想呢？这些你想过么？他们会对友子姐表示感谢么？"

"肺结核病可不会等我们慢慢去思考这些问题。事过之后，就是那两个孩子恨我，那也是因为他们还能活着，还有时间来恨我嘛。而现在，他因为孩子的病拼死拼活地什么都顾不上了，所以我也什么都不管了，只想能给他帮上忙。"

"他自己拼死拼活地赚钱还不够么？"

"老老实实正正经经工作的人，怎么会赚到大钱呢？"

"那友子姐怎么去赚呢？"

友子终于颇难启齿地讲了真心话，说是要到地处东京台东区东部的浅草娱乐街去工作。

从她的口气里品子感到是去跳脱衣舞。

因为爱上一个有妻子的男人，又为了给这个男人的孩子挣来治病的医疗费，友子竟要去跳脱衣舞！这只能让品子感到惊讶不已。

简直就像在做噩梦一般，品子已无法对善与恶的标准做出判断了。可是，这也能算是女人对爱的献身或做出的牺牲么？然而这一切仿佛已成了不可更改的现实，友子已经下决心在浅草的小屋子里为人展示其一丝不挂的躯体了。

从小二人就彼此互相鼓励，即使在那场战争中二人也从未间断过偷偷跳芭蕾舞，谁知这芭蕾舞如今却为友子派上了这种用场。

品子心里明白，不管你是大发雷霆地劝阻，还是流着眼泪去死死央求，认准死理的友子统统都不会买账，而肯定会一意孤行坚持走到底的。

品子先前还曾听友子说过这么一句话：

"现在人们都把自由挂在嘴边，可我也有把自己的自由完全献给自己所爱的人的自由，这样做才是我的自由哩。都有信仰自由嘛！"

品子当时还以为，友子所说的"自己所爱的人"指的就是她母亲波子呢！有谁会知道友子那时早已爱上了一个有妻室的男子呢？

今天晚上在浴室里友子对品子表现出很害羞的样子就有些反常，其中原因很可能是友子最近已出去跳脱衣舞了吧？

品子眼前不禁浮现出友子在那种场合的裸体形象。难道她过去还怀过孕吗？

第二天早晨，当友子醒来时，品子早已不在床上了。

是不是自己睡过头了？友子连忙拉开防雨套窗。

原来友子正睡在布满松树和杉树的群山环抱之中。在一丛丛翠竹的对面，透过西边小山上稀疏的松树可以隐隐约约地看到富士山。来自满目焦土的东京的友子不禁深深地吸了一口气，但又好似有些头晕眼花似的，边抓住玻璃窗边蹲下身去。

类似垂樱的枝条低垂在眼前，下面是一小株盛开的山茶花。花朵鲜红鲜红的，犹如一个个斑驳的红点点缀在枝头。

波子从正房里穿着木屐来到厢房这边，站在院子里问候道：

"你早。"

"先生，您早。这里太安静了，竟睡过头啦。"

"是吗？没睡好吧？"

"品子小姐呢？……"

"早晨天还没亮就钻到我被窝里，硬把我给弄醒了。"

友子仰起脸望着波子。

波子从脸上到胸前都映着竹叶的影子。

"友子姑娘，给你。把这个放到你那边的小手提包里……可以把它卖了。"

友子很不情愿地接过波子攥在手里递过来的东西，问道：

"这是什么呀？"

"戒指。别让人看见，还是早点收起来。今天早晨品子把什么都跟我说了。这栋厢房我也正准备把它卖掉呢。请你还是再稍等待一段时间。"

装戒指的小盒被攥进自己手里以后，友子满含热泪当场就俯身扑了下去。

冬季里的湖

耳边传来了《天鹅湖》的音乐声。

这是舞剧的第二幕，白天鹅的群舞。

在白天鹅公主与齐格弗里德王子的缓慢舞曲之后，接下来便是四只小天鹅的舞曲，再后是两只白天鹅的舞曲……

扑倒在檐廊边上的友子一下子挺直了腰板。

"品子小姐？……是品子小姐！"

仿佛受到音乐感染似的，友子脸上又淌下一串新的泪珠。

"先生，是品子小姐一个人在跳舞呢。我昨天晚上给她讲了一些不开心的事情，为了排遣烦闷在跳舞呢。"

"是在跳四只小天鹅吧？四人舞……"波子说道，然后也仰起头朝岩石坡上的排练场望去。

后山松树正面的天空中飘浮着一朵白云，这会儿刚好有一半映在朝霞里。

友子眼前浮现出舞台上充满浪漫色彩的舞蹈场面。

月夜下静谧山峦里的湖泊，一群白天鹅从湖里游到岸边，立时变成美丽的姑娘翩翩起舞。原来，这是一群落入恶魔罗斯巴特的魔法被变成白天鹅的姑娘，只有到了夜深人静的时候，她们才能在这座湖畔短时间地获得恢复人形的机会。

白天鹅公主和王子海誓山盟地相爱，刚好也是在这第二幕里。

据说，对于那些从未恋过爱的年轻人来说，一旦彼此相爱，用这爱的力量就可以破除魔法的咒语。

友子正等着继续播放《天鹅湖》下面的舞曲，谁知只放完第二幕白天鹅舞，排练场里就寂静无声了。

"已经结束了……"友子仿佛仍陷在幻想里，"真希望再跳下去呀。先生，在这里听着音乐，我眼前就能出现品子小姐的舞姿哩。"

"是啊。因为友子姑娘对品子了解得一清二楚……"

"嗯。"友子点点头，"不过……"

友子刚要往下说，仿佛令人耳目一新的热热闹闹的节日乐曲又响起来了。

"哎呀，是斯特拉文斯基[1]的《彼得鲁什卡》？……"

彼得堡城内广场上，马戏棚前，所有出来参加狂欢节的人都在手舞足蹈。

这是由美国著名交响乐指挥家斯特科斯基指挥，费城交响乐团演奏，胜利者公司出品的唱片。

友子眼里含着晶莹的泪花。

"啊，真想跳一下。先生，我跟品子小姐跳一会儿就来。"友子站起身来，"作为与芭蕾舞的告别……《彼得鲁什卡》的节日舞蹈正合适哩。"

波子返身回到正房里，与矢木二人单独用了早餐。

---

1 斯特拉文斯基（I. F. Stravinsky，1882—1971），美籍俄裔作曲家、指挥家、钢琴家。《彼得鲁什卡》是其早期创作的三部著名的芭蕾舞剧音乐之一。

高男早早就到学校去了。

从排练场一遍又一遍地传来《彼得鲁什卡》第四场的音乐。

"今天早晨给狂欢节舞吵得可够热闹的呢！"矢木说道，"真够得上伟大的吵闹噪音了。"

《彼得鲁什卡》是一幕四场的芭蕾舞剧，第一场和第四场场景相同，都在举行狂欢节的城镇广场上。第四场已临近日暮时分，广场上人山人海，拥挤不堪，狂欢的气氛正达到最后高潮。

组曲的唱片也不甘示弱，把第四场节日的热闹气氛灌制了三张，其中有手风琴和铜管木管乐器吱吱哇哇混合竞相奏出高音，充分表现了杂乱无序、热情奔放的狂欢场面；接下来还有妇女的摇篮曲舞、农民的牵熊舞、吉卜赛舞、车夫马夫舞，以及戴上假面排成长队的集体化妆舞等。所谓"伟大的吵闹噪音"，就是有一位人士听过《彼得鲁什卡》后发表的评论。

"品子她们可能是在跳其中的哪个角色呢。"

波子也说了一句。其实，狂欢节上的那些人都跟真的即兴起舞一样，整个舞蹈场面热闹非凡，绚丽的色彩令人眼花缭乱。

没过多久，舞台上很快便飘起了雪花，城镇里灯光齐放，欢快粗放的狂热气氛达到高潮。这时出现了化装成滑稽可笑丑角形象的彼得鲁什卡，由于跟化装成大偶人形象的舞女恋爱失败，最后在节日混乱不堪的人群当中被化装成情敌穆阿形象的偶人给砍头杀死了。接下来，彼得鲁什卡的幽灵出现在马戏棚的前檐上，这出悲剧亦随之宣告结束。

可是，品子她们那里的节日音乐还在反复放个不停，声音一直清晰地传到上房茶室里。

"早饭前还一直是蛮轻松欢快的，品子她们可能根本就不会去考虑芭蕾明星尼金斯基的悲剧的吧。"矢木自言自语地说道，将脸转向了排练场方向。

波子也朝同一方向望去。

"尼金斯基？……"

"对。尼金斯基精神失常难道不正是战争造成的吗？据说他头脑刚出现不正常的时候，还像说梦话似的满嘴'俄罗斯'呀、'战争'呀讲个不停呢。尼金斯基当初就是个和平论者，一个托尔斯泰主义者。"

"今年春天终于死在伦敦的一家医院里了。"

"得了精神病后还活了好长一段时间，从第一次世界大战到第二次世界大战之后，有三十多年呢。"

因为彼得鲁什卡是尼金斯基当年扮演的最成功的角色，所以矢木才想起来说这番话的吧。

最近矢木正在集中精力研究《平家物语》和《太平记》等记述战争的古典文学作品，并正着手撰写一篇题目叫《日本战争文学中表现出来的和平思想》的论文。

由于品子她们一直在放《彼得鲁什卡》，在今天上午动笔之前脑袋就被她们搅乱了。

即使在音乐停止之后，品子和友子也没有到正房来。因此波子便前去看了一下，结果发现排练场里只有品子一人还愣怔怔地待在那里。

"友子姑娘呢？……"

"回去了。"

"连早饭都不吃？……"

"这个，让我还给母亲。"

品子手里捏着那个装戒指的小盒。

品子并没有把装戒指的小盒递过来，波子也根本没想去接。

"我费好大劲要留住她，说是妈妈和我都要出去，待会儿咱们一起走吧。可友子姐硬是不听，说回去就回去了。"品子站起来朝窗边走去，边走边说，"真是个让人吃惊的人呀。"

波子仍坐在椅子上没动，朝品子的背影望了一会儿，嘴里却说道：

"你这个样子会着凉的呀！快换衣服吃饭吧！"

"好的。"

品子在排练服外套了一件大衣。

"友子姐还说，她不好意思跟爸爸见面了。"

"也许是吧。昨晚哭了一晚上，从脸上就能看出没睡好觉，所以才……"

"开始我也没睡着，浑身难受得一点劲都没有，到后来就像掉进深渊似的沉沉入睡了。"品子从窗边转过身来，"对了，尽管如此，外套还是穿回去了。还说，妈妈给改的那件毛线连衣裙她也收下带走……"

"是么？那太好了。"

"友子姐还说，别看现在要离开您母亲到别处去干活，今后我一定还会回到您母亲这儿来的。"

"是吗？"

"妈妈，友子姐的事那样就算完了吗？您打算为她做点什么？"品子两眼注视着波子，移步走到近前，"不分手恐怕是不行的。我要让友子姐离开那个人。"

"妈妈若是能早点发现就好了。好早以前我就觉得她的样子有点反常,但她对我的一片真心却是始终如一的。也可以说,友子姑娘隐瞒得很巧妙哩。"

"那是因为那个人不好,所以她才难以开口讲出真相的嘛。那种人,我要让友子姐离开他。"品子语气明确地又重复了一遍,"不过,要瞒住妈妈还是很容易的呀。"

"品子也有什么在瞒着妈妈么?"

"妈妈,难道您还不知道?是爸爸的……"

"爸爸的什么?"

"爸爸的存款嘛。"

"存款?爸爸的?"

"爸爸背着家里人把存折放到银行里啦。"

波子充满诧异神色的脸一下子变得煞白。

但是,随之而来的一瞬间里,一股无法言喻的羞耻的热血涌上心头,心窝里咚咚跳个不止,波子的面颊僵硬了。

这种羞辱心理也传给了品子。品子的脸也变得通红,仿佛再也忍不住了似的,反而又添了一把火:

"是高男那边先知道的。高男给偷了出来,因此我也知道了。"

"偷?……"

"高男把爸爸的存款悄悄给取出来了。"

波子放在膝上的手颤抖了。

据品子讲,一心向着爸爸的高男也有了变化。爸爸总是靠着妈妈养活全家,又始终对妈妈的辛苦操劳做出一副视而不见的样子,而另一方面却在暗中为自己存款。高男对此实在看不下去了,因此就把爸爸的存款取了出来。

高男还说，即使将来看到存折知道钱已被取走了，爸爸心里也会明白是家里人干的，会认为这是一种警告，是一种无言的批评吧。

"连存折都存放在银行里，结果钱却偏偏被取走了，爸爸不知会是一种什么心情呢！"品子仍站在原地未动，"我觉得爸爸也太狠心了。跟友子姐那位心上人差不了多少呢。"

"是高男偷的？"

波子好不容易才用颤抖的声音挤出这么几个字。

波子被羞辱得简直无地自容，连女儿的脸都无法正视了。接下来便像浑身发冷似的，内心陷入冰窟般的恐怖之中。

矢木除了在一所大学里正式上课之外，还在另外两三所学校里兼职授课。因为现在又胡乱建立了许多新制大学，有时也到地方学校去做短期讲学。除去在这些地方拿到的薪水，多少还有些稿费和著作版税的收入。

矢木从不让波子知道自己有多少收入。波子也从不想勉强知道。对于从结婚之初就形成的习惯，波子很难主动加以改变。这其中既有波子的因素，也有矢木的原因。

尽管波子并不是不知道丈夫既卑劣又狡猾，但还是做梦也没想到丈夫竟会背着家里人把钱存到银行里。存款嘛，也还说得过去，但他竟然连存折都放在了银行里！如果是一个承担养家糊口的男人，这样做也还是可以理解的，可到矢木身上就完全不同了。

矢木还要上缴所得税，这一点波子也早就知道。但他从不在自家所在地去交税，而似乎把学校宿舍或别的什么地方作为纳税地点。波子并未把这件事放在心上，以为那样做可能是为了方便，但现在就值得怀疑了,这大概也是矢木为了对波子隐瞒自己的收入而精心安排的吧?

波子心头一颤,浑身不禁感到毛骨悚然。

"我的东西,无论什么,统统都可以失掉的呀!毫不足惜啊。"

波子边说边按着额头站起身来,随即又从唱片架旁边的书架上抽出一本什么书拿在手里。

"走,咱们走吧。"

"干脆,还不如像友子姐那样呢!我们也变成一无所有,都让爸爸来养活好了。这样一来,高男和我也就全都自力更生了。"

品子挽着母亲的胳膊,顺着石头台阶朝下走去。

波子不想在开往东京的电车上再对品子讲友子和矢木的事,因此便想到看本书什么的,于是便带来了有关尼金斯基传记的书。

方才本是迷迷糊糊从书架上随便抽出来的,但波子还是暗自想道:也许还是听矢木讲的"尼金斯基的悲剧"这句话在脑子里起作用的结果吧?

"下次如果再发生战争的话,首先给我弄来氰化钾,然后给高男在深山里找一座烧炭的小房子,品子则要给她发一条类似十一至十三世纪欧洲十字军东征时代的那种铁制的贞操带啦!"

当品子她们今早放的《彼得鲁什卡》音乐声停止的时候,矢木曾讲了这么一通话。因此,波子像要掩饰内心厌恶情绪似的,说:

"我该要什么好呢?怎么把我给漏掉了呀?"

"啊,对了,还忘了一个人呢。这三样东西里,就由波子自己挑一样最喜欢的吧。"

矢木放下报纸,然后抬起头来。

面对丈夫这副无可挑剔的温柔和善的长相，波子竟有些手足无措了。波子只能浏览到报纸上的大标题，矢木马上又接下去说道：

"品子贞操带的钥匙由谁来掌握呢？这也是个问题哩。就把这副钥匙交给你好啦。"

就是在这种情况下，波子当时才悄然起身到排练场去的。

当时听起来只当是个令人讨厌的玩笑话，但在知道了矢木存款的秘密之后，再重新推敲这种玩笑时，波子就觉得好像有点不对味了。

"今天早晨你爸爸听到《彼得鲁什卡》后曾对我说：品子她们根本就不会想到尼金斯基的悲剧的吧。"

波子对品子试探地说了这么一句，然后就把《芭蕾读本》递了过去。这是一本来到日本的俄国芭蕾舞演员写的书。品子把书接到手里，但却说道：

"我已经读过好多遍了。"

"是啊。我也读过的，可不知怎么却偏偏把这本书带出来了。爸爸还说，尼金斯基难道不正是战争与革命的牺牲品吗？……"

"可是，当尼金斯基还在舞蹈学校时，不是就有一位医生曾经说过，这位少年早晚肯定会得神经分裂症的吗？"

但是，品子讲话的声音被电车通过铁桥的隆隆声给盖住了，两只眼睛则一直在眺望六乡一带那平坦的河滩。品子显出若有所思的样子，当铁桥过去一阵之后才又开口说道：

"有一位叫塔玛亚拉·托玛诺娃的芭蕾舞演员，也是个可怜的革命后代吧？她父亲是沙俄时代的一名陆军上校，母亲是出生在高加索的一名少女，父亲因革命而身负重伤，母亲被击中下巴，在被用牛车护送到西伯利亚的途中生下了塔玛亚拉。在一辆牛拉的车上……后来全家流浪在西伯利亚，又被驱逐出国。当他们亡命在上海时，观看了到当地巡回演出的安娜·巴甫洛娃的芭蕾舞，小塔玛亚拉·托玛诺娃当时就立志要当一名舞蹈家……托玛诺娃在巴黎一家歌剧院演出《婕安诺之扇》之后，被舆论爆炒为天才少女，当时她才十一岁呢！"

"十一岁？安娜·巴甫洛娃来日本跳《天鹅之死》就是大正十一年（1922）嘛。"

"那时我还没出生哩。"

"嗯……我还没结婚，还是个中学生。刚好是巴甫洛娃去世前十年的事了。她确实是五十岁时去世的，来日本时就跟妈妈现在年纪差不多哩。"

出生在被送往西伯利亚牛车上的塔玛亚拉·托玛诺娃后来从上海到了巴黎，在那里果然碰上了好运气，这次是自己的舞蹈得到了当年在上海看过其表演的安娜·巴甫洛娃的赏识。看到小小年纪的托玛诺娃的排练以后，这位世界芭蕾舞女皇大为感动。小小年纪的女舞蹈演员竟能同心中偶像的巴甫洛娃在特洛加得罗的舞台上同台演出了。

塔玛亚拉·托玛诺娃后来加入了蒙特卡洛的俄罗斯芭蕾舞团，又在 J. 巴兰钦等主办的"芭蕾·1933"中担任了首席舞蹈演员，当时年仅十四岁。

据说这位面带忧郁、小巧玲珑的少女，在舞台上也总是流露出某种寂寞的神态。

"现在大概还在美国跳舞吧？应该有三十岁了。"品子仿佛才想起来似的，说，"关于托玛诺娃的情况，我经常从香山先生那里听到一些。当年跟香山先生到军营和工厂这类地方去跳舞慰问伤病员时,我也有十五六岁啦……托玛诺娃以一个天才少女的身份,在俄罗斯芭蕾舞团的'芭蕾·1933'跳舞,与她相比,年纪可能差不多呢。"

"是啊。"

波子点了点头,但对品子很稀罕地提到香山名字却突然竖起了耳朵。

不过,波子还是把话题岔开了。

"在英国也是这样的,芭蕾舞团经常到前线、工厂或农村去慰问演出,把芭蕾的魅力也扩展到了一般阶层。不是有人说,这正是芭蕾舞在战后广为流行的原因之一么?在日本变得时髦起来,其中也有这个因素吧?……"

"怎么说好呢?我认为有一点是肯定的,那就是在战争中被压抑者的解放,其中特别是女性的解放,用芭蕾的形式得到了表现。"品子对妈妈的话做了回答,然后又自顾说道,"不过,我不是很留恋当时跟香山先生到各处去慰问演出时的情景呢。即使到东京去,我也常常暗想:不知回来时是否还能活着渡过六乡川上的这座铁桥哩!因为到空军特攻队去演出时我就想过,干脆我也死在这里算了。最好的时候是用卡车接送,也坐过牛拉车呢。塔玛亚拉·托玛诺娃出生在牛车上这件事,就是香山先生在牛车上给我们讲的。当时我就哭了。有时遇到空袭,城市里火光四起,碰上飞机向我们飞过来时,大家就赶快跳下牛车,躲到树荫下面去,香山先生还说,这就跟被革命驱赶的俄国人差不多呢。不过,我觉得,当时比现在也许更要幸福。因为当时既无迷惘,也没有疑虑……当时一心想的就是慰问那些为国而战的人们,只知道拼命地跳舞。有时也跟友子姐在一块儿。我当时才十五六岁,在往各处跑的路上也许随时都会死掉,心里一点都不害怕,因为好像有一种信仰在支撑自己似的……"

在去各地慰问演出期间,香山总是把手臂搭在品子肩上精心保护着她。品子感到这手臂现在仿佛还在自己的肩上。

"不要再提战争的事了吧!"

波子本想悄悄说的,谁知声音竟变得格外严厉。

"好吧。"

品子朝周围望了一眼。想着会不会被谁听到了。

"啊,对了,六乡一带的河滩也有很多变化嘛。以前曾修过高尔夫球场。战争一爆发,那里就被用作军事教练场地了,后来又一点一点地被开垦出来,整个河滩全都变成麦田和水稻田了。"

在讲这些话的同时,品子那漂亮的眼帘里仿佛又浮现出追忆当年跟香山一起在战火中到处旅行的情景。

"战争的时候,根本就没心思去顾别的事情呀。"

"那是因为品子当时还小,再说大家心目中的自由已被剥夺了嘛!"

"咱们家现在还不如战争期间平静和睦呢。妈妈您怎么看呢?"

"是么?……"波子顿时语塞了,不知该怎样回答才好。

"当时全家都心往一处想,不像现在这样分崩离析的吧?那时是国虽要破,但家还未亡啊。"

"可能是妈妈的缘故吧?……"波子终于说出来了,"不过,这个问题么,也许品子讲的是实情,但这实情里恐怕还有很大成分是谎言和错误。"

"对。是有。"

"而且，用现在的眼光来看，对过去的回忆已经无法做出准确评价了。一般情况下，过去的事总是令人怀念的。"

"是呀。"品子老老实实地点了点头，"不过，妈妈现在的痛苦要成为令人怀念的往事，可要几经世事沧桑哩。"

"几经世事沧桑？……"对品子用的这个词，波子只报以微笑，"需要几经世事沧桑的，可能还是品子吧。"

品子没有作声。

"假若没有这场战争，品子这会儿恐怕正在英国或法国的芭蕾舞学校跳舞呢！……"

那次在皇宫护城河畔波子还对竹原说了一句："说不定我也能跟着去了。"但此刻对品子却没有这样讲。

"我的学习都让战争给耽误了。纵使妈妈把全身心都投入进去，在这方面要取得成就，恐怕也得等到我下边那一代了。在日本，要出一个真正像样的芭蕾舞演员，也许要经过三代人的努力吧？"

"这倒未必。品子就可以嘛。"

波子用力摇了摇头。品子却垂下眼帘说道：

"不过，我可不要孩子。在全世界实现和平之前，我绝对不生孩子。这是真心话。"

"啊？"

波子仿佛遭到突然袭击似的望着品子。

"什么'绝对'呀，'断然'呀，我劝你还是不要随便乱说吧！品子你呀……现在已经不是使用战争语言的时候了。"波子既像嗔怪又像逗乐似的说道，"妈妈可吓了一大跳。"

"哎呀。我只讲了一次嘛。并没有随便乱说呀。"

"什么'在全世界实现和平之前,我绝对不生孩子',在电车上听你突然发表这个宣言,妈妈只有迷惑不解呀。"

"那好,我换个说法。品子将以独身边跳舞边等待世界实现和平。妈妈这回该满意了吧?"

"简直是一种舞蹈宗教般的借口嘛。"

波子把话题岔开了。然而,品子的话却留在她的心里,成了一个未解真意的悬案。

难道品子是在担心日本也会有在牛车上生孩子的那一天吗?或者说,品子内心深处还装着香山,所谓等待和平,其真实含义就是对香山抱有某种期待吧?

从品子的言谈话语之中波子也很清楚,香山早已成了品子对爱的回忆的对象。这种回忆并没有成为单纯的对过去的追忆,而是还活灵活现地保存在现在的脑海里。波子自己就有对竹原回忆的切身体会。波子现在明白了,少女时代对爱的回忆该是多么根深蒂固啊!品子对爱的回忆似乎还沉浸在一种名副其实的恬静之中,这也许是由于品子还没有与其他男人结合在一起的缘故吧。现在不妨做个假设,假定品子已经结婚的话,谁又能保证她对香山的回忆不会肝肠寸断地重新复苏呢?比如,假设再过二十年之后……波子设身处地地做了这样一种设想。

也许是友子昨晚的坦白对品子起了火上浇油的作用吧,品子从今天一大早就对妈妈左一样右一样地讲了许多事。

要出一个真正像样的芭蕾舞演员,在日本恐怕要经过三代人的努力吧?仅从品子口里听到这类话,就足以使波子心头一惊了。

品子说战争期间家里还是平静和睦的,这话也确实不错。因为尽管当时粮食匮乏，生命随时处在危险之中，但小小的家庭还是始终紧密团结在一起的。波子对丈夫平添疑虑并愈加失望，也都是战败以后的事情，而父母之间的这种隔阂也影响到了品子和高男的身上。波子感到伤心的正是这件事。"国虽要破，但家还未亡"，品子这句话讲的也是实情。

波子沉默了一会儿，与此同时品子大概也在思索着什么，只听她说道：

"朝鲜的崔承喜不知怎么样了呢？"

"崔承喜？……"

"她也是个革命的后代呢。据说在朝鲜战争爆发前就到了朝鲜，所以很可能有一对革命的爸爸妈妈呢。我观看崔承喜的首场舞蹈演出，大概跟塔玛亚拉·托玛诺娃在上海看到安娜·巴甫洛娃的舞蹈是在同一年里。"

"对，那大概是在一九三四年或三五年吧。妈妈当时可是吃了一惊呢！因为从那无言的舞蹈里，令人感受到了朝鲜民族的抗争和愤怒。舞蹈动作粗犷而又激烈，仿佛在时断时续地诉说，在拼命地反抗和挣扎。"

"品子记忆里经常出现的，可能还是在崔承喜艺术达到顶峰之后吧？她一转眼之间就成了明星了……不过，在歌舞伎剧院和东京剧场的演出，还从来没有那么大放光彩的人呢。"

"她还从美国到欧洲去跳过舞吧？"

"对。"波子点点头，"听说开始崔承喜是想当歌唱家的。有人说当年著名舞蹈家石井漠先生到京城来公演时，崔承喜的哥哥对石井先生的舞蹈甚为感动，于是便让石井先生将妹妹收作弟子了。

跟随石井先生后，崔承喜到日本时才十六岁，似乎刚从女子中学毕业哩……"

"正是我随香山先生到各地去跳舞的年纪呢。"品子又插了一句。

波子继续说道：

"因为是石井漠先生的徒弟，所以就会承袭先生的舞蹈风格，客观上也许会给人以这种印象的。可是，在崔承喜第一次公演时，妈妈却觉得，她的舞蹈动作里似乎确实有一种被压迫民族的反抗精神，着实让妈妈倒抽了一口冷气呢！随着名气越来越大，崔承喜的舞蹈动作也开始明快艳丽起来了，因低沉的悲愤遭遇到挫折而拼命扭动身躯的力量则越来越少了……这里面也可能还有另外一个原因，就是朝鲜舞易为人接受，所以石井风格的舞蹈就不大上演了。不过，她到西洋去时，总是自称为朝鲜女舞蹈演员的。在日本就叫'半岛舞姬'啦。"

"我还记得她跳的有剑舞、僧舞，还有一个叫什么'艾黑亚·诺亚拉'的舞蹈呢。"

"崔承喜跳舞时手臂和肩膀的动作也很有趣，对吧？据她自己说，朝鲜是个舞蹈贫乏的国家，跳舞是受人鄙视的。从这种濒临灭亡的传统中竟能创作出那么新颖的舞蹈呢。只凭新奇这一点大概是不会招人喜欢的。崔承喜对民族性这个问题肯定是深有感触的……"

"民族性？"

"所说的民族性，就相当于我们所讲的日本舞的含义，不过品子暂时还不必考虑到这种程度。日本舞的传统过于丰富过于强烈，唯其如此，进行新的尝试就更加困难，且容易产生倒退现象。但我还是认为，日本是世界有名的舞蹈之国。只要看看日本全国自古流传下来的舞蹈，而不是芭蕾……日本人实在是有舞蹈天赋呀。"

"可是，跟日本舞相比，芭蕾舞却正好相反哩。跟日本在内心和体态上的传统完全是大相径庭的呀。日本舞的动作总是向内聚集，富于内涵的，而西洋舞蹈动作却总好像是向外扩展，富于开放性似的，所以内心感受可能也是迥然不同的。"

"不过，你们这代人的身体从小接受的就是芭蕾舞训练，据说在西洋也把身高一米六、体重四十五公斤作为芭蕾舞演员的理想体型呢。所以说嘛，品子还是蛮不错的呀。"

品子本该在新桥与波子分手到大泉芭蕾舞团研究所去的，但却一直坐到东京车站，一起来到了妈妈的排练场。

"友子姐不会来了吧？"

"会来的。她就是那么一个人，保准会来的。即使辞掉了妈妈这里的工作，也会按时来问候……"

"是吗？……昨天不是来告别过么？她昨晚没睡好，又讲了那么一番话，恐怕不好意思再来见妈妈了吧。"

"友子姑娘可不是那种人，不会就那样走掉的。"波子充满了自信。

而品子之所以跟到这里来，正是因为担心友子今天不会露面了，那样的话，母亲也许会感到寂寞的。

当顺着台阶走进设有排练场的地下室时，立即听到了《彼得鲁什卡》的乐曲声。

"是友子姑娘。"

"哎呀，您瞧！"

友子身穿练功服，但并没有在跳舞。只是倚着把杆在听唱片。排练场里早已打扫得干干净净。

"先生，您早！"

友子仿佛有些害羞的样子，关上唱机后便突然将目光转到墙壁的镜子上去了。

"彼得鲁什卡？……"

品子口中说道，然后又将同一面唱片放了上去。是第一场，表现狂欢节的热闹场面。

波子的视线在镜子里跟友子相遇了，于是问道：

"友子姑娘，早饭还没吃吧？那以后你没回家，怕是直接到这儿来的吧？"

"是的。"

友子两眼现出倦意，眼皮变成了双眼皮，但眸子却在闪闪放光。

"友子姐已经来了，我可要去研究所了。"

品子冲母亲说了一句，然后就来到友子身边，将手搭到友子的肩上。

"我跟妈妈说，看友子姐来没来，于是就顺路到这儿来了。"

狂欢节的音乐正值高潮，友子的身体热乎乎的，这两件事使品子内心颇感欣慰。友子热乎乎的体温说明，直到她们进来之前友子似乎一直在跳舞。

"而且，在电车上我们还谈到了民族性的问题。"

《彼得鲁什卡》本身就带有俄罗斯民族的旋律和音色。

这部舞剧是由俄国著名作曲家斯特拉文斯基为佳吉列夫的俄罗斯芭蕾舞团创作的，首次公演时由福金担任艺术指导，由瓦茨拉夫·尼金斯基扮演可怜的丑角偶人。所以，当今天早晨听到《彼得鲁什卡》时,连矢木也说成是"尼金斯基的悲剧"了。

《彼得鲁什卡》首次公演是在明治四十四年即公元一九一一年,尼金斯基当时还不满二十岁。他在罗马跳过舞,还在巴黎演出过,因而成了当时受到狂热欢迎的明星人物。

《彼得鲁什卡》首次公演的一九一一年,尼金斯基离开俄国,直到一九五五年去世,这四十四年里再也没能回到祖国。

据说,大正三年,即一九一四年,尼金斯基因思念祖国,曾在巴黎做好旅途的一切准备,并于八月一日购买了返回俄国的火车票,而恰恰在这一天爆发了第一次世界大战。

尽管启程离开了因开战而处于骚乱之中的巴黎,但却在奥地利被当作敌国分子关进监狱。由于神经受到刺激,从那时起,便经常"俄罗斯"呀、"战争"呀地胡言乱语。

好不容易获得释放后,尼金斯基渡洋来到美国。当他第一次公演《玫瑰之精》登上舞台时,满场的观众一齐起立表示欢迎,人们投上来的玫瑰花仿佛都要把舞台给埋住了。

然而,即使在美国这种大受欢迎的环境里,尼金斯基也总是陷入阴郁沉思之中,始终提倡和平,诅咒战争,并同和平主义者和托尔斯泰主义者有了交往。

一九一七年,俄国爆发了革命。就在当年年底,尼金斯基终于完全变得跟白痴一般,遂从舞蹈界彻底销声匿迹了。当时年仅二十八岁。

据说,精神失常后的尼金斯基在瑞士疗养期间,有一天突然说要来一个即兴舞蹈给大家看,于是便把人们集合到一座小小的剧场里。谁知他却用黑布和白布在舞台地板上做了一个十字架,然后自己站到那十字架的顶端，面对大家做出基督被绑受刑的样子。摆好架势之后，他便说道：

"这次请各位看看战争。看看战争的不幸、破坏和死亡……"

一九○九年，当佳吉列夫的俄罗斯芭蕾舞团在巴黎做首场公开演出时，尼金斯基作为男舞蹈演员的新星立时就被捧成全世界的天才，尽管没过多久便差不多精神失常了，但却仍在跳舞。其艺术生涯实在是太短暂了。

到了一九二七年，即昭和二年，亦即品子出生前的两三年，佳吉列夫俄罗斯芭蕾舞团到巴黎上演《彼得鲁什卡》，当时曾把已经完全精神失常的尼金斯基带到舞台上一次。因为二十三四年前首次公演时，尼金斯基曾跳过彼得鲁什卡，据说这样做也许会在某种程度上唤醒他那早已失去的记忆，并由此成为恢复正常的契机。

当时的场景是，各种角色也全都在舞台上亮相，首场公演时扮演女主角的芭蕾舞演员塔玛亚拉·卡尔萨文娜以与当初一模一样的舞女偶人形象一步步走近尼金斯基，并吻了他一下。尼金斯基羞得满脸通红，直瞪瞪地望着卡尔萨文娜。卡尔萨文娜满怀深情地用爱称叫了尼金斯基一声。然而，尼金斯基却毫无反应地将脸扭向别处去了。

任由卡尔萨文娜挽住手臂的尼金斯基满脸掉了魂的样子，就这样当场被拍进了照片。

这张当时拍下的颇富戏剧性的照片，品子也曾在什么地方见到过。

可怜的尼金斯基被佳吉列夫领到包厢里去了。当扮演彼得鲁什卡的谢尔盖·里弗阿尔出现在舞台上时，尼金斯基竟问那是谁，并嘟囔道："那家伙能跳得了吗？"

跳彼得鲁什卡的谢尔盖·里弗阿尔被称为尼金斯基第二，是尼金斯基退出舞台后首屈一指的男芭蕾舞演员。看到这位里弗阿尔之所以要嘟囔一句："能跳得了吗？"就正是因为当年的尼金斯基曾以完美出色的跳跃动作震撼了全世界的缘故。因而，这句话便又成了人们茶余饭后的话题。

然而，一位精神失常的天才所讲的话，尽管充满伤感，并似乎颇有道理，也只能算是一个听听而已的谜吧。恐怕连尼金斯基本人也闹不清正在舞台上演的是自己年轻时曾扮演过的角色了吧？也许昔日伙伴的友情只是在对已成为行尸走肉的尼金斯基的嘲弄而已。

尼金斯基那辉煌的生涯最后只落得个如此可悲可恼的下场，如今恰似一座被寒冰封冻的冬季里的湖。纵使破冰深入到湖底去搜寻探索，大概也一无所有了。

"爸爸今天早晨还对妈妈说呢。爸爸说，'品子她们恐怕根本不会去考虑尼金斯基的悲剧的吧……'"品子朝友子说道。

因为友子一直默不作声，波子便仿佛代她回答似的说：

"矢木那是因为害怕战争和革命，所以才想起尼金斯基的。"

"可是，尼金斯基在战争期间也能到世界各国去跳舞呢，对吧？即使在神经错乱以后也还是世界闻名的嘛。他疗养的地方还能从瑞士到法国，又从法国到英国嘛！像爸爸呀，还有我们这些人，若出点事该怎么办呢？只好被赶着关进日本纸做的帘子后面去了，情况似乎不可同日而语嘛。"

"我们并不是世界性的天才，所以……大概根本不可能发疯的。"友子说。

"不过，友子姐昨晚的话可有点不大对劲呢。听着听着我的脑袋似乎也变得不对劲啦！"

"品子，友子姑娘的事由妈妈跟她商量，所以……"

"是么？……友子姐要能听妈妈的话就好了，不过……"

品子并不看友子，只管把唱片收拾停当。

"哎呀，还是我来吧。"

友子连忙走了过来。品子触触她的肩头，说：

"求求你了，就在妈妈这儿待下去吧！明年春天要举行妈妈心爱弟子的表演会，到那时咱俩共同跳《佛之手》该多好。"

"春天？几月份？"

"几月份还没定，但会尽快举行的。是吧？妈妈。"

波子点了点头。

"时候不早了，品子该走了。"

离开地下室后，垂头丧气走上街头的品子在东京车站附近站了一会儿，两眼注视着高处正在施工的混凝土建筑工地。

爱情的力量

进入十二月份以后,一直是绝好的天气。

舞蹈家们的秋季会演也大部分都已结束,这个月里就只剩下吾妻德穗、藤间万三哉夫妇的《长崎踏绘》和江口隆哉、宫操子夫妇的《普罗米修斯之火》等节目了。

吾妻德穗和宫操子都跟波子年纪相仿。

波子从年轻时起,也就是说,从十五年或二十多年前就开始看这些人的舞蹈。吾妻德穗是跳日本舞,宫操子则是跳第一次世界大战后在德国兴起的那种叫"诺耶探司(Neue Tanz)"的新式现代舞吧,总之都跟波子她们跳的古典芭蕾舞风格的舞蹈不同,但有一点令波子颇有感触,那就是人家长年累月都是夫妇二人在一起跳舞。

对于日本舞的时代潮流,波子也跟这些人一样,都是经历过的。

江口·宫夫妇留学德国时的告别演出和回日本后的第一次公演,波子也全都观看过。那种崭新的印象至今还能回忆起来。那好像已是昭和十年即一九三五年以前的事了。

人们宣称"舞蹈时代已经到来",派别林立的舞蹈家随意胡乱举办演出会,一时间舞蹈会的观众甚至比音乐会的还多。

外国的舞蹈家也接踵而来,当时来过的就有西班牙的阿尔根娣娜、黛莱吉娜，法国的萨哈罗夫夫妇、德国的克罗伊茨贝格、美国的露丝·佩奇等。

也是在那个时候，波子还听人们传说，举世闻名的米哈伊尔·福金也曾表示愿到日本来演出，从佳吉列夫俄罗斯芭蕾舞团建团伊始他就担任艺术指导。当时甚至还流传说，福金将到宝塚和松竹公司的少女歌剧团担任芭蕾舞艺术指导。

尽管西方国家的舞蹈家走马灯似的来了一批又一批，跳古典芭蕾的人却一个也没有。因此，波子对福金抱着满心的期待，谁知这消息传了一阵就再无下文了。

波子期待福金的到来，是因为她一直跳的是芭蕾风格的舞蹈，正宗的芭蕾舞还从未亲眼见过。对于古典芭蕾的基本功，究竟是否准确无误地掌握了，掌握到了什么程度，这些年来，连她自己也不甚清楚。

随着岁月的流逝，摸索、疑惑和绝望与日俱增。

战争结束之后，日本也开始流行起芭蕾舞来了，《天鹅湖》《彼得鲁什卡》等具有代表性的俄国芭蕾舞作品也逐步由日本人登台演出了。在这种情况下，如今的波子反倒更胆怯了。

让女儿学习芭蕾舞，自己则教授芭蕾舞，对此波子曾心灰意冷地犹豫过。

排练场上失去友子的身影以后，波子仿佛愈发失掉了教课的自信心。难道波子的自信以往都是靠着友子的无私奉献来支撑的么？

波子感到有些疲乏，似乎有点感冒，索性连整个排练都休息了四五天。

"妈妈，我暂时到日本桥那边去练功吧？"品子心里也惦记着母亲，"在友子姐回来之前，我去给您当个帮手好么？"

"她是不会回来啦。但她说过还要回到我这里来的,所以说不定什么时候也许会回来的。不过……"

"我倒想见见友子姐恋上的那个人哩。不过,他叫什么,住在哪里,友子姐统统都没告诉过我。想个什么办法才能知道呢?……"

听到品子这样说,波子也只是有气无力地应了一句:

"是啊,有什么办法呢?……"

"问问友子姐的母亲,这样不好吧?"

"恐怕不合适吧。"

波子口上无精打采地应付着,心里却在想:今年年底或明年过年时,友子母亲也许还会和往常一样来问候一下的吧。到那时该说些什么才好呢?

友子的母亲早年失去丈夫,只靠出租四五栋房子把友子抚育成人,但这些房子也由于战争统统都给烧光了。友子开始到波子的排练场帮忙以后,母亲也到附近一家商店去打工。波子总是为不能养活这母女俩而深感内疚,心里总是盼着很快会有转机。岂料,波子盼的转机还没到,友子要离去的日子却早早降临了。

波子暗自期待的转机,恐怕不单单指友子的事。波子感到十分寂寞,仿佛有块石头压在心里似的。

无论是卖掉钻石之类的物品,还是要把厢房出售给别人,波子一心想的就是要帮助友子,但友子却深知波子的家庭经济状况,知道不该过多依赖波子,于是便断然拒绝了。波子似乎也毫无办法,面对与友子性格上的差异和生活上的不同,犹如碰上了一道不可逾越的障碍。

"品子还是不要傻乎乎地去见友子姑娘的母亲吧!她母亲说不定还什么都不知道呢。"波子说,"还有,日本桥这边的排练,即使没有友子姑娘我也能干得了的。这边的事你就不用担心了。你还是先别想教别人的事吧。"

波子怕自己内心消沉的一面影响到品子身上。

就这样，在波子停止练功待在家里休息期间，从东京一家和服店来了两个人，京都一家和服店来了一个人，三个人里有一对半都讲遇上了窃贼。

东京的一个人在拥挤的电车上被割开皮包，丢了一大笔钱。另一个人放在电车行李架上的行李被人拿走了。

京都和服店的人则是在乘国营电车去大阪的途中，把一直放在膝上的行李硬被人给抢走了。窃贼是在开车时正要关门的一瞬间抓起行李跳下车跑掉的。

"周围的人都大声喊了起来。被抢走东西的当事人却愣怔怔地连声都没吭一声。"和服店的人站起来学着当时的样子，气呼呼地说，"就是这么个劲头，那家伙叉开腿一只脚踏在车门口，早就摆好了飞速跳出去的架势。"

波子把这件事作为年关的可怕景象对矢木讲了一下，谁知矢木却说：

"嚙，真够齐全的，跟你差不多的还是都到你这儿来了嘛。"

"你迷迷糊糊地动起恻隐之心，可能又买了什么了吧？"

被矢木这么一说，波子一下子哑口无言了。

波子从京都和服店那位手里买了一件自己穿的和服外罩。心里也曾盘算过该从东京那两人手上买点什么。对于没能买成这件事，波子心里很感过意不去。

看到茨城县结城一带生产的那种优质碎花丝绸，波子当时好像很想为矢木买下来。若是在过去,即使再勉强恐怕也早已给丈夫穿上了。一想到这里,波子便又添了一层过意不去的心理。

那种优质碎花丝绸仍留在波子的眼前。本来准备把这件事也说出来的,没想到却让矢木先给碰了一鼻子灰。

"到了年关底下,难道还会有谁带上一大笔钱去挤那种人满为患的电车吗?"

"话虽这么说……"

"既然很多被抢的案件都发生在要关门时,坐的位置离门口远点不就行了嘛。"

矢木从容不迫地继续阐明自己的看法,而波子却心急如焚。

"他们难道还不值得可怜么?就是咱们家,这些人也都帮过忙的。帮助我们卖过好多旧衣物呢。"

"那是做买卖吧。"

"也有不属买卖性质的地方。我们家是他们多年的老主顾了,不论是对我,还是对品子,只要我们去了,他们总是细心地为我们精选合意的料子,一心想让我们穿到身上。在战前收藏的好东西里,也有和服店老板心爱的精品,都真心实意地卖给我们了。真叫人可怜……"

"可怜?……"矢木像是在反问,"什么那么值得可怜?……你的声音怎么都发抖了?"

如果在往常的话,波子是不会把这件事放在心上的。

这三家和服店战前都拥有相当的规模。京都那家曾疏散到福井县去躲避战火,后来又遇上了地震。战争结束已经五六年了,直到现在他们还没有把商店办起来;如今三家凑到一块儿,都在年底遇上了窃贼,来的时候脸上都可怜兮兮的。

波子挨了矢木一通奚落之后，当即转念想到常来家里和日本桥排练场学芭蕾的那些姑娘们，只要拜托她们想想办法，估计很有可能推销出十套或二十套和服丝绸料子。于是，她便匆忙收拾打扮了一下，立即赶到东京去了。

排练场里，只有一些学生跟往常一样在做基本功练习。两名来得时间长一点的学生离开队列站在一边，似乎正代替波子和友子在教其他人。

"哎呀，老师，您已经好了吗？"

"您的脸色可不大好啊。"

学生们纷纷来到波子身边，似簇拥似搀扶般地让她坐到椅子上。

"谢谢。我没来上班，对不起大家。我看上去很弱，其实并没有卧床不起呀。"

波子刚想仰起脸看看身边的姑娘们，却马上咳嗽起来了。咳嗽得泪流满面。

有一位少女用手帕替她擦着眼睛。

"没事的。请继续排练吧！我稍微休息一下……"

波子走进一间小屋子，目不转睛地朝桌子上的电话机望了一会儿，然后给竹原打了个电话。

竹原来到排练场时，波子正独自一人坐在取暖炉旁边的椅子上，一只胳膊搭着把杆，脸伏在胳膊上。

"谢谢你的电话。听声音跟平时不大一样，本想马上就来的，但当时正有一位小型照相机的客人。是出口的。"

竹原站在波子面前，把帽檐插到把杆和墙壁之间的夹缝里。

波子抬起头眼泪汪汪地望着竹原。额头上还留有衣袖的痕迹，眼睫毛也有点凌乱。

"对不起。"波子随口说道，"我有点感冒，连排练都停了好几天了。"

"是吗？看你好像还很疲劳呢。"

"累人的事太多了。"

竹原站在原地未动，朝坐在那里的波子望了一会儿，但又突然移开视线说：

"一进这个屋子就闻到一股煤气味，不会煤气中毒吧？"

"嗯。排练一会儿马上就暖和了，已经关掉了。"波子扭头照了照镜子，"呀，脸色煞白……"

波子用指尖把睫毛抚弄了一下，好像被人看到了刚起床时尚未化妆的脸似的，显出很难为情的样子。连口红都没抹。

竹原两眼望着那边说道：

"墙上的镜子还没装上嘛。"

"嗯。"

从开始有这座排练场时就说过，打算在一面墙上全部装上壁镜。但最后也只是在墙上拼装了两块西服店里的那种穿衣镜。

"也许这根本就不能叫镜子呀。"

波子脸上露出微笑，心里却仍在挂记着映在镜子里的那副憔悴面孔。

连头发都有四五天没好好仔细修整了，每天也只是用梳子随便往上拢一下。

对于以这副模样来会面，波子心里感到很坦然。一经意识到这点，波子对竹原仿佛立即涌出一种亲密怀恋的感情。

"今天本来也打算在家里休息的,但突然动了念头就又出来了。"

竹原点了点头,坐到椅子上。

"听电话里的声音,我还以为出了什么事呢。我进来的时候还以为这里绝不会只有你一个人,你那个样子是在考虑什么问题么?"

"考虑什么问题……"波子迟疑了一下,眼角上掠过一丝忧愁,"我又想起了一件没意思的事。就是皇宫护城河里那条白色的鲤鱼……"

"鲤鱼?"

"嗯。当时,在日比谷十字路口附近的护城河拐弯那个地方,还记得有一条白色的鲤鱼吧?我在看那条鲤鱼,不是还被你给训了一顿吗?"

"是有这么回事。"

"后来一问品子才知道,那个地方有鲤鱼根本就没什么可稀罕的。"

"即使有一条小小的鲤鱼游在护城河的一角,过往行人谁都不会去注意的。只有我才会把目光停留在它身上,这就是我的性格。竹原先生,当时我是这样说的吧?"

"是这样说的。你与鲤鱼都是孤独之身,好像是同病相怜嘛。你当时正低着头盯着河里,我真想从背后朝你击一猛掌呢。"

"我当时被申斥了一句:'还是把这种性格丢掉吧!'"

"看着你那个样子,我心里很不好过呀。"

"不过,即使不被任何人注意,鲤鱼也照样生活在这里。当时我心里就是这么想的。所以,后来还对品子讲过一次。"

"说跟我一块儿看见的?……"

波子轻轻摇了摇头，说：

"听品子讲，那个地方常有鲤鱼聚在一起。因为已经到了傍晚，所以才只剩一条的吧。还说，带孩子去日比谷公园游玩的人，回来时常把饭盒里剩下的面包渣呀、饭粒呀什么的，都投到河里去喂它们……那一带是鲤鱼成群的地方，剩下一条鱼也没有什么可奇怪的。"

"是吗？"竹原应了一句，眼里带着反问的神色。

"我问过品子，结果跟竹原先生训斥的一模一样，弄得我自己也觉得怪可怜的。因为在那种时候，一条小鲤鱼竟莫名其妙地选择那么一个僻静的场所，孤零零地独自待在那里，这情景对我正仿佛感同身受啊。"

"是啊。"竹原心领神会，"这种情况波子你是常有的。"

"我就是这样想的呀。对一条根本无所谓的鲤鱼感到怜悯，明明是正跟您在一起，眼里一看到这种东西却又突然产生一种寂寞的感觉……"

说完这番话之后，波子的目光突然闪了一下，随即把头低了下去。

眼圈略有些发红，双颊也泛起了红晕。

"对不起。"波子又说了一句，仿佛在有意缓和自己透不过气来的情绪。

竹原目不转睛地望着波子。

"什么白鲤鱼之类的东西，难道就不会将视线避开吗？"

波子只眨了一下眼睛，左肩膀稍微有点向下倾斜。在竹原眼里，还以为那是被什么重东西给压下去的呢。

竹原站起身来。从波子身边后退了两三步，然后又靠近前来。

波子将右手按住左肩闭上眼睛，就在这一瞬间里差点往前扑倒在地。

"波子！"

竹原从旁边把波子撑住。又保持这姿势绕到身后，抱住波子使她直起身来。

竹原把右手放到波子的右手上，然后充满柔情地握住。波子的右手在竹原的掌心里变得软绵绵的，随即离开了肩膀。手指冰凉，皮肤细腻光滑，这种感觉一下子传遍了竹原的全身。

竹原弯下上半身。

"太晚了。"波子将脸转向一边。

"太晚？……"竹原把波子的悄声细语重复了一遍，然后加重语气说道，"一点不晚。"

然而，在做了这种否定之后，波子所讲的"太晚了"这句话才开始进到竹原的脑海里来。

竹原的身子僵住了，仿佛在犹豫什么似的。

竹原下颌底下就是波子的头发，耳垂历历在目，稍微歪扭的脖颈上露出雪白的发际。

今天没戴耳饰。

这几天由于感冒没法洗澡，所以波子临出门时比平时多洒了些香水。在这种卡朗黑水仙的香味里还隐隐约约地夹杂着近似枯草烧焦般的头发气味。

竹原的右臂一直压在波子的右臂上。波子的右手是从左肩上滑落下来的，因此就形成了竹原轻柔地抱住波子胸部的架势，但还是传来了波子心口剧烈的跳动。尽管根本没有触到那个部位，但还是感受到了心脏的跳动。

"波子，一点不晚！"

波子轻轻摇了摇头，把转向一边的脸扭回来正对着竹原。

竹原以近似用胸膛支撑住波子的姿势，把嘴唇慢慢地贴到波子的眼皮上。方才也是这样，竹原本想先触碰波子的眼帘的。

一闭上眼睛，波子的上眼皮就仿佛在说话似的。比嘴唇诉说得更温柔，更忧伤。

然而，在竹原触碰到之前，眼帘里已流出泪水，润湿了眼睫毛。这情景犹如锦上添花，双眼皮的线条显得更美了。

转瞬之间，泪水便从眼角流了出来。

竹原正想把嘴唇移向泪水流出的地方，谁知波子却说道：

"别这样，我好害怕。"

波子晃了晃肩膀。

"好怕人呐。有人在看。"

"在看？……"

竹原抬起眼睛。波子也把眼睛抬了起来。

从对面接受光线的窗户里看到了路上行人的腿。

细长的窗户只比外面的马路高出一点点，只能看到外面过往行人的小腿部分。膝盖和脚面处都看不到。

地下室里还明晃晃的，而形迹匆匆的市面上已是傍晚时分了。

"太可怕了。"

波子动着身子想站起来，竹原手臂突然一松，波子当即像失去依靠似的差点朝前倒了下去。

"放开我……"

波子就那样跟跟跄跄地走开了。

竹原望着波子一步步地离去。然而，却仿佛还在抱着波子似的。

"要离开这儿吗？"

"是的。请稍等一下……"

波子朝墙上的镜子望了一眼，随即像害怕见到自己似的走开了。

当天晚上，波子回到家里时还不到九点，比品子还早。品子因为还负责艺术指导，所以才晚的吧！毕竟比品子还先回到家，这总算使波子松了一口气。觉得更好解释了。

打开丈夫房间的拉门，手指仍在用力抓住把手：

"我回来了。"

"你回来了。好晚了嘛。"矢木从书桌前扭过头来，"离开家以后，没什么事吧？"

"嗯。"

"那就好。"矢木朝波子晃了晃白锡茶叶筒，"这个已经空了。"

波子转身来到茶室，正准备从茶叶罐里将上等玉露茶倒进小茶叶筒里，谁知手指头却不听使唤，竟把茶叶掉到了铺席上。

然而，当波子把玉露茶拿过去时，矢木已经动笔在写东西了，并没有再看她一眼。

"今晚要工作到很晚吗？"尽管本心想一声不吭就退出去的，但波子终于还是问了一句。

"不。太冷了，要早点睡。"

波子返回茶室后，马上动手将掉在铺席上的玉露茶叶放到火盆里烧掉。

烟消散以后仍有一股气味。

波子很想在房间里轻轻地走上几圈，最后还是悄悄打消了这个念头。

本想一回家就直接到排练场去弹钢琴的，谁知连这件事也没办成。

回来的路上，波子坐在电车里曾听到贝多芬的《春天奏鸣曲》。这支曲子引起她对与竹原往日相处的回忆。对往昔的回忆，只要一通过音乐，就仿佛既可以变成遥远的梦想，也可以变成近在咫尺的现实。

"品子回来就糟了。"波子不禁嘟囔了一句。

为了不让品子看破自己抑制不住的喜悦心情，最好的办法就是钻进被窝里去。因为本来就有点感冒，即使早点躺下休息，矢木和品子也都不会感到奇怪的。

方才，从日本桥的排练场出来以后，波子又在竹原的劝诱下到西银座的大阪料理店去吃了顿饭。尽管如此，波子心里仍始终忐忑不安，一直惦记着回家的时间。然而，出人意料的是，一旦在新桥车站与竹原分手之后，波子反倒听凭自己感情堤坝的决口，任其倾泻奔腾了。

而且，当自己真的回到丈夫身边之后，反倒不再害怕丈夫，比在竹原旁边时轻松多了。

波子自己动手铺上被褥，同时差点"啊！"地叫出声来。

因为波子脑海里突然闪电般地掠过一个念头，觉得先前无论是在皇宫护城河畔，还是在日本桥排练场里，自己跟竹原单独在一起时猛然间出现的那种可怕的恐怖心理，实际上不正是爱情的爆发吗？

波子放下手中的褥子，一屁股坐在上面。

"怎么会有这种事呢？"

波子拼命打消这种念头，钻进被窝心情平静下来之后，也还像惧怕那股闪电似的做起了合掌动作。

在注释真言密教根本经典的《大日经疏》里，记有合掌的十二种礼法。当波子正准备逐一回忆去做的时候，矢木进来了。

在这十二种合掌礼法中，有两手手指和手掌紧紧合在一起的"坚实心合掌"、手掌之间稍留一点空隙的"虚心合掌"、手掌略弯成花蕾形状的"未开莲合掌"、两手拇指和小指挨在一起而其他三指分开的"初割莲合掌"、掌心合拢五指交叉的"金刚合掌"，还有"归命合掌"——到这第六套之间，还都带有合掌的样子，因而容易记住，且根本不会忘却。

然而剩下的七套做法，比如两手掌心朝上再弯指做捧水状的"持水合掌"、双手手背贴在一起再手指交叉的"反叉合掌"、只把两手大拇指挨在一起而掌心向下的"覆手合掌"等，对于这些并不带合掌模样的合掌，连波子也搞不大清楚了。即便能做出个样子，也记不住叫什么名称了。

当她正在回忆这些做法，从第一套反复做了两三次，刚做到"归命合掌"时，耳边传来了矢木的声音：

"怎么？……已经睡下了么？"

原来是矢木已拉开隔扇门，正在昏暗中探头望着波子的睡姿。

波子心头一震，以合掌的姿势将手缩到胸口上。

"归命合掌"本义就是死人合掌，但也是一种缩着身子害怕得发抖的手势。这种手势既可以理解为请求恕罪，也可以理解为乞求怜悯。

波子往交叉合在一起的手指上更用了一股劲，牢牢地压在胸口上。

她以为矢木已觉察到竹原的问题,是前来责备自己的。

"离开家到外面去,还是累着了吧?"矢木把手贴到波子的额头上,"怎么,没发烧嘛!"说着又把自己的额头跟波子的额头碰了一下。

"还是我的热。"

仿佛是要避开矢木似的,波子抬起放在胸口的手往自己额头上贴了一下,结果却惊叫道:

"哎呀!真讨厌。我还没洗澡呢!有六天了……"

不过,波子毕竟控制住了浑身发抖。

也把绝望竭力掩盖住了。

而且,一旦真的面对绝望,就犹如从不忠贞的恐惧和罪恶感中彻底摆脱出来一般,心里反倒完全轻松了。

波子流出了眼泪。

过了一会儿,从茶室里又传来了矢木问话的声音:

"来杯热柠檬汁怎么样?"

"谢谢,来一杯吧。"

"要不要加糖?……"

"多加点……"

波子想起刚到家时对矢木说的那句话:

"今晚要工作到很晚吗?"

在矢木听来,这也许是在主动邀他吧?波子不禁咬住了嘴唇。

波子一面一口一口地喝着热果子汁,一面侧耳听着品子回来的脚步声。

"妈妈呢?……"品子一迈进茶室便问道。

矢木好像有意让波子也听到似的答道:

"到东京去了一趟,累了,已经睡下了。"

"哎呀,妈妈出门了吗?"

品子似乎想要到波子的卧室里来,结果却被矢木给叫住了:

"品子!"

品子好像在父亲对面坐了下来。

矢木怕是有什么话要说吧?波子一面竖起耳朵去听,一面躺在床上左右翻身,把弄乱的头发拢上去。

矢木叫住品子不让她到自己的卧室里来,恐怕就是为了给自己争取点时间把浑身上下整理一下吧?当波子意识到这一点时,正在紧张忙碌的手指却突然不动了。

"爸爸,那是热柠檬?……"因为爸爸并没有开口,所以品子先开了腔。

"对。"

"我也想要一杯呢。"

波子听到了往玻璃杯里倒热水然后又搅动的声音。

矢木似乎正在望着品子手上正在做的这一切。

"品子。"矢木又叫了一声,"我看到了高男的笔记,上面有这样一句话:'一个哥哥跟一个妹妹,在这个世界上再没有比这更亲的了。'"

面对这突如其来的话题,品子大概只有望着父亲了。

"这是德国哲学家尼采写给妹妹信里的一句话。"矢木接着说道,"品子你是怎么想的?品子和高男不是一个哥哥和一个妹妹,而是一个姐姐跟一个弟弟,和尼采讲的刚好相反。不过,高男好像认为这是一句好话,因此便把它抄到笔记本上了。尽管大小顺序颠倒了，但也毕竟还是一男一女的亲兄弟姐妹嘛。在现实世界上再没有比这更亲的了。够上佳句了吧？"

"是个佳句。"

"高男心里是这样盼望的。所以，品子最好也把尼采这句话写下来。"

"好。"

波子听到品子老老实实地答道。

然而，品子好像刚想起来似的，又说了一句：

"爸爸您也是只有兄妹俩吧？"

品子看来是言者无意，但波子却心头一颤。

矢木和他妹妹早已成为陌路人，现在已经完全断绝来往了。

矢木的妹妹在波子老家帮助下念完了女子高等师范，一毕业便跟矢木母亲一样当了教师。随着年龄的增长，最后跟兄嫂彻底疏远了。这是矢木的缘故呢，还是妹妹的原因呢？抑或是波子的过错呢？恐怕这几种原因都有吧。要么，也许是自然而然形成的吧。不过，丈夫的妹妹和波子无论在生活上还是在性格上都不合，这倒是个事实；波子一见到这位小姑子就感到她是属于与自己完全不同的另外一个世界的人，这种从婆婆那里传下来的东西在丈夫身上也有体现。

由于被品子提到了妹妹的问题，波子一直在等待矢木如何回答，但听到的却是：

"你这么一说我倒想起来了，跟你姑姑也有好长一段时间没有见面了。春节时给她寄一张大家共同署名的贺年片吧！"

然而，品子对父亲的闪烁其词似乎并没有在意，仍自顾说道：

"爸爸，您今天早晨提到尼金斯基了吧？谈到尼采和尼金斯基这些精神失常的天才的故事了？……尼金斯基小时候死了上面的哥哥，所以他大概也成了一个哥哥跟一个妹妹了吧。"

今天晚上高男也回来得很晚，趁这会儿工夫矢木跟品子谈到了高男。因此，一直在侧耳倾听的波子就觉得仿佛是在说给自己听似的。

难道矢木已看出波子去见过竹原，因而才故意兜圈子责备作为母亲的波子的么？一个姐姐和一个弟弟，一个父亲和一个母亲，世上再没有比这更亲近的人了。

品子似乎对爸爸的话也猜到了几分，但却故意讲到矢木的妹妹，又把尼采说成了精神病，这样也就把波子解脱出去了。尽管品子并没有存心讽刺挖苦的意思，但波子在背后听着却别有一番滋味在心头：既为品子暗地里捏了一把汗，又感到内心十分沮丧。

"妈妈。"品子喊了一声。

波子此时此刻不能答应。

"已经休息啦。"品子冲着父亲问道，"妈妈也喝过柠檬汁了么？"

波子不禁失声道：

"哎呀！好讨厌。"说完，浑身差点都抖了起来，"这孩子，怎么会这样！"

波子感到一种女人特有的直感在品子身上起了作用，而这种直感恰恰是潜藏在女人内心深处的令人讨厌的污秽不堪的东西。

"妈妈也喝过柠檬汁？……"

也许品子只是出于体贴入微的用心才这样说的吧。

而且，波子在长出一口气之后立即想到，令人讨厌的难道不正是自己吗？脑海里留下的只有自己那副见不得人的样子。波子感到被触及了自己丑恶的一面，因而才引发出一种莫须有的憎恶心理的。

波子觉得，自己的丑恶就像正以原形毕露的见不得人的女人的姿态横躺在眼前似的。

难道是因为内心有愧才在刚回来时主动向丈夫发出邀请的么？要么就是由于惧怕罪恶的气息而一反常态地自觉淹没到起伏不定的思绪中去的吧？这种罪恶感是双重的，包括对丈夫和对情人。然而，正因为如此，反倒恰似增添了双重喜悦。随之而来的是，也许对丈夫和对情人又都增加了一层难以捉摸的罪孽。

波子好像在用厌恶、悔恨、绝望之类的念头试图把什么东西巧妙地掩饰起来，但她今天毕竟有了一副新的躯体。

这是什么原因呢？难道是因为没有拒绝竹原吗？

竹原看到波子那副恐惧的样子，连嘴唇都没有碰一下，但波子拒绝竹原却根本不是出于恐惧。

那种恐惧的出现，实际上不正是爱情的爆发吗？当波子脑海里闪电般地掠过这种感觉，并把褥子丢到床上时，难道不正是决定了她命运的时刻吗？

那股闪电就好像真的照出了波子的本来面目。

波子在想，也许竹原和自己都被恐惧的假象给蒙骗过去了。

吾妻德穗和藤间万三哉夫妇主演的日本舞剧《长崎踏绘》，在帝国剧场共演四天，在结束那一天波子去看了一场。

正式开演时间是五点，但波子在两点钟就离开了北镰仓，然后顺路绕到银座一家贵金属店铺把戒指卖掉了。就是准备送给友子的那枚戒指。

把戒指换成现金后,该把其中的多少送给友子呢?波子走在路上一直拿不定主意。

"那次,友子姑娘若当场接受下来就一切问题都解决了。"

友子受波子的差遣也曾去过贵金属铺,恐怕她也会卖给同一家店铺的吧。

从那次到现在还没过几天,波子却为自己把它卖掉了。倘若把钱拿回家里去,分给友子的数额估计还会减少。

波子决定让办事员将现金送到友子家里去,于是便重新返回到新桥车站。

波子正当着几个办事员的面数着千元面值的钞票,却突然"哎呀!"一声将头转了过去。原来她以为是竹原的手触到了自己的肩膀上。

谁知,那是其他客人的行李碰了波子肩膀。一名跟竹原毫无相像之处的年轻小伙子正站在自己身旁。手里拿着一件细长的东西。

"对不起。"

"没关系。"

波子脸红了。心口一阵发热。

一万日元,重新数好后,波子便用手帕包好,并在上面写了友子的住址。

"哦?您要把钱裹在手帕里送去吗?"办事员吃了一惊,"有口袋呀!给您一个吧?"

"那就多谢了。"

波子实在有些心慌意乱,匆忙中突然想到了手帕,以至于根本没意识到这样做是很反常的。

然而,一旦离开那种令人丢丑的地方之后,随即从内心里涌出一阵阵轻松的笑意。

一路上到处都是服装店的橱窗,方才边走边考虑该给友子多少钱时,那里面的男式服装就已经映入了波子的眼帘,内心里就琢磨过这些东西对竹原是否合适。整条街上那些可能适合于竹原的物品仿佛全都有了生命,活灵活现地出现在波子眼前。这些物品都在等待波子,都在主动向她招手。接下来,波子眼前又马上浮现出全身都穿戴上这些物品的竹原的身影。

友子的事总算告一段落之后,商店里的男式用品便愈发惹人注目了。望着橱窗里的围巾,波子觉得自己的手好像已经摸到了竹原围上围巾的脖子。波子情不自禁地走进店铺,买下了那条围巾。

"啊,真叫人高兴。不过,这就像让友子姑娘给买来的呢。算是送给你的临别纪念?……"

波子口里这样喃喃自语着,同时又买了一条纯毛领带。

经过跟竹原一起来的护城河,朝帝国剧场走去。波子来得太早了。

上到二楼后,看到休息室墙壁和柱子上挂着著名油画家林武和著名作家武者小路实笃等人的绘画作品。波子心里不知这是怎么回事,结果却发现冒出来一个叫作"花与和平之会"的小卖部,里面摆着一些诗人和作家在上面书有作品的色纸,由此判断那些绘画作品似乎也属该会所有。

波子正凭靠着舒适的椅子在观赏林武的名叫《舞娘》的彩色蜡笔画,却听到有人叫了自己一声:

"波子夫人。"那人同时又拍了拍自己的肩膀,说,"您看得都入迷啦。"

手和声音几乎是同时的，因此，这次肯定是竹原无疑了。然而波子还是吓了一跳。

"久违了。"沼田重又问候了一句。

"久违……"

"真巧在这儿能见到您。"接着，在坐下去之前，沼田又扭回头看了看《舞娘》那幅画，"真是一幅好画呀。唔，手里拿着扇子……"说着又往画跟前走了过去。

波子暗想，若是在回去之前一直被他纠缠着，那可怎么办呢？

沼田身体很重，刚在旁边坐下就把长长的椅子给压弯了，波子的身体也同时向这边倾倒过来，因此便悄悄移开了一点。

"上个月我见到了矢木先生……"

"是吗？"

波子一无所知。

"我接到先生从京都发来的信，叫我到幸田屋旅馆去。我还以为有什么事呢，便急忙赶了过去，谁知看样子根本就没什么事。我心里估计肯定是要谈波子夫人的事，先生本意怕是要从我这里探出点什么来吧？比如竹原先生或香山君的事呀之类的……"沼田两眼一直在盯着波子的脸色，"我随便几句就给敷衍了过去。其间还议论到了有关波子夫人的青春问题呢。"

波子淡然一笑，本想以此掩饰过去的，结果面颊上却泛起了红晕。

"今天见到您我可是大吃一惊呀！怎么说好呢，就像突然绽放的一朵鲜花，光艳照人呢。"

"您别开玩笑了。"

"不，看上去真的像一朵鲜花在开放。"沼田又重复了一遍，"我还劝矢木先生让夫人重返舞台，可是……"

"根本不可能。连排练场我还考虑是不是要关门呢！……"

"为什么？"

"没信心了。"

"信心？……太太，您知道东京有多少个芭蕾辅导班吗？六百，有六百个呢！……"

"六百？……"波子吃了一惊，好像给吓呆了，"啊，真可怕。"

"听说有好奇的人调查过了。大阪就有四百个。"

"大阪有四百？……真的吗？真不敢相信。"

"再加上地方各城镇的，数字大得惊人啊！"

"尽管有人在文章中说过，芭蕾不属于义务教育，但我还是想这么说，这完全是一个芭蕾狂时代嘛！就像流行性感冒似的，女孩子全都得了舞蹈病。据说有一位舞蹈家听税务署的人讲，近来最赚钱的恐怕就数新兴的宗教和芭蕾舞了。"

"不至于吧……"

"可是，我认为这股芭蕾热还是有点非同寻常。古典芭蕾舞对日本人的生活和体格都不适合，这样的基础是靠不住的。随随便便辅导一下就去举办发表会，哎呀，这就像在讲俏皮话了，可全国各地到处都有数不清的女孩子在跳呀、蹦呀、转呀，如此下去实在太可怕啦！也就是说，因为不成材的料变多了嘛。其中会产生有用的人才。只要把废品堆积成山，总会找出有用的嘛。骗人的指导教师越多越好。不成材的女芭蕾舞演员也是多多益善。事物变得兴旺发达，大概就是这种局面吧。我是持大大乐观态度的，日本的芭蕾大有希望，我的事业也会……"沼田越说越起劲了，"芭蕾舞辅导班在东京从六百变成一千个也不值得大惊小怪。低水平的培养出来的还是低水平，太太的排练场自然而然就会鹤立鸡群了。"

"您讲的未免有点太玄了。"

"总而言之，现在不是考虑要打退堂鼓的时候啦。索性波子夫人也来靠芭蕾谋生吧！"

"谋生？……"

"是谋生呀。要进一步强化商业意识，倘若说成职业就有点失礼了吧？然而，最近一段时间以来，有很多学芭蕾的女孩子都想以它为职业，或者准备成为芭蕾舞专家呢！"

"是呀。我怕的就是这个。"

"不这样不行哟。若论小姐的爱好嘛……在太太您出资的年代，我曾经得到您很大帮助，所以，作为回报，这一次我要竭尽全力效劳。第一步，我们还是先举办一次波子夫人的演出会吧！新春伊始，正好带头来个季节性的高潮。至于矢木先生嘛，我负责跟他去谈，保证没问题的。上一次就跟先生说过了，'我正在鼓动波子夫人哩。'"

"矢木当时是怎么说的？"

"'四十多岁的女人即使跳起舞来，也只能跳到下次战争为止，时间是很短暂的。'哼，靠太太养活了二十几年，哪还有什么短暂的嘛！怎么说好呢，这种人，'……我身上的一块表，从来就没差过一分钟。'让老婆都发疯了，还有什么资格谈表呢？"

"我发疯了么？"

"发疯了。尽管还没疯到矢木先生那种心胸狭小的程度……太太，您还是谈谈恋爱吧！用恋爱来把弦重新上紧吧！"沼田用一双大眼睛死死地盯着波子,"您即使马上就离婚,时间上也还是蛮合适的嘛!如果说,能跳舞的时间是很短暂的话……更何况今天是美丽的,正像一朵盛开的鲜花。"

"您怎么啦?"

"在下想问一句话:太太,昨天晚上您跟竹原先生在银座散步了吧?有人看见啦。"

难道说沼田看到了吗?波子暗吃一惊,但嘴上却说道:
"只是跟他商量一下有关排练场的事情。"

"无论是商量事也好,还是干什么也好,您尽可以大胆地去进行。如果您有心造矢木先生反的话,我是坚决站在您一边的。就说排练场吧,在日本桥的中心地带,离东京火车站又很近,再加上太太治理有方,肯定会有惊人发展的呀!要我来助您一臂之力吗?"

"嗯,这个嘛……倒是有另外一件事想求您帮忙。就是我那里的友子,您该知道吧,如果有赚钱的路子,倒是希望您能帮她一把。"

"那个女孩子蛮好的。不过,只她一个怕是不能打开局面的吧!若是让她跟品子小姐搭档在一起就更好了,您的意思呢?"

"品子就别提了,因为她是大泉芭蕾舞团的。"

"再考虑考虑吧。"

开演的铃声响了。

沼田随在波子之后沉甸甸地站起身来。

"太太,崔承喜的女儿死在战场上了,您听说了吗?"

"啊!那孩子竟会……"

波子脑海里不禁重新浮现出那位少女的形象,当时她才十岁左右，细长的身材，穿着那种染有多彩华丽图案的叫作友禅花绸的长袖和服。波子偶尔在舞蹈演出会的走廊等处见到过她。眼前又浮现出那个小女孩童装肩头高耸的衣褶。记得当时还淡淡地化了妆似的……

"是个很可爱的孩子。可是，对了，恐怕已经跟品子年纪差不多了吧。是共产党军队里的女兵？……到前线跳舞作慰问演出？……"

波子口里说着，眼前出现的仍只是那位身穿友禅花绸的小女孩子的模样。

"听说崔承喜曾有一段时间逃到中国东北去了。因为她毕竟是朝鲜的国会议员呀。听说办了一所舞蹈学校。"

"是吗？前几天我还和品子说起过崔承喜呢。她的女儿是死在战场上了吗？"

波子在座位上坐下以后，那少女的影子仍在眼前晃动。少女的身影与波子内心的纷繁杂乱仿佛已完全融为一体了。

沼田那种习以为常的讲话语气实在有点过分，因此波子一直是将信将疑地听着，其间说到他曾看见波子与竹原在一起的情形。这已是无可挽回的事实，而今天晚上也是要与竹原在这里会面的，所以怎样才能躲过沼田的眼睛呢？波子心里犯难了。

明明知道竹原要晚来一会儿，但波子却始终无法保持平静，一会儿扫视一圈坐席，一会儿又扭头望望门口。

正如沼田自己所说的那样，他肯定是站在波子一边的。即便从管理人的角度来讲也是这样，与其说波子被沼田利用了，还不如说是她在利用沼田。再说，沼田长期坚持不懈地缠着波子，也是一直在等待可乘之机。他甚至连波子的女儿品子都想用来作为自己的工具。看到波子毫不动摇，根本不可能落入自己的圈套，沼田竟然说过要等待第二次机会。沼田心里打的主意是，等待波子有了婚外恋，并因此而闹得不可收拾的时候，他再抓住时机乘虚而入。

波子觉得，对沼田既要随和一些，又要暗中毫不放松警惕。

最近两三年里，波子总是尽量避开沼田。自然而然地沼田也就疏远了。每次见面之后，沼田都必定要讲矢木的坏话，随着波子的心离矢木愈来愈远，这些话反倒更令人生厌。

《长崎踏绘》是一出由小说家长田干彦创作的新编舞剧，共五幕七场，内容讲的是由殉教变成恋爱悲剧，又由恋爱悲剧变成殉教的故事。

作曲是大仓喜七郎（听松），所以由大和乐团演奏。其中也使用了西洋乐器，恐怕还是属于日本风格的音乐吧，所以在这出剧里既出现了始于日本文化年间的清元小调，也有西方的圣歌合唱。

第一场表现的是位于现今日本长野县中部诹访市的诹访神社（现称诹访大社）当年举行秋季祭神节的情景。之所以把它作为神社的节日，很可能是因为它具有反对被禁止的基督教的色彩，并且由于它是一种祭祀武事守护神的舞蹈的缘故吧！

"看了《彼得鲁什卡》的狂欢节之后，日本的节日就显得萧条多啦！"在幕间休息时，沼田说道，"日本的感伤情调，就是这个样子。"

由于沼田总是抓住不放，因此波子决定从下一场开始，中间休息时再不到走廊上来了。

尽管昨天就把入场券交给了竹原，但因座位是分开的，所以波子显得格外心神不定。

直至让人等到临近结束的第六场前，竹原才好不容易出现了。

只见他站在入口处，正用眼睛在寻找下面的座位。

"在这儿呐。"波子招呼着站起身来，立即朝上面走去。

"啊，我来晚了。"

"我还想您不会来了呢。"

波子一把抓住了竹原的手。意识到后又松开了，结果竹原的一只手套留在了波子的手里。难道是在帮忙脱下手套吗？

"培卡利（Peccary）？……"

波子拿起手套看了一眼，然后便装到竹原的口袋里。

"什么培卡利？"

"野猪皮。"

"没听说过。"

"沼田先生早就来啦。他说昨晚在银座看到我们了……"

"是吗？"

"我真想离开这儿，可别让他再看见了。"波子刚要沿台阶往下面的坐席走去，"哎呀，腿有点出问题了。刚才等您的时候，膝盖上方一直太用力了。"

说完，波子便轻松地离开了。

帷幕拉开，已到了行刑的场面。

殉教者们以惨不忍睹的样子被强行拉走。剧中那位叫清之助的手工艺人也被绑到十字架上处以极刑。他的恋人阿市夜里偷偷来到刑场上，望着绑在十字架上的已经死去的清之助的美丽面容，静静地跳起舞来。

面对吾妻德穗跳的这场舞，波子感动得流出了热泪。由于竹原已经来到剧场，波子可以全神贯注地观赏舞蹈了。她马上就被感动了。眼里噙满的泪水像断了线的珍珠似的，一串串往下流个不停。

她感动的不是别人,仿佛正是她自己。

然而,刚要落下帷幕,波子便唰地一下站起身来,仿佛在招呼竹原似的立即离开座位走了出去。竹原也望着波子这边,被吸引过来。

"下一场就有踏圣像的场面了,不过我们还是溜走吧!"

"溜走?"

"难道还不够可怕的么?我再也不说'可怕'二字了。"

竹原以为只是为了避开沼田才要溜掉的,谁知却听波子说了句再不害怕了,而且声音里充满了诱人动情的语气,不禁暗自吃了一惊。

"您好不容易来一次,结果只看了一场呢。"波子讲这句话时,脸上反倒露出很高兴的样子,"我好像也只看了一场哩。不过,吾妻女士的舞蹈肯定具有一种魔力。我神不守舍地坐在那里,猛一睁眼却看到是她正在舞台上跳舞。服装也很漂亮。暗红色的天鹅绒上缀着银白色的波纹,金黄色的天鹅绒上绣着花草,两种服装都是天鹅绒的吧。"

接着,波子让竹原看了看自己手上的纸包。

"这条围巾看着蛮合适的,我就给竹原先生买下来了。"

"给我?……"

"就怕您围上不合适呢。"

"合适嘛。我们相处这么长时间,对彼此的身量都心里有数,所以肯定会合适的。"

"啊,太好了。"

然而,波子仿佛过意不去似的,又谈起了友子的事。她说,她卖掉了戒指，把钱送给友子，还买了这条围巾。

波子从结婚之前就与竹原有了交往，彼此之间时而亲近，时而疏远，这种关系如今已保持了二十多年，但波子凡事都向竹原公开，却远非自今日始。

尽管多少有点犹豫，但波子最终还是把矢木秘密存款的事说出来了。

"是吗，竟会有这种事。"竹原显出略陷入沉思的样子，"岂不是有点太可怜了吗？"

"是矢木？……"

"不过，也许并非只是可怜那么简单的问题哩。"

二人避开日比谷通电车的大马路，沿着一条较暗的路走了过来。可是，当来到"昴座"剧院前的明亮处后，波子漫不经心地扭头往后望了一眼，却发现高男正站在那里。

高男两眼一直在注视着母亲。

"妈妈！"高男先喊了一声，从"昴座"售票处走了下来。

"啊，你干吗来了？……"

波子用力停住脚步。

高男回答是跟朋友一块儿来买票的。波子只简短地问了两个字：

"现在？……"

"嗯，跟松坂同学……我是想把松坂同学介绍给妈妈，只是……"

说到这里，高男又向竹原施礼做了问候。看来讲的还是真话，因此波子心里稍微松了一口气。

"这位就是松坂同学。是最近一段时间我最要好的朋友。"

看到站在高男旁边的松坂，波子立即产生一个印象，好似在梦中见到的妖精一般。

"还是找个地方休息一下吧。高男君怎么样啊？也一块儿来吧？"竹原提议道，既不是朝向波子，也不是单独冲着高男。

穿过马路来到银座，进了一家用外来语称作"欧夏尔"的酒店。

在入口处，趁着竹原在寄存帽子的时候，波子从背后悄悄拿出包有围巾的小包递过去说：

"您回去的时候，把这个也带上……"

山脉的另一侧

品子带着四名刚进研究所的少女到银座的"吉野屋"商店去。

四名十三四岁的女中学生，同在一个班，又同时进研究所来学习，这实在是不多见的。四名女生都梦想当一名芭蕾舞演员。

一进门就急着要买芭蕾舞鞋。品子规劝说，用脚尖并不是一下子就能站起来的，可这几位少女就是不听。也许芭蕾舞鞋正是她们梦寐以求的第一步吧！

品子无奈，只好带她们到鞋店来。

一进吉野屋商店，少女们面对芭蕾舞鞋立即露出颇感自豪的样子，眼神里仿佛很看不起那些只买一般鞋子的女顾客。

那些让陪伴来的男人给买鞋的女顾客们表情各异，都显出一副煞是认真的模样；而那些单独前来购买却一时拿不定主意的女顾客里，也有的时而显出格外严肃认真的样子，时而又一下子满脸涨得通红。后退几步仔细观察这幅景象，品子也觉得眼前这世界实在很奇妙。

品子说马上要顺路先到母亲的排练场去，然后再到帝国剧场去观看《普罗米修斯之火》。少女们吵吵嚷嚷地想跟着一块儿到这两个地方去。

"大家真想在排练场赶紧穿上它站起来试试哩！您看可以吧？"一名少女说完，便在银座大马路上跷起鞋后跟做了个站立的姿势。

"不行啊！大泉研究所的人跑到别人的排练场上去穿芭蕾舞鞋，那还成什么体统嘛。"

"那是品子老师的母亲呀，根本不是外人。"

"正因为是我母亲，所以就更不行啦！不知人家会说我什么呢。"

"我们只看看排练场总可以吧？真想参观呀。"

"参观也不行……你们刚进大泉没几天，就到别处去参观，这可……"

"照这么说，我们送您到门口也不行么？"

看完《普罗米修斯之火》就要到深更半夜了，因此品子想让少女们先回去，便找了个借口说：江口舞蹈团跟古典芭蕾舞的技巧是不同的。谁知其中一名少女却说道：

"可以参考嘛。"

"参考？……"品子笑了起来。

然而，少女们出于希望和好奇心，还是簇拥着品子来到了波子的排练场。

品子随行的少女们以严肃认真的目光望着那些排练结束从地下室回家的少女们。因为这都是穿芭蕾舞鞋的同行，而非只穿一般鞋子的女人。

品子跟少女们告别以后，便独自一人走进下面的排练场。

波子正在小房间里跟五六个学生一起在更换服装。

品子在这边等候时打开了摆在一张小桌子上的自动唱机。放出来的是贝多芬的《春天奏鸣曲》。

这支曲子里寄托着母亲对竹原的回忆，对此品子也早就知道。

"让你久等了。"波子从里面走了出来,借这里的镜子又重新看了看自己的头发,同时说道,"品子,高男的朋友里有一个叫松坂的男孩,你可曾见过?"

"听高男说过他这位朋友的事。虽没见过面,但肯定长得很帅吧?"

"是很帅。与其说帅,还不如说漂亮得不可思议呢。简直像个妖精……"波子仿佛在追逐幻想,"昨晚高男介绍给我了,从帝国剧场回来的路上。"

品子本来就知道波子去看《长崎踏绘》这件事,再加上与竹原相会又让高男给碰见了,所以早晚她也会知道的。想到这里,波子便又说道:

"给我的感觉是,世上怎么会有这样的人呢?既不像地球上的人,也不是天外来客。跟日本人很不一样,又不带西方人的味道。皮肤可能属于黑色品种,但并不是纯黑,也不属于棕色的黝黑,总觉得在皮肤外面好像还有一层发出微妙光泽的皮肤似的,就是这个样子。看上去像个女孩子,也带有男人的特点。"

"究竟是妖怪,还是佛菩萨呢?……"品子轻声说着,目光疑惑地望着母亲。

"恐怕还是属于妖怪一类的吧。竟然能跟这种人交上朋友,连高男我都觉得有点怪怪的啦!"

波子从松坂身上得到的印象是:整个就是位不吉利的天使,这倒是千真万确的。

当自己跟竹原漫步街头的时候,高男突然出现了。波子顿觉两腿发软,眼前变得一片昏暗。就在这一片漆黑之中,松坂犹如一团奇怪的光亮悄然立在那里。这就是波子当时得到的印象。

先是被沼田碰见,接着又被高男遇上。当波子感到走投无路并疑惑是否已到命运终点的时候,松坂出人意料地出现了。

走进欧夏尔酒店之后,波子也还是边啜着红茶边下意识地望着松坂。看来自己与竹原的关系至此已有点到了尽头的样子,并且很有可能造成某种不可收拾的结局,这两种预感同时出现在脑海里,使得波子内心里压抑得透不过气来。然而形成鲜明对照的是,与此毫不相干的松坂却就在眼前,而且像妖精一样漂亮。波子甚至觉得这是对自己命运的某种暗示。

尽管高男与朋友形影不离,却毫无不可思议之处,这恐怕是由于松坂的漂亮劲头在对他发挥不可思议的作用的结果吧。

他们坐的是最里边的位置,在与大厅交界的地方挂着一幅薄薄的帷幕。松坂的面孔浮现在淡蓝色的帷幕上,透过帷幕可以隐隐约约地看见大厅。波子只好与竹原分手,跟高男一起回家。

时至今日,松坂的印象仍保留在波子的脑海里,就如同自己的影子一般。

"高男什么时候同他交的朋友?"

"大概就是最近吧?看样子亲密得很哩。"品子答道,"妈妈,还放后边的吗?"

"好了。我们走吧。"

《春天奏鸣曲》的唱片,在第一张的背面是第一乐章的快节奏结束部分。

品子边收起唱片边问道:

"您是什么时候拿到这边来的?"

"今天。"

今天是见不成竹原了,波子在想。

最终的结果,是波子连续两天去帝国剧场。

今天是江口隆哉和宫操子公演的第一个晚上,应邀出席的宾客里有许多舞蹈家,还有舞蹈评论家和音乐记者等,其中可能会有不少波子的熟人,所以就不便再约上竹原了。当然,也有昨晚的教训在起作用。

而且,今天是品子约波子一块儿来的。尽管品子已从高男那里听到了母亲昨晚跟竹原见面的事,但她还没有细心到母亲今天也想见竹原的程度。

波子想给竹原打个电话,因此一直在等学生们全部离去。然而品子来了,电话也就打不成了。

虽说被一心向着父亲的高男碰见了,但从昨晚到今天早晨,矢木什么也没说,而且什么事也没发生。波子只想把这些情况告诉给竹原。由此,只要能听到竹原的声音,波子大概也就放心了。

而一直打不成电话,实在是让波子憋得心慌意乱。

"最近这些日子,即使去参加舞蹈会也总觉得有点烦呢。"

"为什么?……"

"也许是不想让老熟人再看见吧?……对方也好像不知该如何打招呼,我则更是手足无措,似乎显得更窘哩。时代不同了呀。恐怕已经没有我的位置了吧!见到那些早已忘记的人,真是得硬撑着脸皮呀。"

"那怎么会呢。是妈妈自己这么说吧?"

"是啊。战争期间确实是被人遗忘过的。也许那是自作自受吧。战前过来的人,到战后都会有一种厌世心理。这在世界上恐怕还是很多的,倘若意志薄弱就会……"

"妈妈的意志可不薄弱啊。"

"是呀。有人就向我提出过忠告,他说:'您若这样就会使子女变得软弱的。'"

这是竹原提出的忠告,当时波子正朝皇宫护城河那边走去。

那是一条不知是通向京桥还是开往马场先门的电车大马路,穿过国营铁路的高架桥后,街道两旁的林荫树长得又高又大,但树叶已经全部落光了。皇宫森林的上方,露出一弯傍晚刚刚升起的细长的月牙。

不消说,波子心里涌动的是一团年轻的火焰,因而最终说出口的似乎是完全相反的内容。

"是啊,还是得坚持在舞台上跳舞啊,否则就全完啦。宫女士她们真真是了不起呀。"

"是宫女士的《苹果之歌》?……还是《爱与争夺》?……"品子讲出舞蹈的名字。

《苹果之歌》是随着诗朗诵跳吉卜赛女郎舞。《爱与争夺》是一群复员士兵的集体舞,身穿褪了色的、汗迹斑斑的士兵服,有的是白衬衣加黑制服裤子,女演员则穿着连衣裙。

古典芭蕾舞里是根本没有这些内容的,战后的生活情景也活灵活现地加进舞蹈里来了。品子记得以前就看过这类舞蹈。

"从战前过来的人,现在还跳得很出色的,并不止宫操子女士一人呀。妈妈也去跳嘛!"

"那就试试吧。"波子也做了肯定的回答。

母女俩离六点开演还有二十分钟就提前来到了剧场,波子静静地待在座位上，仿佛怕被人看见似的。今天晚上也是在二楼。

品子谈起了那四名女学生的事。

"是吗？四个人约到一起？……"波子脸上露出微笑，"不过，在这几个女孩子那么大时，品子已经在舞台上跳得蛮不错了。"

"嗯。"

"最近，妈妈这里也来了一个四五岁的女孩子想学跳舞哩。说是要当芭蕾舞演员……这并不是孩子本身的意愿，而是母亲想这样做的。日本舞有从四五岁就开始学的，西方舞蹈也不是没有，但我还是委婉地推辞掉了。我跟她们说，至少要等孩子上小学之后再让她来。但是，对这位母亲我是不能笑话她的。因为我也是从品子刚生下来起就想让你学跳舞的。也不是孩子本身的意愿……"

"是孩子本身的意愿呀。我可是从四五岁时就想跳舞啦！"

"妈妈当时在跳舞，有时舞蹈会上也会把这么小的孩子……"波子把手抬到膝盖上方比量着说，"因为当时也拉着你的小手带去参加过，所以……"

然而，演奏器乐的神童之类好像也是父母有意培养出来的。特别是在日本固有的歌舞琴弦等艺术领域，什么门派呀，流派呀，名分呀，父传子呀，规矩多得很，孩子好像都在听凭命运摆布似的。

对于品子和自己的事情，有时波子也曾摆到这种境地去思索过。

"从这么小的时候……"这次是品子把手伸到前面，"这么大时我就想过，要像妈妈那样跳舞哩。能跟妈妈一块儿登台跳舞，当时我可高兴了。那已经是好多年前的事了吧？……妈妈，您还是跳吧！"

"是啊。趁妈妈还能跳的时候，干脆在舞台上给品子当个配角吧。"

昨天沼田还劝自己搞个春季演出会。

然而，这笔经费怎么办呢？波子现在毫无着落。由于心中一直有竹原的影子，所以波子很怕弄不好跟这件事联系起来。

"不知那几个女学生是不是来了，我出去找一下。我说技巧不同，想让她们回去，可她们却说只作参考。真令人吃惊哩。"

品子起身走了，直到开幕铃声响起才回来。

"看样子都回去了。也许座位在三楼，不过……"

前面有一组短舞，《普罗米修斯之火》是第三场。

由菊冈久利编舞，伊福部昭作曲，东宝交响乐团演奏。

这是一部描写古希腊神话中的英雄人物普罗米修斯的四幕舞剧，但从序幕的群舞开始就跟古典芭蕾舞不是一个套路，品子被迷住了。

"哎呀，裙子是连在一起的呢！"品子吃惊地说。

序幕里出场跳舞的大约有十名女演员，她们的裙子都是连在一起的。也就是说，几名女演员钻进一个裙子里跳舞。一面翻滚着起伏不停的波浪，一面在横向上也一会儿扩展开来，一会儿又收缩回去，暗色调的裙子看来是某种象征性的前奏曲。

接下来，第一幕是手中无火的人在黑暗中的群舞；第二幕是普罗米修斯用干芦苇盗太阳之火舞；而得到普罗米修斯所盗之火的人们欢天喜地共同跳起舞来，则是第三幕了。

到了最后的第四幕，盗火给人间的普罗米修斯已被绑在高加索山顶的岩石上。

第三幕的火舞,是这部舞剧的最高潮。

昏暗的舞台正前方,熊熊燃烧着普罗米修斯之火。这火种从人们的手里一个接一个地传递下去。接受火种的人群很快便挤满舞台,用跳舞来表达对火的欢欣鼓舞之情。台上有五六十个女演员,又加上了男演员,人人手里都高举着燃烧的火把在跳舞,熊熊燃烧的火焰把整个舞台都照亮了。

波子和品子都感到舞台上的火种仿佛也燃烧到自己的胸口里来了。

服装都很朴实无华,所以赤裸的手脚动作在略显昏暗的舞台上表现得活灵活现,十分逼真。

这出神话舞蹈里的火,究竟意味着什么呢?普罗米修斯又意味着什么呢?

演出结束之后,品子一面回味留在脑海里的舞蹈场面,一面试着思索了一下这两个问题,结果觉得似乎可以从任何意义上去理解。

"有了人间的火种舞,紧接着下一场就是普罗米修斯被绑在山顶岩石上了。"品子对波子说道,"他的心肝肉都被黑鹫啄食……"

"是呀。由四幕组成,这种编排也蛮好的嘛。场景的衔接留给人们的印象还是既鲜明又深刻的。"

母女二人缓步来到外面。

四名女学生正在等着品子。

"哎呀,都来了么?"品子望着少女们说,"我还找过你们呐。一个也没看见,以为你们都回去了,谁知……"

"我们在三楼。"

"是吗?觉得很有意思吧?"

"嗯,太好了,对吧?"其中一个少女向同伴问了一句,"不过,好像有点令人不舒服,有的地方还怪怕人的,是吧?"

"是吗?还是早点回家去吧!"

可是,少女们还是一直跟在品子的身后。

"舞蹈家也有坐在三楼上的人么?"

"舞蹈家?哪一位……叫什么名字?"

"一位好像叫香山的吧。"

这位少女又探询似的朝同伴望了一眼。

"香山先生?……"

品子立即停住了脚步。

"你怎么知道是香山先生呢?"品子转过身去盯着那少女问道。

"听我们旁边的人说的呀。说是香山来了……啊,那就是香山吧……"

"噢?"品子表情松弛下来了,"说香山来的那个人,长得什么样?……"

"说话的人么?那人的样子,我没仔细看,大约是个四十岁左右的男人。"

"叫香山的那个人,你也看到了?"

"嗯,看到了。"

"是吗?"

品子激动得有些透不过气来了。

"旁边的人望着那位叫香山的一直在说着什么,所以我们也只顾往那边瞧了。"

"都说了些什么？"

"叫香山的那个人，大概是位舞蹈家吧？"少女带着疑问似的望着品子，"好像在讲那人跳舞的事，说不知现在怎么样了？早就不再跳舞了，实在可惜……讲的好像就是这些吧？"

十三四岁的女学生是不知道香山的。战后香山已不再跳舞。香山已完全湮没无闻了。

就是这样一位香山，竟会出现在帝国剧场的三楼上，简直令人不敢相信。因此，品子向波子说道：

"会真的是香山先生么？"

"也许是真的哩。"

"香山先生真的来看《普罗米修斯之火》了？"品子说。看样子与其说是在问波子，还不如说是在问自己，声音变得很深沉，"竟会坐在三楼上……他可能是不愿让人看见吧？"

"很可能的。"

"难道是香山先生的心情起了变化，即使悄悄躲着也想看跳舞了？……恐怕是特地从静冈县东部的伊豆赶来的吧？"

"什么？也许是因为有什么事到东京来，顺便看上一场的呢！也可能只是在什么地方看到了《普罗米修斯之火》的广告，因此才来观赏一下的，难道不会这样么？"

"什么顺便来观赏一下，他可不是这种人呀。香山先生来观看舞蹈，肯定心里是有目的的。这保准没错。也许，莫非是悄悄来看我们公演的？……"

波子感到，品子已张开了想象的翅膀。

"香山先生看舞蹈很专心吧？……"品子朝少女问道。

"这就不清楚了。"

"他是什么打扮？"

"穿着西服？……这倒没看那么仔细哩。"少女跟同来的伙伴彼此看了一眼。

"这位先生，人都到了东京，怎么不告诉我们一声呢？竟会有这等事？……"品子好像感到很伤心，"再说，我们在二楼，香山先生就在三楼，对这一点我竟根本没感觉到。为什么会是这样呢！"

紧接着，品子又忽然把脸凑到波子跟前，说：

"妈妈，香山先生现在肯定还在东京车站呐。还是去找一下吧？……"

"要去么？"波子以安慰般的语气答道，"香山先生既然是悄悄来的，就让他再悄悄回去岂不更好？他恐怕是不愿让人碰见吧。"

然而，品子却急得不行，说：

"香山先生已经放弃了舞蹈，可为什么又来看舞蹈了呢？只这一条我就很想亲口去问问。"

"这么说，还是得赶快去问问？但不知是不是还在车站上……"

"没关系的。还是让我先去看看。妈妈随后再来……"说完，品子边加快步伐边对四名女学生说，"你们赶快回家去吧！"

波子朝品子的背影喊了一声：

"品子，在站上等我……"

"好的。在横须贺线的站台上。"

品子小跑似的往前赶路，待回头见母亲已渐渐离远之后，这才真正迈开双腿快跑起来。

人往往是这样,越急越着急。因为品子估计香山肯定还在东京车站,而且总觉得随时都有不在的可能。

品子跑得气喘吁吁,随之而来的是心潮起伏,而这种起伏又好似有一团团火在晃动。

在《普罗米修斯之火》的舞台上,一大群人手里都举着火在跳舞,此刻在自己身体里出现的就是那种火。

香山的面孔在一团团火的对面时隐时现。

马路两旁古老的西式洋房几乎都被占领军占用了,就在这条略显昏暗的街道上,幸亏路上行人稀少,品子只顾一个劲地往前奔跑。

"旋转,三十二圈,三十二圈……"品子自言自语地数着,借以分散难受的劲头。

在《天鹅湖》的第三场里,变成白天鹅公主的恶魔的女儿要单腿直立,一边急速旋转一边做舞蹈动作。这时要旋转三十二圈,或者更多,能舞姿优美地坚持下来,便成了一名芭蕾舞女演员足以自豪的本领。

虽说品子还从未得到扮演《天鹅湖》主角的机会,但增加这种旋转次数的练习还是经常进行的,因此,在呼吸困难时就把"三十二圈"这几个字随口喊出来了。

一直跑到中央邮局前面,品子才放慢脚步。

一面眼观八方,一面朝高处的横须贺线站台走去。登上站台后,一眼便看到湘南线电车还停在那里。

"肯定是这趟电车。啊,终于赶上了!"

品子喘了口气,呼吸平定之后便赶紧走过去顺着电车一个车窗挨一个车窗地往里瞧看。对已经看过一遍的车厢品子还有点放心不下，担心香山会不会被那些站着的乘客给挡住了。

还没来得及走到最后一节车厢时，开车的铃声响了。品子出乎意料地一下子跳了上去。

"啊，妈妈……"品子这才想起跟波子约好要在这座站台上会面的，但马上又自我安慰道，"到大船下车还来得及。"

品子站在车厢的过道上，朝周围的乘客望了一圈。

品子在想，香山肯定在这趟电车上，要一处不漏地找遍。

到了新桥车站，电车里更加拥挤了。

在电车到达横滨之前，每节客车车厢都一步步找过了。

然而，根本就没见到香山的影子。

"会不会坐下一趟火车或电车呢？……"

香山大概许久没来东京了，也许会在银座一带闲逛一会儿的。

要不要在横滨车站换乘下一趟火车呢？品子有些拿不定主意了。

不过，品子仍然觉得，香山很可能还是在这趟电车上。难道是自己一时看漏了吗？直到列车来到大船车站，自己要下车时，品子心里还一直这样想着。

走在站台上，两眼仍在挨个车窗往里瞧看。电车开动后，便站下来盯着车厢。

随着电车里的人飞速离去，品子就好像被这列电车给吸住了。

这趟电车是开往沼津市去的，所以香山要在热海市换乘开往伊豆半岛伊东市的专线列车。假如自己坐这趟电车再往前去，在热海或伊东车站突然出现在香山面前的话……

品子站了一会儿，目送电车远去。

在电车消逝的茫茫夜色笼罩的原野上，仿佛渐渐浮现出普罗米修斯的身影。

那是被绑在高加索山顶岩石上的普罗米修斯。他的躯体和内脏被凶猛的黑鹫啄食，任凭狂风暴雪的袭击。有一头白色的母牛正从山脚下经过。由于主神妻子朱诺的嫉妒，才让美丽的少女阿依奥变成了这头母牛的模样。普罗米修斯对变成母牛的阿依奥说，一直往南走，再一直往遥远的西方走到尼罗河畔去。在那里，母牛便会变成原来少女的样子，并会成为国王的爱妃，由这一血统生下勇士赫剌克勒斯，他将会斩断普罗米修斯身上的枷锁。

母牛阿依奥就是由宫操子扮舞的。在品子看来，这既像倾诉又像憧憬、充满了某种压抑之谜的舞蹈，不知何故竟觉得仿佛自己就是剧中的阿依奥，而香山就是剧中的普罗米修斯。

品子换乘横须贺线后，转眼就在北镰仓下了车，并在那里等候母亲。

"啊，品子，你坐车到什么地方去了？"波子松了一口气问道。

"我是坐湘南线电车来的。当时急急忙忙赶到东京车站，湘南电车刚好要发车。我想香山先生肯定在这列车上，就坐上去了。"

"这么说，香山先生在车上了？"

"没坐那趟车。"

母女俩走出车站，朝圆觉寺方向走去，直到穿越铁路线，二人谁都没有吭声。

望着这里落在小路上的樱树影子，波子开口说道：

"品子当时不是没在东京站上吗？妈妈还以为你跟香山先生到什么地方去了呢！"

"要是在车站见到香山先生，我就会等妈妈了。"品子答道，但声音却很不平静。

由于今天晚上同在帝国剧场的二楼和三楼,对于品子来说,香山一下子就近在身边了。

母女二人回到家里之后,只见矢木和高男正面对面坐在茶室里,中间放着日本特有的那种可移动式的暖炉。

高男脸上显出有点不好意思的样子。

"您回来了。"高男抬头望着波子,"今天见到松坂了,他说让向妈妈问好呢。"

"是吗?"

矢木一声不吭,像是很不高兴的样子。看来方才似乎正跟高男在谈论有关波子的风闻。

波子感到有些透不过气来。

"松坂对妈妈这么漂亮大吃一惊哩!"高男说。

"我倒是对他长得那么漂亮深感吃惊呢。他是高男的什么朋友?……"

"什么朋友?……"高男眼里仿佛掠过一丝阴影,突然变得不好意思了,"我只是觉得跟松坂在一起好像很幸福。"

"噢?是那小伙子使你感到很幸福么?……不知怎么回事,在妈妈眼里就觉得他像妖精似的,不过……男孩子恐怕都有一个从少年到青年转变的过渡期吧?有的人改变得很突然,有的人改变得就不明显,各种情况都有呀。可是,他好像正是在这种转变的节骨眼上忽然冒出来的呢。"

"高男也正处在这转变关头哟。"矢木从旁插了一句,"你要多爱护他呀!"

"啊……"

波子两眼望着矢木。

"今天晚上也是跟竹原在一起吗？"

"不，是跟品子……"

"哼，今晚跟品子在一块儿啦？"

"嗯。是品子到排练场来叫我的……"

"是吗？跟品子在一起固然很好，不过，近来你可曾跟高男在一起待过吗？除去让高男碰上你跟竹原走在马路上，然后你们母子才一起回家的那次之外？……"

波子使劲控制住差点就要颤抖起来的肩膀。

"难道你想跟高男分开吗？"

"啊？……高男就在眼前，您都说些什么呀？"

"无所谓的。"矢木平静地说道，"从高男出生算起，也已经过了二十年了。在这些年里，要说全家不就这四口人吗？我真希望平日里大家都能互尊互爱哟。"

"爸爸。"品子大声说道，"只要爸爸能尊重爱护母亲，大家也都会彼此互尊互爱的。"

"噢？……我估量品子就会这么说的。然而，品子你根本就不懂呀。在品子眼里，恐怕认为是母亲在为父亲做出牺牲吧？但事实并非如此。既是多年的夫妻，哪里还存在什么一方为另一方做出牺牲的问题呢！一般都是同时倒下嘛。"

"同时倒下？……"品子目不转睛地望着父亲。

"倒下了，不会互相扶起来吗？"这次是高男插了一句。

"这个问题么……女人本来是自己倒下的，却总认为是丈夫让她倒下去的。"

"事情就是这样,因为她认为是丈夫让自己倒下去的,所以就想靠别人的手把自己扶起来。尽管她是由于自己的原因早就彻底倒下了。"矢木把同样的话又重复了一遍,同时加进了"别人的手"这几个字。

"父亲和母亲可都并没有倒呀。"品子皱着眉头说道。

"是吗?这么说,你妈妈大概就是处于摇摇晃晃要倒的状态了。品子,你总是站在妈妈一边的,但你妈妈一直跟竹原保持着某种微妙的关系,你认为这样好吗?"

"我认为这没什么。"品子态度明朗地答道。

矢木心平气和地微微一笑。

"高男你的看法呢?"

"我不想被别人问到这种问题。"

"这倒是啊!"

矢木点了点头,但高男却好像穷追不舍似的:

"可是,妈妈跟跟跄跄就要倒下去了,这倒是千真万确的呢。爸爸您恐怕也看到了吧?家里的日子一天比一天艰难,爸爸却好像视而不见似的。这才是让我不忍心的地方。"

矢木从高男身上移开视线,把脸扭向一旁,举目望着波子头顶上方的匾额。匾额上写有"听雪"二字,是日本历史上以人格高尚而备受景仰的著名书法家、禅僧、歌人良宽的手迹。

"不过,这里面还有一段历史。高男并不知道二十年来的历史嘛。"

"历史?……"

"嗯。本不想多说的,但战前我们家过的日子也很豪华呀。不过,之所以能豪华,全是靠你妈妈,而不是靠我。我是从来没体会到豪华的滋味的。"

"可是,我们家日子变得艰难却根本就不是因为妈妈奢侈造成的吧。是战争造成的嘛!"

"那当然。我并不是指这些说的嘛。我讲的意思是,尽管处在咱们家这种奢侈豪华的生活之中,从心灵深处来说,我自己过的却是贫穷的日子。"

高男仿佛出了闪失似的,不禁应了一声:

"啊?……"

"从这点上讲,品子就不用说了,连高男你也是妈妈那豪华的孩子哩。这就等于说,是三个富人一直在养活一个穷人啦!"

"听您这么一说……"高男有点结巴了,"尽管我不大明白您的意思,但却有一种感觉,好像有失对爸爸的尊敬了。"

"我曾经当过波子的家庭教师,包括这段经历在内的历史,高男并不了解嘛。"

对于矢木讲的这些话,波子心里都能一一对号。

然而,令波子费解的是,丈夫为什么要一反常态地讲起这些事情呢?听起来似乎就是在吐出胸中积郁的憎恶之情了。

"也许你妈妈认为二十年来都是受我伤害呢。可是,这也是要画个问号的。如果事情确像你妈妈认为的那样,那么,品子也好,高男也好,你们岂不是都生错了吗?你们姐弟俩还要就这件事向妈妈道歉吗?"

波子感到浑身发凉,直至凉到了心坎里。

"您是说让我跟高男俩向妈妈道歉么?说我们生错了?……"品子反问道。

"对。假如你妈妈后悔跟我结婚的话。只要对这件事追根溯源，恐怕就会得出这种结论的吧？"

"只向妈妈道歉，而不向爸爸道歉，这样也行么？"

"品子！"

波子态度严厉地叫了品子一声。然后又冲矢木说道：

"您怎么能对孩子讲这种过分的话呢？"

"只是打个比方嘛……"

"是呀！"高男开口了，"不管生下来本身怎么样，这样也好，那样也好，反正这种事我们听了也没有切身体会嘛。恐怕连爸爸自己说的时候也没有切身体会吧！"

"那只是个比方嘛！两个孩子也都过了二十了。尽管如此，假定你妈妈对我还不满意的话，对于女人那种根深蒂固的空想本领，我就只有感到吃惊的份儿了。"

波子仿佛被对方巧妙躲闪开了似的，一时间竟不知所措了。

"竹原这种人，不过就是个凡夫俗子罢了。他的可取之处恐怕正在于没跟波子结婚这点上吧。也就是说，他只是个空想人物。"

矢木脸上露出一丝微笑。

"射入女人胸中的箭，难道就拔不出来了吗？"

波子不明白这是什么意思。

"两个孩子也都过了二十岁了。"矢木又重复了一遍，"从当姑娘时算起，二十年差不多就是女人的一生了。可你对此却还在抱着无聊的空想，事到如今恐怕后悔也来不及了。"

波子一直低着头。

丈夫的真正意图究竟在哪里呢？实在难以捉摸。矢木所讲的话，尽管心里分别都能对上号，但似乎也并无一贯的联系。

丈夫明明在谴责竹原，而态度却异常冷漠平静，难道是用这种办法在折磨波子吗？这不能不令人怀疑。

然而，波子认为也暴露了矢木内心的空虚和绝望。矢木还从来没用过这种语无伦次的喋喋不休的方式讲话。

矢木竟在孩子面前暴露自己的耻辱，这类事情波子还从来没有见到过。

看来矢木似乎是想让孩子们认识到这样一个事实，即如果波子受到伤害，矢木也会受到伤害；如果波子垮下去了，矢木也就站不住了。但是，矢木的这种说法，在品子和高男身上又会引起多大反响呢？

"正如爸爸所说，如果全家四口人都能想着彼此互相关心互相爱护的话……"波子声音颤抖，后面的话说不出来了。

"品子和高男也该早点做好思想准备喽。因为，照你妈妈的做法，不久就要把这个家卖掉，大家都变得一无所有了。"矢木满腹牢骚地甩了这么一句。

"很好嘛！妈妈，您还是尽快把所有的一切都弄光吧。"高男说完耸了耸肩膀。

这幢房子既没有大门，也没有篱笆。院子四周被小山环绕着，小山断开的缺口便自然而然地成了入口。刚好处在山坳里，阳光充足，冬天也很暖和。

入口处的左右两边，各有一幢单独修建的小厢房。右边那幢本来是别墅守门人的住房，虽说如此，却也能看出波子父亲在建筑上的嗜好。战后还曾租给过竹原一段时间。现今由高男占用着。波子想卖出去的就是这幢厢房。

左边那幢厢房只住着品子一人。

"姐姐,我到你那儿去一下可以么?"离开正房后,高男说道。

品子手里拿着盛有炭火火种的火铲,在漆黑的庭院里,那炭火的光亮映照在大衣的纽扣上。

品子低着头往火盒里添木炭,手上却跟着抖个不停。

"姐姐,你对爸爸和妈妈的事是怎么想的?我现在是既不吃惊,也不伤心啦。因为我是个男子汉嘛。无论是对家庭也好,还是对国家也好,统统都不抱幻想了。即便没有父母的爱情,我一个人也能生活下去的。"

"爱情还是有的呀。无论母亲还是父亲……"

"确实是有。不过,倘若爸爸和妈妈彼此之间有爱情,并能形成一股合流倾注到儿女身上的话,那就好了。如果总是分别灌注过来的话,我就得分成爸爸和妈妈两部分去理解,这简直会把人累死的。对于处在现今不安的世界上的、像我们这种不安的年龄层的人来说,尽管不是借用爸爸的话茬,但毕竟是二十年相依为命过来的夫妻了,他们的不安又算什么呢?如果要道歉说出生错了,恐怕应该是对自己吧?应该是对时代的不安吧?这一切父母是根本不了解的。现今未成年人的不安是不能指望由父母来消除的。"

高男越说语调越激昂,同时还一个劲地胡乱吹着炭火。

由于炭灰被吹得飞扬起来,品子仰起了脸。

"告诉你,就是妈妈说像妖精的那个松坂,他对我说:'看到你妈妈,就知道你妈妈正在谈恋爱哩……是一种痛苦的恋爱呢。'松坂说,'一见到这情景,立即就感到有一种类似人世上乡愁的那种东西。'松坂还说,'从你妈妈正在谈恋爱的身影里就能感受到一种恋情……与其说喜欢你妈妈,还不如说喜欢你妈妈的恋情。'松坂本就是个虚无主义者,虚无得犹如一朵鲜艳欲滴的花朵，所以……也许是被松坂的魔力给迷住了，我也觉得妈妈的恋爱没有什么不纯洁的了。妈妈不会以为我是在替爸爸监视她而恨我吧？"

"什么恨不恨的……"

"可能是这样的吧！我确实是在监视呀。毫无疑问，我是向着爸爸的，而且很尊敬爸爸。但这里面是有原因的，因为爸爸一直在受到妈妈的精心照顾，遭到妈妈背弃的爸爸所有理想都会破灭的。"

品子仿佛心口被扎了一刀似的，抬眼望了望高男。

"不过，一切都无所谓了。姐姐，我也许要到夏威夷去上大学啦！爸爸正在为我找关系想办法。爸爸似乎是怕我留在日本会变成共产主义者。爸爸说，在最后决定之前，先不要让妈妈知道。"

"啊！"

"爸爸自己也在到处活动，想到美国大学里去当老师。"

高男的夏威夷之行也好，矢木的美国之行也好，尽管高男说都尚未最后确定下来，但矢木竟背着波子和品子有这种计划，这实在让品子吃了一惊。

"丢下妈妈和我？……"品子嘟囔了一句。

"我认为姐姐若能去法国或英国也蛮好的。咱们这个家呀，凡是妈妈的东西干脆统统卖掉。反正照现在这样也什么都不会留下，所以……"

"全家妻离子散？……"

"即使住在一起，不也是各走各的路吗？因为，在一艘正往下沉的船里，谁都自己顾自己地挣扎着……"

"照你刚才说的，岂不等于让妈妈一个人留在日本么？"

"也许会是这样的吧……"高男的声音酷似父亲,"不过,就妈妈来说,也许会有一种获得解放的心情的。一生当中,哪怕是极短暂的一段时光也好,若是能让她独自一人待下去,会怎么样呢?二十多年里,都是妈妈一人把我们三个养活过来的吧?而且,现在不是已经在开始叫苦了吗?……"

"啊?你怎么用这种冷冰冰的语气讲话?"

"爸爸似乎认为把我留在日本很危险。因为我们并不像从前那些人一样,认为祖国是值得自豪的,是可以依靠的。爸爸的看法很新颖,因此很合我的心意。到外国去并不是为了学习或出人头地。待在日本我就会堕落,就有可能毁掉一生。要把我从日本赶出去,大概就是为了避免这种危险吧。爸爸有位朋友在夏威夷的本愿寺,按说应是拜托他叫我去的,但我到那里是要参加工作的。有一点爸爸和我的意见一致,那就是可以不必再回日本。做一个四海为家的地球人,这就既像希望又像绝望了,爸爸是想以此给我施麻醉术哩!"

"麻醉术?……"

"细想起来,就等于是爸爸要把儿子扔到国外去,所以爸爸内心深处也有够狠心的地方呀。"

品子一直在望着高男那双细长的手。高男握紧的拳头在不停地蹭着火盆的边沿。

"妈妈的心实在太软啦。"

高男只说这么一句便转移了话题:

"不过,姐姐你也该考虑一下了,如果干芭蕾这一行又不能早点走向世界的话,到头来还不是白活一辈子吗?不管你在世界的任何地方,一年总归还是一年。最近我一想到这些,就对这个家毫无留恋之意了。"

高男说，爸爸一直在筹划着想到大洋彼岸的美国或南美洲去，其原因很可能是害怕下一次战争。

"咱们家这四口人，若是能分别生活在世界上四个国家里，一旦回想起日本的这个家时，不知会涌起一种什么样的爱恋之情呢。遇到寂寞时，我也准会做这种空想的。"

高男回到对面厢房后，屋子里只剩下了品子一人。品子一面擦掉化妆的白粉，一面把脸贴到镜子跟前，仔细瞧了瞧自己的眼神。

爸爸和弟弟，男人们心底里想的东西真有点可怕。

然而，一闭上映在镜子里的眼睛，眼前立时出现了被绑在山顶岩石上的普罗米修斯，而且越看越觉得那人特别像香山。

当天晚上，波子拒绝了丈夫。

在漫长的岁月里，好像还从来没有明确拒绝过，更没有自己主动明确要求过。对于这一点，波子起初还感到有些奇怪，后来也就半是认命半是绝望地仿佛真的把它看成女人的标志了。但出乎意料的是，一旦拒绝后才发现，拒绝了也并没有怎么样。只不过顺其自然罢了。

突然间不知出了什么事，波子像被弹起来似的一下子蹦了起来，合紧睡衣的衣领坐在被窝里。

矢木被吓了一跳，好似问波子身体哪儿不舒服似的，睁开眼瞧了瞧。

"这里面好像有根棍子似的。"波子从胸口往下一直抚摸到心窝处，同时嘴里说道，"请不要碰我。"

对于突然拒绝丈夫的这一举动，波子自己不禁吃了一惊，满脸变得通红。抚摸胸口的手势也活像个孩子。

看上去就像因极度害羞而把身体缩到了一起。

因此,矢木并没有发现波子浑身毛骨悚然的样子。

波子关上枕边的台灯,躺了下去。刚躺下,矢木便从背后把手伸了过来,充满温情地抚摸"里面有根棍子"的胸脯。

波子背上的肌肉剧烈地颤动着。

"是这儿吗?……"矢木按住一条僵硬的筋肉。

"可以了。"

波子扭动胸部想离远一点,矢木立即胳膊用力强把她拉到身边。

"波子!刚才我几次说到二十年,但二十多年来,除了你这个女人之外,我再没碰过别的女人。只被你这个女人迷住了。作为男人的一生来讲,这简直是个不可思议的例外,就是为了你这个女人……"

"什么这个女人那个女人的,请不要再说了吧!"

"因为我从来就没想过还有别的女人,所以才说你这个女人的。你这个女人大概还从来不知道嫉妒吧。"

"早就知道了。"

"嫉妒谁呀?"

波子无法说出现在正嫉妒竹原的妻子,只好说:

"不嫉妒的女人是没有的。即使看不到的东西,女人也要嫉妒的。"

而且,对于耳边听到的矢木的呼吸声,就像要避开那股气味似的,用手捂住了耳朵。

"品子和高男生下来就是错的,如果我们是这样的话……"

"唔，那只是打个比方而已。可是，高男之后再没生孩子，这又是为什么呢？尽管接着再生似乎也没什么问题。回想起来，就是从你迷住跳舞那时起才没有孩子的。是这样的吧？有一个基督教信徒就曾经说过，开创舞蹈的人就是恶魔，舞蹈队伍就是恶魔的队伍嘛！……如果你不再跳舞的话，即便从现在开始，也许还会再生一两个呢。"

波子好像又毛骨悚然了。

时隔二十年之后再来生孩子，这种事波子连想都没有想过。不过，被矢木这么一说，听起来甚至好像有些居心叵测、令人恶心的味道。

然而，实实在在是不敢保证根本就没有这种错误。波子感到一阵恐怖。

波子跟竹原在一起时曾突然产生过恐怖感，而今天晚上跟矢木在一起竟也遭到了恐怖的突然袭击。

那次看过《长崎踏绘》舞之后，波子曾在竹原耳边悄悄说过一句：

"今后我再不说可怕了。"

波子这句话是在告诉竹原，自己已经有了急剧变化。这种变化甚至连她自己都意识到了：以前出现的恐怖感，实际上岂不就是爱情的爆发吗？

然而，与矢木在一起感到的恐怖，跟爱情的爆发根本就不能认为是一码事。倘若硬要找出与爱情联系的话，那恐怕就是失去爱情的恐怖吧！或者说，是在没有爱情的地方去描绘爱情，就是这种幻影消失的恐怖吧！

波子甚至还真正体味到，就人与人之间的厌恶来说，再没有比夫妇之间的厌恶更令人感到不是滋味，更令人无法切身领受的了。

如果这种感情变成憎恶的话，那恐怕就是最见不得人的憎恶了。

不知为什么，波子竟不由自主地想起了一些无聊的事情。

那是跟矢木刚结婚不久的事。

"小姐连洗澡水都不会烧呢。"矢木说，"只要放上一个比锅口小的锅盖，这样就可以节约煤了。"

接着，矢木便拆开一个装啤酒的木箱，亲手做了一个锅盖。

他还耐心地教波子，加多少煤要看水烧热到什么程度。

波子进去洗澡时，觉得那粗糙的锅盖漂在热水上实在是不干净。

矢木做锅盖足足花了三四个小时。波子一直站在后面呆呆地瞧着，因此现在还能回忆起矢木当时的样子。

今晚矢木所讲的话里，对波子刺激最大的是他坦白说出的那句话，即在这个过着奢侈生活的家庭里，只有他一个人过的是心理上贫穷的日子。听到这些话以后，波子连脚跟都站不稳了，一下子被推进了黑暗的深渊。

二十多年来，矢木一直是靠波子的财产和收入来供养的，这本身竟好像恰恰成为一种根深蒂固的憎恨或报复行为了。矢木和波子结婚本是矢木母亲一手促成的，而最终结果却酷似矢木在顽强不屈地完成母亲事先设下的计谋。

矢木像往常一样，用惯用的手法轻轻地、充满柔情地诱使波子共枕，波子则仍然拒不接受。

"您讲的那些话，品子和高男都不知怎么想呢？真叫人放心不下，我得去看看。"说完，波子便起身走了出去。

一旦真的来到外面的庭院里，仰望繁星点点的夜空，波子又觉得似乎无处可去了。

后山上方飘着白云，形态跟日本画中的怒涛十分相像，只差一点点就要挨到山顶上了。

佛界与魔界

品子走进父亲的房间才发现,矢木不在屋子里,壁龛上挂着一幅不常见的只有一行墨迹的条幅。

"佛界,易入,魔界,难入。"

大概是要这样读的吧?

走近前一看印鉴,原来是"一休"二字。

"一休和尚?……"

品子多少有了些亲切感。

"入佛界易,入魔界难。"

这次是大声读出来的。

一休和尚是日本历史上室町时代前期和中期有名的禅僧,他这句话的意思虽然不大好懂,但要说入佛界容易而入魔界困难,好像正讲反了似的。然而,望着写在上面的那行字,再亲口照着念一遍,品子也好像顿有所悟了。

在没有人的房间里,这句话仿佛有了生命一般。一休手书的大字好像正在用活灵活现的目光从壁龛里睨视着屋子里的一切。

再加上有迹象表明父亲刚才还在,因此,房间里反而充满了一种半冷不热的凄清寂寞。

品子往父亲的坐垫上悄悄坐了一下。心里还是不踏实。

用火筷子把炭灰拨开,里面露出了小块炭火。这是冈山县东南部备前地区出产的那种专门用来暖手的小陶瓷火盆。

书桌的一角放着一个笔筒,笔筒旁边立有一尊小地藏菩萨像。

这尊地藏菩萨本是波子的东西,但不知什么时候摆到了矢木的桌子上。

这尊木雕佛像有七八寸高,据说是早在八九百年前的日本藤原时代的作品。从上到下都弄得油黑油黑的。圆圆的光头,正是佛爷的头像。一只手拄着比身体还高的手杖。这根手杖也是当年的真品,线条笔直而又清晰。

从大小来看也是一尊很可爱的地藏菩萨,但瞧了一会儿,品子不禁有些害怕起来。

品子心里在想,难道爸爸今天早晨也是这样坐在桌前一会儿瞧瞧地藏菩萨的木雕像,一会儿又仔细观赏一下一休的手书墨迹吗?品子把目光投向了壁龛。

按日文原文的书写,第一个字是"佛"字。这"佛"字是用楷书一笔一画工工整整写出来的,而轮到"魔"字时就变成了乱七八糟的行书,品子仿佛对其似有所感,不禁又增添了一层害怕心理。

"可能是在京都买的吧……"

家里以前并没有这幅挂轴。

是爸爸在京都挖门子找到一休书法的呢?还是因为喜欢一休的这句话才买来的呢?

从前在壁龛旁边似乎挂了一幅挂轴,现在已经收起来了。

品子起身走过去看看。原来是久海书法断片。

当年,波子的父亲还在这个家里置放了四五幅历史上著名的藤原氏的和歌断片,但后来全让波子给卖掉了,只留下这幅久海断片。因为相传久海断片系出自日本古典文学巨著《源氏物语》的女作者——紫式部的手笔，所以矢木才没有放手。

品子离开父亲的房间之后，嘴里又嘟囔了一遍：

"佛界易入，魔界难入。"

难道这句话跟爸爸的内心有什么相通之处吗？对这句话本身的含义，品子心里也有各种理解，因而无从把握其准确内蕴。

品子本想跟父亲再谈谈母亲的事，因此在母亲离家去东京之前一直待在排练场里，后来才到父亲房间里来看一下的。

难道一休的书法已代替父亲做了某种回答了吗？

大泉芭蕾舞团研究所里，总共大约有二百五十多名学生。

这里并不像正规学校那样定时招生和定时开学，随时都可以入学，再加上时常有人连续休息或干脆不来，始终有学生进进出出，所以很难掌握准确人数。但有一点是肯定的，那就是学生从来没有低于二百五十人的时候。而且，从出入相抵的结果看，人数还一直呈增加的势头。

除了大泉芭蕾舞团之外，东京有名的芭蕾舞团一般都有二三百名学生，这样估计大体是不会错的。

然而，这些为数不多的学生并不是经过严格考试招进来的。同其他技艺的弟子一样，只是想学一下芭蕾舞而已，因此很容易就能进来。至于那些女孩子是否适合跳芭蕾舞，或最终是否有希望登台演出，这一切在入门时都不加深究。

东京有六百个芭蕾舞讲习所，大讲习所里学生有三百名之多。从这种估计出发，如果能建一座有系统组织的舞蹈学校，再挑选出素质好的学生进行正规、严格的培养教育的话，恐怕会更好一些。但现在好像还根本没有这种计划。

再说，仅以大泉研究所为例也可以看出，学生中仍以在校学习的女中学生居多。她们都是放学回家时顺路去学练芭蕾舞的。

女中学生班有五个组。

她们下边有一个小学生的儿童科。

女中学生班上面还有两个班，年龄比她们大，技术也比她们高。再往上就是专科班了。

所谓专科班，跟它的名字一样，就是专修芭蕾舞的人，总共有十名，都是这个芭蕾舞团的主要演员，平时总是由研究所所长大泉亲自指导，共同切磋。

女演员八名，男演员两名，品子是其中之一。年龄上品子最年轻。

专修班的十个人都担任助理教师，分别负责下面各个班的教学工作。

除了这些班之外，还有一个叫专科的组。这是为一般工作人员设立的班，他们年龄参差不齐，即使芭蕾舞团公演时，也因会妨碍正常工作而无法登台演出。

品子每周有三次上专修班的课，再加上当助理教师的排练日，差不多每天都要到研究所去上班。

研究所设在东京都港区爱宕山南边的芝公园里面，从新桥车站步行大约要十分钟。

今天因为心情沉重，没有乘车。当品子迷迷瞪瞪走过来时，研究所门口有一位母亲正站在那里，身边带有一个看上去像是小学五六年级的小女孩。

"请问，可以让我们参观学习一下吗？"

"可以，请进。"品子答道，又朝那少女望了一眼。

大概是闹着非要学芭蕾舞不可,妈妈没办法才把她带来的吧。品子打开房门,让这母女俩先进去,与此同时从里面立即传来了招呼声。

"品子姑娘,你来得正好,正等着你呢。"

招呼品子的是野津,是这里的首席男舞。

野津是扮演公主的女芭蕾舞演员的男搭档,一般扮演王子,长相英俊、风度高雅,跟角色十分相称。从束紧的腰身,到修长的细腿,那流畅的线条看上去颇具浪漫情调。

按芭蕾舞设计的具有古典风格的白色服装很合体,这在日本人里也是不多见的。

不过,平常排练时却总是穿黑色的。

"今天太田琴师休息啦。品子姑娘来的话,我正想求你上钢琴呢。"野津说道,他讲话时常常夹杂着女人的腔调,"可以么?"

"可以。"品子点了点头,"钢琴谁都能弹的嘛。"

野津提到的太田是位女钢琴师,平时总是由她来为排练伴奏。

逢到没人弹钢琴时,靠教师用嘴或用手打拍子也是可以进行芭蕾舞基本功练习的,更何况还有许多讲习所根本就没有伴奏。大泉这里使用的则是意大利著名的芭蕾舞导师恩里科·切凯蒂创作的练习曲。有音乐和没有音乐大不一样,习惯于带伴奏排练的学生,一旦没有了钢琴,立时就会感到像泄了气的皮球。

品子对参观的母女俩说:

"请到这边。"

请母女俩在门口旁一张长椅子上坐好后,自己才走到火炉跟前。

"品子姑娘,你脸色怎么不大好呀?"野津悄声问道。

"是吗？"

品子站在那里一动未动。

"是因为我求你弹钢琴，心里不高兴么？"

"不是。"

野津头上缠着一条藏青色绸带，上面是晶莹闪亮的小水珠图案。没有打结，收拾得很巧妙。尽管绸带只是为防止头发散乱，但从这种地方也能看出野津的审美情趣。

"虽然有人会弹练习曲，但相比之下嘛……"

野津从火炉前的椅子上转过半个头来，仰起脸望着品子。缠着藏青色绸带的额头上，长着两道漂亮的浓眉。

他大概是在称赞品子的琴艺吧。

品子从小就接受母亲的钢琴训练。

波子身上有丰富的正规排练经验，以至于到了现今这把年纪之后，甚至觉得也许当个钢琴教师会更轻松一些。早在二十年前波子还年轻时，就已经不是外行了。

品子也差不多，一般的舞蹈曲目她都会弹。切凯蒂的练习曲本是用来教芭蕾舞基本功的，所以自然要容易一些。再加上每天反复地听，自己也不止一次地弹过，早已耳熟能详了。

品子弹着弹着思想便溜号了，只听野津走过来问道：

"怎么了？稍微有点快。跟平时不一样。"

这节课进行排练的是女中学生班上面那两个班中的B班，被称作高等科。在正式演出的舞台上，她们都是跳群舞的演员。

从这个高等科B班升进A班，能够跳得更出色的人才有资格被选拔到品子她们所在的专修班里去。

用芭蕾术语来讲，群舞演员里面既有跳四对舞的，也有跳领舞的。领舞就是站在群舞前面跳舞。

不过，专修班的独舞有时也跳领舞，领舞演员里有时也被选出来跳独舞。

就大泉芭蕾舞团来说，二百五十多人当中，能正式登台演出的大约有五十名左右。

若论高等科B班里的那些学生，他们都已接受训练多年，艺术技巧也很出色。对这个研究所的风格和传授方法也都适应了。

更何况，抓住把杆的第一步练习总是重复同一个动作，因而都能顺利进行。所以，品子弹钢琴时也跟往常一样，只是手指在那里机械地动着。

为此，竟遭到了野津的指责。

"对不起。"品子表示道歉，"你是说稍微有点快？……是这样吗？"

品子脸上露出一副"这是不可能的"神态，竭力在掩饰被人突然指出毛病时的窘态。

"也可能这只是我的一种感受吧？听起来就像心不在焉弹出来的，我心里可着急……"

"哎呀，实在对不起。"

品子脸蛋似乎有点发红，两眼望着雪白的键盘。

"没关系的。不过，品子姑娘好像有什么心事吧？"野津悄声问道，"跳舞也是这个样子。时常感到心情沉重，跳着跳着就喘不上气来了。"

听野津这么一说，品子好像真的呼吸加快了似的，心里嘣嘣地跳了起来。

再加上野津的汗臭味，似乎更令品子透不过气来。

从发觉野津来到身边，精神重又集中时起，品子便闻到了一股刺鼻的汗臭味。

逢到跳双人舞时，野津的汗臭味也还可以忍受，但现在这股味道仿佛更浓、更强烈了。

野津这个人，对排练服之类的衣物也还是经常换洗的。然而，现在正是冬天，恐怕就有点偷懒了吧！

"对不起，我一定注意。"

品子很烦这气味，闷住声讲了这么一句。

"等结束之后吧……"野津离开钢琴旁边，口里说，"那么，就拜托你了。"

品子鼓足劲弹了起来。合着学生们的脚步声，以自己也在做动作的意念，使现场的节奏协调了。

开始进行离开把杆的练习了。

就像音乐方面的意大利语一样，芭蕾舞使用的是法语。

野津用法语一句接一句地命令学生做各种舞蹈动作，随着品子的钢琴伴奏，他的法语仿佛也变得越发漂亮了。品子则犹如跟着野津的声音在弹奏。

野津那甜甜的嗓音又高又脆，他反复多次用法语发出的"弯腿""足尖立"之类的口令，在品子耳朵里听起来犹如仙境般的温柔。

野津时而击掌打拍子，时而还用口打拍子数数。

当这一切在耳朵里都变成犹如仙境般的声响时，品子差点就要听不出学生的舞步声了。

"不行！"品子赶紧提醒自己，把目光盯到乐谱上。

排练时间是一个小时，但野津劲头十足，又延长了近二十分钟。

"谢谢。让你辛苦了。"

野津来到钢琴跟前，擦着额头上的汗水。

一股新汗臭味强烈地扑向品子。鼻子如此敏感，恐怕也是由于身心疲惫的缘故吧！

"排练场可能要空闲一小时的。先休息一会儿，然后一块儿练练吧？"

野津提出了建议，但品子摇了摇头：

"今天就免了吧。我负责弹钢琴吧。"

一小时之后，首先是女生班排练，接下来应该轮到工作人员那个班了。

品子刚回到火炉旁边，从门口一侧的长椅上便有两个参观学习的女学生起身走了过来。

"我们想要一份说明书……"

"好的。"

品子将说明书外加申请表一起递了过去。带小学生来的那位母亲也冲品子说道：

"请给我也来一份吧。"

野津则一直独自在排练场镜子前练习弹跳动作。而且，边往上跳边在空中做两脚拍打在一起的动作，用芭蕾术语讲就是"击脚跳"和"击打跳"。野津的"击打跳"漂亮极了。

品子站在火炉前，身子靠在椅子上，呆呆地望着。

负责教后面各班的助教们也都已来到排练场，正各自在进行练习。

品子以为野津已经不在了，谁知他却换了一套新装从里面出来了。

"品子姑娘，今天回家……我送你，所以……"

"可是，还没有伴奏吧？"

"没关系的。会有人弹琴的。"野津边说边把抱在怀里的大衣穿到身上，"从映到对面镜子里的样子就能看出，品子姑娘心里很不好过嘛。"

品子本以为野津只是在专心致志地观察他自己在镜子里的舞蹈动作呢。难道他还有心思一直在留意从远处映到镜子里的品子的脸色吗？

二人沿着通往历史上专门为迎送皇亲国戚而修建的御成门方向的下坡路走去。

"我要顺便到妈妈的排练场去一下，所以……"

尽管品子这样说，但野津却说道：

"好些日子没见到你母亲啦。我也去一下，不碍事吧？"

并且叫住了一辆空车。

"上一次跟你母亲见面是什么时候了？当时谈到了一个话题，就是芭蕾舞演员结婚好还是不结婚好。你母亲说，恐怕还是以不结婚为好。我当时说，谈谈恋爱还是可以的吧……"

记得有一次做双人舞示范表演时，品子曾听野津说过，跳这种舞要做到真正配合默契，两个人究竟是夫妻好呢，还是恋人好呢？或者是毫不相干的人好呢？

一心只管跳舞的品子突然介意起来，身体变得僵硬，动作也走了形。一旦心里有了疙瘩，把身体委托给男人的舞蹈就跳不成了。

这道理也很简单，因为女芭蕾舞演员的各种姿势都是要借助男演员来完成的，比如搂抱、托举、肩上动作，还有投身过去由对方擎住、完全把身体交给对方等动作，就是说，要靠男女演员的身体把各种爱的形象在舞台上展现出来。

在芭蕾舞里，首席男演员总是扮演骑士的角色，以至被称为"女演员的第三条腿"；与此相对应的是，女演员总是以恋人的角色与男主角密切配合，把"第三条腿"当成自己身体的一部分。

当品子还没有成为大泉芭蕾舞团的明星演员或首席女演员时，野津就很喜欢她，总想选她作为双人舞的搭档。

其他人也早就认为，他俩由恋爱到结婚将是很自然的发展。

尽管品子还是个姑娘，但她身体被野津熟悉的程度也许早已超过了结婚的界限。品子的若干部分恐怕早已属于野津了。

然而，品子感到野津身上有些地方并不像男人。

是跳舞太熟悉的缘故吗？是因为品子还是个姑娘的原因吗？

正因为还是个纯洁的姑娘，所以品子的舞蹈动作里很难流露出性感的色彩。只要听到野津说什么，身体立时便会变得僵硬起来。

二人偶尔坐到一辆车里，品子觉得比跳双人舞时还要难受。

更何况，今天并不想让野津见到母亲。

品子是不愿让野津看到母亲面带忧郁或充满烦恼的样子。再说，她一直对母亲放心不下，很想独自一人前往。

"你母亲真好啊。不过，谈到芭蕾舞演员结婚或恋爱问题时，看样子你母亲脑海里好像立即就想到品子姑娘了呢。"

对野津这句话品子也很不耐烦，所以口中只应道：

"是吗？"

波子的排练场没有点灯，但门开着。

波子不在。

尽管还不到黄昏时分，但地下室里已经有些发暗，只有墙上的镜子发出暗淡的光，沿着对面的马路是一横排高高的窗户，窗户上映着街里的亮光。

空荡荡的地板凉冰冰的。

品子把灯打开。

"你母亲不在？回去了么？"野津说道。

"嗯。不过……门没锁呀。"

品子到小房间看了一下。里面挂着波子的排练服。用手一摸，是凉的。

排练场的钥匙过去一直由波子和友子拿着。一般情况下都是友子先来，提前把门打开。

友子不在以后，母亲可能又把友子那把钥匙交给了别的什么人。母亲排练场钥匙这件事品子也疏忽了，但友子不在所带来的不方便竟会在钥匙上都有所反映么？

尽管如此，一向认真细心的母亲怎么会忘记锁门就离开呢？品子心里不禁有些忐忑不安。

今天真是个奇怪的日子。到父亲的房间里去，父亲不在。来到母亲的排练场一看，母亲又不在。这种巧合愈发令品子惴惴不安。

就像一个人刚才还在，屋子里还有这个人的影子，这种情形反而更令人感到空虚。

"妈妈到哪儿去了呢？"

品子往跟前的镜子里照了照自己，觉得镜子里方才也还有母亲的身影似的。

"哎呀，脸煞白……"

品子对自己的脸色也吃了一惊，但对面还有野津在场，因此不便重新化妆。

品子她们在排练时经常出汗，所以几乎从不涂脂抹粉，口红也是淡淡的。至于把脸色全部遮住的化妆，就更少见了。

品子从外面走进排练场，把煤气暖炉点上。

野津身子靠在把杆上，目光跟着品子，口里说：

"不用点暖炉。品子姑娘也该回去了。"

"不，我要等妈妈。"

"你母亲会回来么？那好，我也……"

"会不会回来，我也说不准呀。"

品子把烧水壶放到暖炉上，又从小房间里把盛咖啡的用具拿出来。

"这个排练场真棒啊！"野津朝四周望了一圈，"一共有多少学生呀？"

"大概六七十名吧。"

"是么？前些日子听沼田先生说，你母亲还要在春天举办一次表演会？……"

"还没定下来呢。"

"既是品子姑娘的母亲，我们也想助一臂之力呀。这里恐怕没有男演员吧？"

"对。因为妈妈不收男徒弟……"

"可是，表演会上若没有男演员，不会觉得美中不足么？"

"嗯。"

品子心里七上八下的，根本没心思说话。

品子低头垂目在倒咖啡。

"连排练场里也是银制的咖啡套具？……"野津露出十分稀罕的样子，"清一色女人的排练场真干净啊！你母亲的心真细呀。"

经野津这么一说才注意到，银制的成套咖啡用具也确实很相称，收拾得既洁净又漂亮。缺少的则是大泉研究所里那种生动活泼的气氛。在大泉那边，墙上弄得花花绿绿热热闹闹的，贴着他们芭蕾舞团多次公演的海报；而这里却只用外国芭蕾舞女演员的照片点缀着墙壁。连从《生命》之类的杂志上剪下来的照片，波子也正正规规地镶到了镜框里。

"啊，我观看你母亲的舞蹈大概是什么时候来着？是战争刚开始那时候吧？……"

"差不多。战争激烈起来以后妈妈就不登台了。"

"记得是跟香山先生跳的……"

看样子野津是在竭力回忆波子跳的那场舞。

"现在看来，香山先生当时该是相当年轻的。可能刚好跟我现在差不多吧？……"

品子只是点了点头。

"跟你母亲可能年龄相差很大，但却一点都看不出来。"野津又压低声音问道，"听说香山先生当时还跟品子跳舞，有这回事么？……"

"跳舞？……我还是个孩子嘛。还谈不上是什么一块儿跳舞。"

"品子当时多大？……"

"跟他跳的最后一次么？……十六岁了。"

"十六？……"野津仔细回味般地重复了一句，"品子姑娘对香山先生无法忘怀吧？"

"嗯，难以忘怀。"

品子回答得很爽快，连她自己都没有想到。

"是吗？"

野津站起身，将两手插进大衣口袋里，绕着排练场走动起来。

"完全可能啊！我估计就会是这样的。我早就心里有数了。不过，香山先生已早就不属于我们这个世界了。是这样的吧？"

"根本没这码事。"

"这么说，品子姑娘表面上是跟我跳舞，心里却想着是在跟香山先生跳舞喽？"

"根本没这码事。"

"两次都是一个答案呢。'根本没这码事'的意思是……"野津从正面直接朝品子这边走过来，"我等下去可以吗？"

品子像害怕野津靠近似的，使劲摇了摇头。

"等什么呀，这……"

"可是，我在等待什么，品子姑娘老早就该心里有数……再说，香山先生不是根本就不是品子姑娘的恋人吗？"

若说香山不是品子的恋人，这或许是符合事实的。

然而，品子的纯洁之心却是与野津的这句话背道而驰的。

在野津走到品子身边之前，品子唰地一下站起身来。

"香山先生即使什么都不是，也毫无关系嘛！别人的事，我可……"

"别人？……我也算别人吗？"

野津口里嘟囔了一句，随即就地转身往一边走去了。

品子一直盯着映在墙上镜子里的野津的背影。脖子上围着一条带方格的红围巾。

"品子姑娘难道还充满少女的梦想么?"

品子一直在镜子里追踪野津的身影,不知不觉间感到自己的双眼开始有神了。不是为了野津。反倒可以说,恰恰是由于拒绝野津而浑身产生了一股力量。

同时,也是想努力战胜自己内心的寂寞。

究竟是什么样的寂寞呢?反正品子就是有一种令人浑身紧张的寂寞心理。

"我已经下决心不再考虑结婚的问题了,以至于连妈妈都说是因为品子的舞蹈已经没希望了。"

"竟会说品子姑娘的舞蹈没有希望?跟香山先生也……"

品子点点头。

野津一直走到对面墙壁跟前,回过头来望了望点头的品子。

"简直是在做梦嘛。真不愧是位小姐……可是,这样一来,我跟品子姑娘跳舞就等于是在妨碍品子姑娘结婚喽?也就是说,所谓的小姐给男人分派了一个莫名其妙的任务嘛。"野津边说边朝这边走来,"你在说谎。你心里仍对香山先生抱着幻想,所以才这样讲的……"

"我没说谎。我只是想跟妈妈待在一起。妈妈为我跳舞已花了二十年的时光。"

"品子姑娘的那些舞蹈我来负责……"

品子对此好像也点了点头。

"那好,我就相信品子姑娘的话了。这就等于说,在跟我跳舞期间,从没想过要跟香山先生结婚啦?……"

品子皱起眉头,两眼盯着野津。

"我爱品子姑娘,品子姑娘则爱着香山先生。然而,在品子姑娘与我跳舞期间,这两种爱都在受到压抑。由此看来,品子姑娘和我跳的双人舞该是多么空洞虚幻啊!岂不成了两种爱情的无谓流失了么?"

"并不是无谓的嘛。"

"反正总有点儿像一个容易破碎的梦就是了。"

然而,野津却被品子熠熠生辉的目光所打动了。跟刚才完全判若两人,脸蛋也生动有神了。在这光艳照人的美丽面庞上,只有眉梢处还挂着一丝忧愁。

"我在跳舞中等待啦。"

品子眨了一下眼睛,微微摇了摇头。

野津把手搭在品子的肩上。

品子回到家里,见高男的厢房里还亮着灯,便试探着喊道:

"高男,高男。"

从防雨套窗里传来了高男的回答声:

"姐姐?你回来啦!"

"妈妈呢?……回来了吗?"

"还没有吧。"

"爸爸呢?……"

"在家。"

高男在动手开门,品子像逃避这开门声似的,连忙说:

"算了,算了。过一会儿再……"

尽管院子里已是夜幕笼罩,但品子还是不愿让高男看到自己心神不宁的样子。

开门声停下了。

然而，高男却仿佛还站在廊道里：

"姐姐，你以前提到过崔承喜吧。"

"嗯。"

"那个崔承喜，她在十二月三日的《真理报》上发表了一篇文章。"高男好像在报告一件大事似的说道。

"是吗？"

"还写到了她女儿死去的情况。就是到苏联公演那次，在莫斯科那样受到欢迎的那个女儿……崔承喜的培训班里似乎有一百七十名学生哩。"

"噢？"

崔承喜在苏联报纸上写的文章根本不足以令品子像高男那样激动得放大了嗓门。

相反，品子却正以忐忑不安的目光在注视着防雨的木板套窗，套窗上模模糊糊地映着冬日里干枯的梅树枝影。

"爸爸用过饭了吗？"

"啊，跟我一块儿吃过了。"

品子没有拐向自己的厢房，迈步朝正房走去。

今天晚上还没有见到妈妈就来见爸爸，这使品子心里很有点不安。当意识到这点时，品子已经说出"我回来了"，事已至此，反倒好像不好再离开爸爸的房间了，因此便说道：

"爸爸，今天白天我就来过您的房间啦！当时还以为您在里面呢……"

"是吗？"

矢木从桌子那边转过头来，同时把身体转向手炉一侧，做出等待品子的姿势。

"爸爸,一休写的佛界、魔界那两句话是什么意思呀?"

"噢,这个条幅吗?……上面的话很有意思哩。"矢木平静地望着壁龛里的墨迹。

"爸爸当时不在屋里,我一个人仔细瞧了一会儿,心里觉得怪怕人的呢。"

"噢?……为什么?"

"'佛界易入,魔界难进',是这样读吧?魔界是指人的世界么?……"

"人的世界……魔界是指?"矢木好像很意外似的反问了一句,"也许是吧。这样也蛮合适嘛。"

"分明是活在人世上的,怎么会是魔界呢?"

"你说是在人世上,可所谓的人在哪里?说不定全都是妖魔鬼怪呢。"

"爸爸就是以这种心理来看待这幅墨迹的么?"

"那倒未必……这上面写的魔界恐怕终归还是魔界吧!一个十分可怕的世界。所以才说比佛界还难进哩。"

"爸爸您想进吗?"

"是问我想进魔界么?你问这句话是什么意思呀?"矢木圆乎乎的脸上挂着柔和的微笑,"如果品子断定你妈妈进佛界的话,我进魔界也没关系,只是……"

"哎呀,不是这个意思。"

"'佛界易入,魔界难进'这句话嘛,很容易令人想到'善人成佛,况恶人乎'这句话。不过,好像又不是一码事。一休的话难道不正是排斥感伤主义的吗？就是像你妈妈和你这类人的……感伤主义的嘛……还包括日本佛教的感伤和抒情之类的……也许这正是一句严峻的战斗的语言哩。啊，对了，记得在'十五日会'上拿出《普贤十罗刹》图那次，品子也去了嘛！"

"对。"

北镰仓有一位名叫住吉的美术古董商，在他的茶室里每月十五日都举行一次例会。由家具店老板和茶道爱好者轮流主持，已经成了关东地区的主要茶会之一。

主人住吉是个类似挂着东京美术俱乐部经理头衔的美术商元老，很有些淡泊典雅的派头，既有近似禅宗僧人之处，又有比茶道宗师还像茶人的风度。"十五日会"就是靠这位住吉老人的人品在支撑着。

因为距离很近，所以矢木高兴时就去参加一下。原本属于益田家的这幅《普贤十罗刹》图展示在壁龛里的那天，波子和品子也被一起叫去了。

"那幅画恐怕正合你妈妈的心意吧。普贤菩萨坐在一头白象上，四周簇拥着十罗刹，她们都是套着十二层单衣的高贵美女。那个时候宫中的女人一律都是这副打扮的。那是一幅反映藤原时代充满华美的感伤的佛像画。大概正可以看出藤原年间的女性趣味、女性崇拜吧。"

"可是，我记得妈妈说过，普贤只是脸蛋漂亮，没什么可稀罕的。"

"也许是吧。普贤本是个美男子，但却被有意画成了美女的样子。有一幅表现阿弥陀如来佛从西方净土前来接引的《来迎图》，大概就是符合藤原时代憧憬的一幕幻影，而且还有了一个叫'满月来迎'的词儿。藤原道长死的时候，弥陀佛如来的手里垂下一根细丝线，藤原自己就攥着丝线的另一头。《源氏物语》就是在藤原道长那个时代产生的，所以我年轻时一直在对源氏进行考察研究。然而，对于这种情况我妈妈却露出很讨厌的样子，说：'一个野蛮的穷苦人的孩子，跟藤原的高雅和哀怨毫不相干，完全是瞎胡扯嘛！'"矢木望着品子的脸，接下去又说，"《来迎图》里，前来迎接凡人灵魂的众神佛衣着华美，手持乐器，都做着近似起舞的姿态。女人的美丽可以在舞蹈中表现得淋漓尽致，所以我从不阻止你妈妈跳舞。不过，女人并不是用精神跳舞，而只是用肉体在跳。长期以来，我观察你妈妈也是这个样子。女人与其当尼姑，恐怕还是跳舞会显得更美吧。仅此而已。你妈妈的舞蹈只反映了你妈妈的感伤情怀，而且是日本式的……品子的舞蹈不也是表现了不切实际的青春幻想的吗？"

品子真想反驳一句。

"假如魔界里不存在感伤的话，我宁愿选择魔界呢！"矢木看破红尘似的说道。

正房里只有矢木的书房和波子的起居室、茶室，以及储藏室和女仆人房间。

波子的起居室只好用作夫妻二人的卧室。

从作为波子老家别墅时起，这个六铺席大小的房间给人的感觉就是专门为女人修建的，墙壁和拉门等下半部都用古旧布片裱糊着。说其古旧，恐怕也就是江户时代始自元禄年间流行的武士家中贵妇人穿用的那种花纹大而鲜艳的和服布料或其他什么布料吧。

最近一段时间以来，躺在被窝里望着这些用彩色丝线绣成的古老的花色图案，波子每每有一种寂寥之感涌上心头。这些古老的布片太女性化了。

自从拒绝矢木以后,躺到床上入睡就成了波子一件痛苦的事。

矢木自那次被拒绝后,再没有动过要求波子的念头。

矢木历来喜欢早睡早起,而波子一般都是晚一点就寝。尽管如此,在波子来就寝之前,矢木总还是睁着眼睛没有入睡,总要搭几句腔然后才入睡。

即使在品子的厢房里娘俩说话一直说到深更半夜,波子也会说一句:

"到你爸爸休息的时间了。"

然后便起身返回正房去了。波子是挂记丈夫睡不着而在等候自己。这已是多年的习惯成自然了。

对于波子来说也是这样,倘若到卧室里矢木不主动搭腔,她便会感到不正常。

然而,没想到这一习惯现在竟成了对波子的威胁。只要矢木躺在那里说句什么,波子便会心头一紧,仿佛上半身收缩得僵硬似的钻进被窝里。

"并不是罪人嘛。"

尽管内心里这样嘟囔着,也还是无法平静下来。似看非看地偷偷瞧着矢木睡着的样子,难道自己犯了什么罪过了么?

波子躺在被窝里连身都不敢翻,莫非是在等待什么吗?是等矢木睡着呢,还是等待矢木主动找自己呢?

如果被主动找上门的话,看来还是要拒绝的,波子很怕出现这种争执。可是,矢木不主动要求也好像令人很不痛快。

终于出现了这种局面,即在矢木睡着之前,波子根本无法入睡了。

波子今天晚上就是在品子的厢房里聊天了，到了丈夫的就寝时间也没有回正房去。

"听你爸爸说，品子曾对壁龛里的挂轴有点看法？……"

"什么？爸爸说我有看法？"

"是啊。说既然品子不喜欢，就另换上一幅。就在两三天前说的……"

"啊？……我只是问了句那是什么意思嘛！爸爸讲了许多，但我都不大明白。听爸爸说，妈妈和我跳的舞蹈都带有感伤情调，这种说法真令人扫兴。"

"感伤情调？……"

"好像就是这么说的。爸爸是不是在说，从事舞蹈本身就是感伤主义的？……"

"是么？……"

波子想起早在十五年前听矢木说过的一句话。矢木当时曾说过，女人通过芭蕾锻炼的身体，可以使丈夫感到高兴。

矢木曾说过，"二十多年里，除了你这个女人之外，再没有碰过别的女人。"当矢木说这句话时，波子正一心只顾躲避丈夫的手臂，也许正是由于这个原因吧，耳朵里听到的只觉得仿佛是怪黏黏糊糊的、死缠活缠般的话语。

然而，事后想来，也许正如矢木所说，作为男人来讲，确实是"不可思议的例外"。

这就是说，波子"这个女人"受到了例外的缘分的恩赐了吧？

波子对丈夫的这句话并不怀疑。相信它可能是真实的。

但是，如今从这句话里已再也无法感受到幸福，反倒似乎有一种压抑感了。

莫如说，波子已决定与丈夫保持一段距离来仔细观察一下，看看这是否是矢木性格异常的一个标志。

"如果说咱们娘俩的舞蹈带有感伤情调的话，那么，我与你爸爸共同生活的岁月也就是充满感伤的了？……"波子歪头陷入沉思，然后又说道，"妈妈最近好像有些疲劳呢。恐怕只有到春天才会有精神的吧！"

"是爸爸使您疲劳的呀。爸爸正从魔界里望着妈妈呢！"

"从魔界？……"

"不知是怎么回事，每次跟爸爸谈话，谈着谈着，我的生活本领就好像跑掉了似的。"品子披着长长的秀发，手里不停地用丝带扎上，然后再解开，"爸爸是吞噬妈妈的灵魂生活过来的呀！"

波子对品子的讲法仿佛吃了一惊。

"总而言之，背叛爸爸的看来还是妈妈呀。这件事对品子也要表示歉意，否则……"

"莫非爸爸一直在等待大家都累趴下么？"

"不至于吧……不过，这座房子近期内也许很快就会卖掉的。"

"赶快卖掉，然后在东京要能建一座排练场就好了。"

"建一座带感伤情调的排练场？……"波子自言自语地说道。

"可是，爸爸是反对的。"

过了半夜两点钟以后，波子才回到正房里。

矢木早已睡着了。

波子摸黑穿上冰凉的睡衣。

尽管已经躺进被窝，上额头部分好像还没有暖和过来。

"妈妈，您就在我这儿歇息吧！爸爸早就休息了。"

面对品子的挽留,波子说道:

"又该让你爸爸笑话了,说这正是感伤情调……"

而当随后来到正房睡觉时,波子又感到寂寞难耐了,不禁像个年轻姑娘似的想道:若是跟品子俩待到早晨就好了。

越是难以乖乖入睡,就越好像是害怕惊醒矢木似的。

天亮以后,波子醒来时,矢木早已起床了。这还是破天荒头一遭。

波子不禁暗吃了一惊。

深远的过去

在四谷见附附近,原来的家已被战火烧成一片废墟。波子和竹原来到这里时,外面正刮着风。

拨开没膝深的枯草,波子一面寻找排练场的石头地基,一面口里说道:

"钢琴当时就在这一带呢。"听语气,好像竹原对这一切当然都是知道的,"若是能搬动的时候运到北镰仓去就好了。"

"现在说这些还有什么用?都六年前的事了……"

"可是,那是一架斯坦威产的大型钢琴,我现在根本买不起了,更何况那里面还有一段回忆呢。"

"小提琴本来是随手就可以提出来的,结果连这件东西也让我给烧掉啦!"

"是嘎塔尼牌子的吧?"

"是嘎塔尼。那把弓也是一想起来就怪可惜的。买那把小提琴的时候,日元很值钱,美国的乐器公司为了赚取日元,还把乐器带到日本来推销了。我是向美国出售照相机的,可一碰到不顺心的时候,就会想起这段往事呢。"

竹原压住帽檐,顶风背过身去,像保护波子似的站在那里。

"我有时一碰到不顺心的事,就会想起那支《春天奏鸣曲》来。像现在这样待在这里,仿佛从烧掉钢琴的废墟下面就能听到那支曲子呢！"

"嗯。跟波子你待在一起，我耳边好像也听到了呢。两个人合奏《春天奏鸣曲》那些曲目的乐器，两样都给烧光了。不过，即便小提琴还管用，我也摆弄不了啦！"

"我的钢琴也不保险了……不过，《春天奏鸣曲》里寄托着我跟你的回忆，现在连品子都知道了。"

"那是品子姑娘出生前的事哩。成了深远的过去喽。"

"春天里如果能有机会举行我们的表演会的话，真想从寄托着我跟你共同回忆的曲子里挑一支能跳的跳一下呢。"

"若是在舞台上正跳得起劲的时候，你那恐怖症又突然发作，可就麻烦啦。"竹原半开玩笑地说道。

波子眼里闪出灼人的目光。

"我早就不害怕了。"

枯草看上去既萧条又冷漠，在随风摇曳中，一闪一闪地映着西下的日光。

波子的黑西服裙上也晃动着闪亮的枯草投下的影子。

"波子，你就是找到旧石头地基也建不出原来那样的房子啦！"

"是啊。"

"给你找一个我熟悉的建筑家，让他来给看看地址吧。"

"那就拜托了。"

"新房子的设计也请你考虑一下。"

波子点点头，但又问道：

"您刚才讲到深远的过去，是指深深埋在枯草里的么？……"

"不是这个意思。"

竹原显得找不到适当词汇的样子。

波子一边回头望着倒塌的墙壁，一边来到马路上。

"这面墙也不能用了。盖新房子之前，得把它彻底扒掉哇！"竹原也回头望了一眼。

"大衣下摆粘上枯草籽啦！"

波子抓着大衣下摆转着看了一圈，最后还是先把竹原的大衣拍干净了。

"请转过身去。"这次轮到竹原下命令了。

波子的裙子边上没有粘上枯草。

"不过，还有一件事。你是好不容易下决心要建排练场了，可矢木同意了吗？"

"没有，还……"

"这就有问题喽。"

"嗯。就算在这里能建成，等房子建好那天我们俩还不知会怎么样呢！"

竹原没有吭声，一直往前走着。

"尽管跟矢木在一起已经生活了二十多年，孩子也都长大了，但这根本就不是我一生的全部啊。我自己也感到吃惊呢！我自己就好像有几个人似的。一个自己跟矢木生活在一起，一个自己在跳舞，还有一个自己也许心里整天装着竹原您哩。"波子说道。

西风从四谷见附的高架桥方向直朝这边吹了过来。

转向伊格纳其奥教堂另一侧以后，皇宫外护城河的土堤把风略微挡住了一些，土堤上的松树仿佛也发出了声响。

"我真想成为一个人呢。真想把几个自己合成为一个人呀。"

竹原点了点头，两眼望着波子。

"您能不能对我说一句：'跟矢木分手吧！'能不能这样说一句呢？"

"问题就在这里……"竹原接过话题，"对我来说，我一直在考虑，如果不是原先就跟你很熟悉，而是最近才认识的话，那也许就保不准啦！"

"啊？……"

"我之所以讲'深远的过去'，大概就是因为脑子里有这种考虑的缘故吧！"

"跟您最近才认识……"波子满脸疑惑地扭头望着竹原，"我不要听！这种事情……根本就不可想象。"

"是这样么？……"

"我不要听。难道年过四十才第一次跟你相遇？……"波子眼里露出凄凉的神色。

"不是年龄问题嘛！"

"我不要听这些。"

"问题是深远的过去呀！"

"可是，假如我们现在是第一次见面的话，您恐怕根本就不会理我的吧。"

"你是这么想的吗？波子……我也许刚好相反。"

波子仿佛内心被刺了一下似的，停住不走了。

这时二人刚好来到幸田屋旅馆大门跟前。

"您讲的这些，容我过一会儿再仔细请教吧！"

接下来，波子便有意做出若无其事的样子走进旅馆。

"这副模样是否有点显得冷若冰霜了？……"

在长长走廊的半中腰处，有一个专放艺术品的装饰架，上面摆放着"鲁山人"的陶器。大部分是日本历史上著名的志野瓷和织部瓷的仿制品。

在这家幸田屋旅馆里，餐具清一色都是用的"鲁山人"作品。

波子站在架前仔细观赏一件仿九谷瓷的陶瓷盘子，自己的脸立时淡淡地映进了眼前的玻璃上。两只眼睛看得特别清楚。觉得在闪闪发光。

走廊尽头的庭院里，花匠铺上了枯松叶。

从这里往右拐，再往左转，就是日本第一位获诺贝尔奖的物理学家汤川秀树博士住过的名叫"竹之间"的房间。从"竹之间"后面来到外面的庭院，波子朝女佣说道：

"听说矢木来那次，住的就是这间房子？……"

二人被领到单独另建的厢房里。

"矢木先生什么时候来过？"竹原边脱大衣边问道。

"好像是从京都回来那次顺路来到这里的。是高男告诉我的。"

波子用手从面颊到脖子摸了一遍，说道：

"皮肤让风吹得都有点扎手了……对不起，我出去一下。"

在洗脸间洗过脸后，便坐到了外间的镜子前。波子一边敏捷地轻施脂粉，一边在心中想着：如果确如竹原所说，二人现在是第一次见面的话……然而，波子无论如何也无法接受这一说法。

可是，二人一块儿来到旅馆最后面的厢房里，并没有感到多么不安，这恐怕还是因为毕竟是多年老相识的缘故吧？要么就是因为这是一家熟悉的旅馆的缘故吧？

从竹原所在的房间里飘来了煤气取暖的气味。

隔着栽满翠竹的庭院而遥遥相对的那个房间里，矢木也曾经来住过。波子脑海里浮现出这一情景，仿佛也使自己与竹原待在一起的不安心理平静了许多。

然而，在矢木来过这家旅馆之后，在一个短时间里，波子尽管整天被一种犯罪的恐惧所缠绕，但浑身却反而燃烧着一团火。如今，这种感觉也不见了。

一想到这里，波子的脸立时涨得通红。于是又打开随身携带的化妆盒，重新涂了一层厚厚的脂粉。

"让您久等了……"波子重新回到竹原那里，"在对面都能闻到煤气味呢。"

竹原望了望波子的化妆。

"更漂亮了……"

"您不是说，第一次见面才好嘛！……"波子嫣然一笑，"我想听您把刚才的话题继续讲下去哩。"

"是指深远的过去么？……就是说，如果是第一次见面的话，我会不假思索地将你给抢过来的吧？就是这个意思。所以……"

波子垂下头去，感到胸中心潮起伏。

"而且，因为当初没能跟你结婚，我心里也很伤心呢！"

"对不起。"

"不必这样。我已经没有怨恨和恼怒了。而且恰恰相反。一想到波子跟别人结婚已经二十多年之后，我们还这样相会，不禁感到这深远的过去……"

"'深远的过去'，这句话要讲多少遍呢？"波子抬起眼睛问道。

"也许是过去的岁月把我变成了守旧的道德家了吧！"竹原说

完这句话之后,又好像改变想法似的说道,"有一种感情在束缚着我,这种感情从未从深远的过去消失,而一直随着时光的流逝保留到今天。彼此都已各自结了婚,然而还要这样相会,这也许看似不幸,而实际上正是一种幸福呢。"

波子此刻才更真切地意识到,竹原也已经是有妇之夫了。竹原的结婚与波子的嫁人恐怕是不可同日而语的吧。竹原大概是不想把家庭弄得分崩离析吧?

或者说,竹原也在婚姻中失去了幻想,因而担心与波子之间也会因陷得太深而带来理想的破灭吧?

看来波子只能得出一个结论,即被竹原给抛弃了。然而,假定没有过去那些难忘的岁月,而二人只是第一次见面的话,竹原那似乎感到爱恋的语气似乎也足以使面对面的波子得到最大安慰了。

"对不起。"女佣走进房间,"外面的风好像很大,让我来把木板套窗拉上吧!"

这幢单独建造的厢房没有玻璃门。

趁着女佣拉木板套窗的工夫,波子也把目光投向了庭院,低矮的翠竹翻卷着叶片在随风摇曳。

"已经傍晚了。"竹原双肘支在桌子上,"我讲的话让你伤心了吧?"

波子微微点了点头。

"这我倒没有想到。不过,跟我在一起,波子你可能经常会出现恐惧心理吧。"

"我说过,我已经不害怕了。"

"看到你害怕的样子,我心里真不好受啊!心里就想:'啊,不能这样了!'仿佛就清醒了似的。"

"可是，我却发现，那不正是爱情的爆发吗？"

"爱情的爆发？……"竹原仿佛深入确认似的说道。

波子差点就要颤抖起来了，因为现在浑身真的又爆发了爱情。波子羞答答的，显得格外妩媚。

"换句话说，刚好相反。这样一来，我说刚好相反的心情是完全可以得到你的理解的。请波子也来考虑一下吧。过去是我让你跟别的男人结婚的呀。不是我让你，而是你自己决定的，但从我的立场来看，这样说也未尝不可。因为我没有把你给抢过来，而是在一旁观望了……那是由于过于尊重你，因而失去了能保证你幸福的自信的缘故。虽说这是年轻小伙子容易犯的错误，但话又说回来了，错误归错误，从我们迄今为止亲身经历了深远的过去来看，唯独对我带来了一个好处，就是也看到了一线光明……我认为，在别的问题上我这个人从来都不是那么胆小怕事的，但在对待你的问题上，却偏偏总是采取了暗中珍惜保护的态度哩！"

"一直得到您的珍惜保护，这一点我是完全清楚的。"波子老老实实地承认道。

心灵的窗户才敞开一半，给人的感觉是还在犹豫。即便是全部彻底敞开，竹原也未必会真的闯进来。

"真够怪的了。这样面对面地坐着，我竟然觉得好像以前什么时候早就跟你结婚了呢！"

"真的吗？……"

"可能是我发自内心就有这种亲密感吧！"

波子用目光表示赞同。

"还是深远的过去在起作用啊。"

"是我过去的错误在？……"

"那倒未必。因为我们彼此都没有忘记，所以……大概是去年吧，你曾经在信里给我抄过和泉式部的和歌。"

波子很不好意思地问道：

"您还记得？"

相思况如陌路人，

相见境如隔世缘，

孰可列为先？

这首和歌是波子从《和泉式部集》里找到的。

"这首歌全是干巴巴的教条，不过……"

"不过，你说要与矢木分手，已经说了二十多年了。结婚实在是太可怕了。"

波子脸色几乎都要变了。听竹原的意思仿佛在讲：还生了两个孩子。

"您是在折磨我么？"

"听上去是折磨吗？"

"我现在没那份儿闲心呢。我是赤裸着身子在颤抖呢。竹原先生倒还有闲心，还在那里仔细观察什么'深远的过去'呢。"

竹原确实是在跟波子逗着玩的。对此波子还是有些怀疑，令她心里七上八下的。

竹原真的好像在等待波子哭出声来，等待她把身子投向自己的怀抱。正由于这个原因，波子却似乎既不敢哭也不敢使劲扑过来。可是，一看到竹原那副悠闲自得的样子，波子仿佛就更加心焦更加难以忍受了。

明明情人已经说过是赤裸着身子在颤抖的，可他为什么不把情人搂进怀里去呢？

然而，波子却根本没有失去理智。

今天跟竹原见面，完全是因为有实实在在的事情。是要商量卖房子、建排练场这两件事。已经请竹原来看过原来的地址，然后才到附近的幸田屋旅馆共进晚餐的。

更何况，竹原已是有妻室的人。波子本人也还没有与矢木分手。

在熟悉的旅馆里也许会做出错事，这一点波子也从来就没想到过。

不过，也还有一种可能，那就是波子大概是不会拒绝竹原的。波子觉得自己早已随时随地都属于竹原所有了。

"你说我有闲心？……"竹原反问了一句。

用过餐之后，正在削苹果皮的时候，传来了教堂的钟声。

"这是六点的钟声。"

波子在钟声进行中停下了削苹果的刀子。

"到夜里风就停下来了。"

波子将削好的苹果放到竹原面前。

"我无论如何得见矢木先生一面了吧？"竹原说道。

波子完全没有想到，因而反问道：

"为什么？"

"不论你要建排练场也好，还是要跟矢木离婚也好，恐怕总有些事情要处理吧？"

"不。我不同意……您还是不要去见他……"波子使劲摇了摇头,"我自己办好了。"

"不要紧的。我是作为你的老朋友去见他,所以……"

"这我也不同意。"

"波子,恐怕还是有人代你出面的好。我估计谈话将是很艰难的。不过,我也是真心实意想跟矢木先生的本来面目打一次交道呢!不知他会如何亮相呢。"

"矢木若是别扭起来……"

"什么?……你们那北镰仓房子的名义是怎么处理的?"

"是我从父亲那里接受过来的,一直就是这个名义。"

"没有在你不知道的情况下被改成另一个名字吧?"

"矢木他?……还不至于到这个地步……"

"为慎重起见,还是先调查一下吧。因为我对矢木这个人实在不了解……不过,我心里明白,为了波子,我跟矢木先生面对面摊牌的那一天,迟早会到来的。尽管我还没有从你那里弄清,这一天现在是否已经到来了?……"

"您的意思是……"

"你不是问过我吗?问我为什么不叫你跟矢木分手吗?你们分手真的没关系吗?"

"早已经分手了呀。"

波子的话像是被诱导出来的,突然羞得满脸通红。

竹原露出蓦然醒悟的样子,但还是硬要唱对台戏似的说道:

"尽管如此,今天还是去你家……"

波子依旧垂着头,微微地摇了摇。

竹原仿佛被憋住似的沉默了一会儿。

"可是,我是想以波子朋友的身份去见矢木的呀。若是以情人的身份见面，到时就说不出话来了。"

波子抬起脸，直瞪瞪地望着竹原。一双大眼睛挂满了泪水，也只是听之任之了。

竹原起身走了过来，抱住波子的肩头。

波子做出想要离开的样子，一触到竹原的手臂，指尖便突然颤抖起来，接着又把那近似麻木的手轻柔地滑落到对方手里去了。

竹原起身要回去了，波子还留在幸田屋旅馆里。

"我一个人回不去家了。还是把品子叫来一块儿回去。"

波子说完就往大泉研究所挂了个电话，结果品子还在。

"我要待到品子姑娘来这里为止吗？"

对竹原的这句话，波子故意做出略微考虑的样子，然后才说：

"今天您还是不要见……"

"品子姑娘也见不得吗？"

竹原面带笑容，宽慰似的望着波子。

送到大门外以后，两眼一直注视着竹原的车子起动，波子这时突然产生了想从后面追上去的冲动。

为什么不跟竹原一起离开这里呢？

波子本来觉得自己好像不敢回到矢木跟前似的，但有一点恰恰被她忘记了，那就是对竹原回家也该画个问号的。

独自一人待在房间里很不是滋味，于是波子便接受女佣的劝告，进了旅馆的浴池。

"深远的过去？……"

把竹原的话又重复了一遍，波子泡在温暖的洗澡水里，感受到的似乎只有失掉的过去。接触到竹原手掌的那份喜悦，纵使自己还是个年轻的姑娘,大概与四十开外的今天也不会有什么不同吧!波子闭上双眼,仿佛在紧紧抱住自己似的,心里觉得自己就跟年轻姑娘一般。

"小姐来了。"女佣前来通知道。

"是么?我马上就洗好了,让她在房间里先等一会儿。"

品子仍穿着大衣,侧身坐在取暖炉前。

"妈妈?……我还以为您有什么事了呢。来了一看,听说您在洗澡,这才放心了。"品子抬头望着波子,"妈妈,就您自己?……"

"不,竹原先生刚才还在。"

"是吗?……已经回去了么?"

"给品子打电话没过一会儿就……"

"当时他在场?"品子显得有些诧异似的问道,"妈妈只说让我到这里来一下,电话马上就挂断了,弄得我好担心哟。"

"跟他谈了修建排练场的问题,然后又请他看了看地址。"

"哎呀!"品子绽开了笑脸,"这么说,妈妈精神蛮好的嘛。品子也真想去看看呢。"

"先歇一晚上,明天再去看吧!"

"要住下么?"

"倒不想住下,只是……"波子迟疑了一下,避开品子的目光,"只是妈妈不好一个人回去。想叫品子跟我一块儿……"

"妈妈,您是不愿意一个人回去吧?"

品子自然是轻轻反问一句而已。尽管如此,话出口之后,波子却皱起眉头,目光也变得严肃认真了。

"与其说是不愿意,还不如说是不忍心呢。甚至还觉得不可饶恕似的……"

"是爸爸他？……"

"不，是我自己……"

"啊？是对爸爸？……"

"那可能么？也许是对自己吧。不过，自己不能饶恕自己这种情况，不知是否真的存在，妈妈也说不清楚……即便是自我谴责这种情况，实际上也似乎是在给自己找借口呢。"

品子好像又重新想起了什么似的，说：

"以后妈妈再来东京时，就定下每次都由品子陪您一块儿回去吧。"

"妈妈这边倒好像是个小孩子了。"波子朝品子笑了一下，"品子。"

"什么不忍心再回家呀，我认为妈妈还没到这个地步吧。"

"品子，妈妈也许要跟你爸爸各奔东西呢。"

品子点头表示明白，竭力控制住内心的不平静。

"品子是怎么看的？"

"我感到很难过。不过，这是在预想之中的，并不怎么感到吃惊。"

"妈妈对你父亲这个人并不太了解呀。一开始就不了解。不了解还硬要待在一起，这一天恐怕早该结束了吧！"

"了解了，怕也不成了吧？"

"不了解呀。跟不了解的人在一起，弄得对自己也不了解了。妈妈跟你父亲这样的人结婚，说不定真有点像跟自己的幽灵结婚了呢。"

"品子和高男都成了幽灵的孩子？……"

"这不是一码事。孩子还是有血有肉的人的孩子嘛。是神仙的孩子。你父亲不是说过,妈妈的心如果像现在这样跟爸爸疏远的话,岂不根本就不会出现生下品子和高男这种错事了吗?这简直是幽灵的语言。对我们是不适用的,对吧?也许人的一生就是存心稀里糊涂、稀里糊涂过下去的,但若照这个样子下去,妈妈也有被彻底变成幽灵的危险哩。但是,虽说有可能跟你父亲各奔东西,却也不只是两个大人的事,因为还有品子姐弟俩呢。"

"我倒没什么,只是,高男他……高男一直跃跃欲试地想到夏威夷去,所以最好还是请等到高男离开日本以后,再……"

"是吗?那就这样定了吧。"

"可是,爸爸肯定不会放开妈妈的。我估计会这样的。"

"看来妈妈也把你父亲折磨得够苦的啦。当初你父亲跟我结婚就完全是你祖母的意思,不是你父亲的意思,迄今为止你父亲一直始终不渝地在全力贯彻这一意思,我觉得好像就是这个样子的。"

"因为妈妈一直在爱着竹原先生,所以才会有这种想法的吧?"

"一位母亲说要跟父亲离婚,同时还在爱着另外一个人,作为女儿来讲,包括品子我在内,觉得这也有点太不近情理了。爸爸那次问我:你认为你母亲继续跟竹原先生来往,好吗?我当时回答说:'我认为可以。'之所以这样回答,是因为爸爸当时的问法太不近人情了。而高男说不想听到这样的问题,这说明他毕竟是男子汉呀。"接着,品子沉静地压低了声音,"竹原先生确实是个好人,只是……尽管事情并不完全出乎我的意料……不过,要承认妈妈的爱,就等于品子是进入魔界了。所谓的魔界,可能就是以坚强意志生存其间的世界吧。"

"品子……"

"妈妈是在与竹原先生会面之后才叫品子来的，是吧？这件事就到此为止，品子再不去提它了。万一，将来离妈妈远了，品子我也会回忆起今晚被叫来这件事呢。"

品子眼里噙满了泪水。品子不好问妈妈，跟竹原一起难道就不寂寞吗？因此便随便问了一句：

"妈妈为什么要叫品子呢？"

波子顿时无言以对了。

难道是为了缓解与竹原在一起而马上就要出现的某种局面，才给品子挂电话的吗？

波子当时既不想与竹原就这样分别，又不想回家去，在一种几乎要扑上去拥抱的喜悦之中，又夹杂着某种难以忍受的悲伤心理，仿佛再也无法支撑住自己了。难道是出于某种无地自容的心理，才把品子叫来的吗？

如果竹原没有搂抱过波子的话，波子脑海里也许不会浮现出品子来的。

"我就是想让品子一道回家呀。"波子只是这样答道，"我们回去吧。"

母女二人来到东京车站时，横须贺线的列车刚刚发出，所以又等了二十分钟左右。

二人坐在月台的长椅上，品子说道：

"即使跟爸爸各奔东西了，也不会跟竹原先生结婚吧。"

"嗯……"波子点了点头，"跟品子俩一起生活，妈妈也只跳舞……"

"是呀。"

"不过，我知道你父亲是不会放过妈妈的。高男也许能去成夏威夷，但你父亲说要离开日本，那大概只是空想吧。"

波子不再吭声了，两眼只注视着对面站台开动的列车。

列车全部开走以后，在正对面中央区八重洲路口方向可以望见城市的灯光。品子可能是刚想起来吧，又谈起了在排练场与野津见面的情况。

"我拒绝了。不过，跳舞还是要跟野津跳的。"

第二天是星期天，波子从下午开始在自己家里进行排练。

午饭过后，女仆进来传话说：

"竹原先生来了。"

"竹原？……"矢木严厉地望着波子，"竹原来干什么？"

然后，转过身去冲女仆说道：

"你就说，太太不想见。"

"是。"

品子和高男都紧张得屏住了呼吸。

"这样可以吧？"矢木冲波子说道，"要见面还是到外面去见。那样不是更自由吗？没有必要厚着脸皮到家里来吧。"

"爸爸，我认为，那并不是妈妈的自由。"高男有些结结巴巴地说道。放在膝盖上的手直哆嗦，细长脖子上突出的喉结一上一下地动着。

"哼，只要你妈妈还能留下对自己行为的记忆，那总还算是一种自由嘛。"矢木挖苦了一句。

女仆又折回来说：

"客人说：不是见太太，而是想见老爷。"

"见我？……"矢木又望着波子，"要见我的话，那就更该回绝啦！我没有什么事要见竹原，再说也没有约会今天要见面。"

"是。"

"让我去说。"

高男把长发敏捷地拢到头上，离开房间到大门口去了。

品子将目光从父母身上移开，专注地望着庭院。

院子里几乎全是梅花树，都栽在远离正房靠山的那边。房檐下只有一两棵。

品子厢房檐廊附近种有瑞香花，仔细望去，已经长出了坚硬的花蕾，可梅花将会怎样呢？

品子好像能听到母亲的呼吸，胸口越来越闷，差点就要喊出声来了。她原本打算出门的，因此穿了身西服套裙，但不知何故少扣了一个扣子。

高男响着很重的脚步声走进屋里：

"回去啦。说是要到学校去见，还问了爸爸讲课的日期。"说着便盘腿坐了下来。

矢木冲高男问道：

"他说有什么事？……"

"不知道。我只是请他先回去。"

波子仿佛身体被死死绑住了似的，一动不动地待在那里。随着竹原脚步声的消逝，她感到矢木的目光咄咄逼人。尽管如此，她还是没有想到，昨天刚过，今天竹原就来了。

品子悄悄地看了看手表，随即默默地站起身来。由于早已做好准备，便急匆匆地离开了家门。

电车是每隔半小时一趟，所以竹原肯定还在车站上。

竹原正低着头在北镰仓车站长长的月台上来回踱着步。

"竹原先生。"品子从木栅栏外面叫了一声。

"啊!"竹原好像吓了一跳,停止了脚步。

"我马上到您那边去。电车还等一会儿才来呢,所以……"

品子沿着一条小路急忙走过去。与此同时,竹原也顺着铁轨对面的月台朝检票口方向走了过来。

可是,当品子站到竹原面前时,竟又无话可说了。满脸通红,一下子拘谨起来了。

品子手里提着一个袋子,里面装着练功服和芭蕾舞鞋。

看样子竹原已经心里有数,品子是有什么事才来追上自己的,但他还是问道:

"去东京吗?"

"是的。"

竹原不再看品子,边往前迈步边说:

"我刚才到府上去了。知道吗?"

"嗯。"

"本想见你父亲的……可惜没见成。"

开往东京方向的上行电车进站了。竹原让品子先上车,然后面对面地坐下。

"你能替我给你母亲捎句话吗?就说名义到底还是变了……"

"可以。名义?……什么名义呀?"

"这样说,你母亲就会明白。"竹原拒绝明确回答。但似乎又改变了主意,说道,"反正早晚品子小姐也会知道的。是房产的名义。我主要是为这件事,才想和你父亲谈谈的。"

"啊？……"

"品子小姐大概是站在母亲一边的吧？无论发生什么情况……你母亲的一生，现在才刚刚开始呀！跟品子小姐才刚刚开始一样哟。"

电车到了下一站的大船车站。

"我要在这儿失礼了。"品子出人意料地突然站起身来。

跟这列电车同时错车进站的，刚好是一列开往伊豆半岛伊东市去的湘南线电车。

品子目不转睛地盯着，仿佛一转身就跳了上去。起伏的心潮立即就平静了。

方才，竹原已经来到大门口，而父亲和母亲就坐在茶室里，那种令人窒息的气氛品子实在无法忍受。她对母亲的心情完全理解，那种痛苦简直就要令人撕肝裂肺了。

正因为如此，品子才出来追上竹原的。可一旦跟竹原面对面时，一种难言的害羞心理又占据了主导地位。即便像是有什么话要替母亲代为转达，一时也无法化为语言了。

究竟为什么来的呢？品子再也坐不住了，于是便在大船车站下了电车。

换乘湘南线电车本来就是心血来潮突然决定的，但一想到是要去会见香山，品子也就实实在在地心安理得了。

在行进途中的大矶车站一带，伤残军人正在那里募捐。当品子正心不在焉地听那些语调尖刻的演说时，突然有另一个声音说道：

"大家注意，请不要给伤残军人捐款！募捐是被禁止的……"

车厢门口正站着一位乘务员。

伤残军人停止演说，拖着下半身金属假肢发出的声音从品子旁边走了过去。白衣服里露出来的一只手也是金属骨骼制作的。

品子从伊东车站坐上东海汽车公司的一路公共汽车。到达同属伊豆半岛的沿海城市下田,要三个多小时,因此,品子心里明白,在半路上天就要黑了。

(1950—1951年)

再婚者

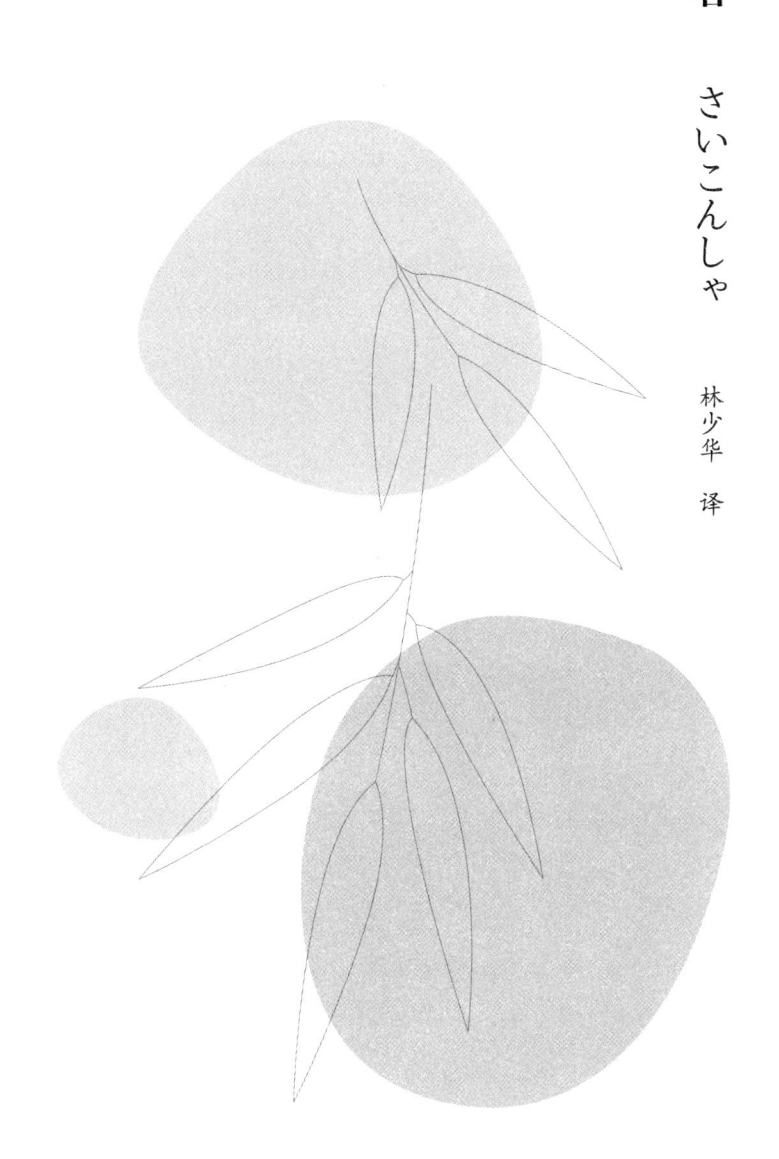

さいこんしゃ

林少华 译

一

我们结婚时，我三十五，妻二十八。我初婚，妻再婚。妻与前夫有两个孩子。丈夫去世后，她将孩子留在婆家，独自回到娘家。出来工作后，同我相识，进而结了婚。

我们之间没有孩子。责任似乎在我。于是我向妻子提了几次：是不是把留在原来婆家的两个孩子领来一个（大的是男孩，小的是女孩，我要的是女孩）。但妻不以为然。当然我也并未执着到非要不可的地步。

两个孩子像是由妻前夫的弟弟和弟媳抚养。哥哥死时弟弟尚独身。情况似乎是：公婆有意把嫂子和小叔撮合在一起，而我妻子不愿意，便离开了婆家。但我清楚知道妻是再婚，且结婚时我已是老大不小的年纪，就没有对妻的过去刨根问底。尤其结婚之初，我更不愿意提及妻未带来的孩子。

不料，或许也是由于我们之间没有孩子的关系，妻的两个孩子不知何时开始出入我们家门。至于是妻主动的，还是孩子主动的，是否瞒着孩子的本家，我则不知其详。反正我不甚在乎，一切听任自然。

不用说，妻和两个孩子一段时间里揣度我的心思来着，不久便放松了警惕减少了顾虑。问题是，倘若孩子同妻和我之间的隔膜一旦消除，同生父家那边势必有所游离。对此我虽作为内在心理问题做过深入的考虑，但毕竟觉得这同时也有个外在道义的问题，因此只是多少有意在孩子同我之间保持适当的距离。而我的用心似乎未被妻和孩子所察觉。或许妻和孩子小心谨慎，不去触动我的用心也未可知。

孩子们同我们流入同一条时间长河，却不曾交相弄脏河水或掀起风浪，也从未争先恐后地角逐流速。但一个孩子的水流突然撞上岩石，四溅开来，挤进我们的水流，卷起旋涡。这便是少女的结婚。

少女碰上婚事，陡然如梦初醒似的想了解亡父的婚事，母亲的第二次婚事，即同我的婚姻，务要弄个水落石出。而且来势甚猛，犹如长空的一道闪电，生命的一柱华光，我们无力抗阻。那是以少女的贞洁作赌注的祈愿。换个看法，我根本不相信少女的所谓贞洁。但若因某种特殊情况或走火入魔地得以保持贞洁，那必然使凡夫俗子束手无策。甚至比沦落风尘还难对付。但又不能敷衍了事：因为少女的新婚和婚后的幸福有可能在这里受挫。

很清楚，少女的愿望是要一丝不苟地重新通过不明不白走过的旧路，而这是困难重重的。我们夫妻生活中并不存在少女急欲弄得水落石出的事，至少我们没让那种事情发生过。不过是少女的青春幻想而已。若是少女的一己之愿，将我们夫妇的过去尽可能坦诚地、赤裸裸地告诉她也未尝不可。但少女显然不会因此满足。况且坦诚也罢赤裸裸也罢，深究起来也并非那么可信，而是以每个人的心情和看法为限度的。假定妻和我全都坦率地赤裸裸地直言相告，那么，由于两人眼里的夫妇生活截然不同，少女很可能感到惊愕，也可能种下疑惑或失望的种子。我和妻从未要求对方直言不讳，心理上没有那种习惯。

何况少女想知道的并不限于我和妻之间的情况，甚至包括亡父与母亲的旧事，这就更容易给恶魔之手以可乘之机。死者保持神秘的绝对沉默。唯其如此，才似乎带以毋庸置疑的绝对权威活在少女心中。我猜测，少女所以想了解双亲的过去，大概是由亡父的日记和信函之类引发的。假如有这样的日记和信函存留下来，对少女来说自然是千真万确的事实的一端。任何人都不能篡改，不能勾销。想到这里，我也不由得对死者是否留下这样的日记发生兴趣，甚至还产生了不安。

如此一来二去，不安发展成了怀疑：前夫与我相继娶的妻，前后果真是同一人吗？例如——或许说得俗了一点——在同一女人有两个以上男人的情况下，在性方面，这个女人对哪一个男人都不一定是同一人。而这点又是因为年纪的关系得以明白的，于是更伤脑筋。一来，不同的男人从同一女人身上受用的情感未必同质同量；二来，女人因对象的不同，而性方面怎样变化多端，怎样登峰造极，也是很难轻易计算得出的。

虽然难以计算，但一如人的所有活动一样，这方面也是有限度的，从而保障变化不至于发狂不至于自毁。尤其夫妻生活，原本就是自然而然习惯于四平八稳的。但仅以少女想象中的恋情，恐怕很难理解。若视之为随着年纪的增长染上好色恶习倒也罢了，问题是以前由其他男人在那女人身上植下的怪癖、调教的嗜好等等，我们不可能一言以蔽之为嫉妒的缘由和憎恶的对象。严格说来，这同珍惜训练有素的娼妇或妓女恐怕多少不无共通之处。但相比之下，大多数人还是并不那么想入非非而觉得是在品尝自然熟透的天赐佳果，是在享受来自女人身上那活生生的恩宠。即使女人拖儿带女，也爱屋及乌地对孩子生出怜爱之心；即使其他男人的儿女睡在身旁，也不甚觉得碍事。

若将这些诉诸语言告与少女，未免过于残忍——不止被视为丑恶——但少女自身却挑起了与此相似的事端。身为妻先夫之女而出入我的家门，同我并不见外。不仅如此，在婚事搅得自己有些心神不宁时，竟想使她母亲和我现在还记起前夫的事来。甚至要把我们夫妇间类似的事体也发掘一空。或许少女是想寻找土中埋藏的什么东西，但那被掘得面目全非的地面她打算如何处理呢？少女不过是要看土中的彩虹罢了。

总之，我们的和平与安宁受到威胁。一方面得过且过地任凭自己沉浸在不无调皮的好色心理逐年带着荫翳四溢开来——说得好听些，善解人意那种温馨的思绪里，一方面又有追求纯爱的感伤穿胸而过。较之年轻男子急于探索来日的胡思乱想，远不如在我等男人回首往昔的懊悔当中，更能显出少女形象的冰清玉洁。然而让少女理解这点，无疑不合于少女的生理。她以纯情鞭挞着我，自己却浑然不觉。原本我此生此世都可能不知不觉的心灵震颤，正因为少女的出击而无可回避。一根古旧松动的琴弦，突然被年轻姑娘不熟练的手拨响。尽管伴随着随时可能断弦的凄惶，但颤音的高亢又使我们为之惊悸。

眼下这种由妻与其前夫的女儿所引发的内心的动摇、惶惑和求索，或许不着边际甚至缺乏大人气度，但既然——假定——是有缘少女拍击在我有生之年的浪花，是一缕无可名状的光束，我蓦然觉得自己还是应该将其书写下来。当然，不给少女看。亦不应给妻看。也无意为自己保存。无非一时心血来潮而已。但所以萌生想写下来的念头，大概是因为想到了我的旧友——小说家A.G。我正在考虑是否将这部日记送给A.G。

至于A.G弃之如敝屣也罢，作为素材妙笔生花也罢，则悉听尊便。只是，若写成小说，希望他至少推迟五六年。五六年时间足以使这类悲喜剧成为过去，或使创伤平复。话虽这么说，既不能给妻又不能给其女儿看的日记却想送与A.G过目，未免有些蹊跷。难道可以说是因为信任老相识A.G？因与A.G同窗之故，学生时代我也曾捧着文学书刊不放。A.G曾借用我的笔记通过了心理学、伦理学和哲学考试。

二

房子这个名字，据说是母亲按自己口味取的。

房子第二次来其母亲再婚的夫家也就是我家那天，三人一起去了金泽八景。

虽是第二次，但由于初次跟母亲来时，房子已相当懂事，不好意思见我，妻也不便勉强。刚一探头或者说刚一踏门坎那么短时间就被送了回去，所以实际这第二次才算是初次。而初次就带去金泽八景，我内心是老大不高兴的。

金泽八景有抚育过房子的女佣。

父亲去世时房子才三岁零两个月。同年母亲就离家走了。看孩子的女佣特别喜欢房子而推迟了婚期。这点我以前就从妻口中听说了。如今想来，我怀疑妻离开婆家之后同我结婚之前，大约是通过那女佣的协助悄悄同房子和老大阿清见面的。女佣嫁到了神奈川县的金泽。

冬日提出去金泽八景，显然含有去见那女佣的动机。况且，房子初来我家便被这种凄凄切切的悲剧性场面打上烙印，实在是我难以接受的。以如此方式回首过去，我觉得对年方十五的少女房子也并无益处。

幸好妻随口说要我也去，我便决定同行。如果提出顺便去女佣家，我好大喝一声。

不料，在海边岩石上的酒吧休息一会儿，再看一下金泽文库的称名寺，时届冬至的午后便已催促被秘密领出的少女踏往归途了。

妻子和房子都没提女佣。我原本就佯装不知。不过内心有所忌讳的恐怕不仅我一个人。假如妻和房子俱是因为顾忌我才没有出口，身临女佣所居之地的感伤想必更加无法排遣，从而反映在妻和房子之间。

我当然避免反映到自身上来，但仍然像有残渣沉入心底，就像七八天前今冬那场初雪残留在山阴或树下一样。

在逗子换乘横须贺线之后，房子斜着左肩无精打采地抓住吊环，几乎没有开口，也没往母亲那边看。而母亲也似乎懒得给女儿打气，更没向我搭话。

若将归途这副凉透肺腑般的狼狈相归罪于金泽那个女佣，势必是我投下的阴影所致。而这样一来我不高兴，妻也大概觉得对我不起。然而妻却忘了圆场，只是以与女儿亦同路人似的神情伫立不动。我倒没认真想过这种时候这种关系的母女二人互有何感，但总觉得房子有些令人不忍。

一抹斜晖淡淡探进车厢。冬日夕阳淡淡融化般的色调将所有景物涂上了一层浅黄。原以为这浅黄可以飘忽一段时间，不料转瞬间夕阳便摇摇欲坠。房子抓在吊环上的手有一半镀上了更深的光色。

脸也蒙上更浓的暗影，睫毛如悬浮的尘埃。

窗外远些的地方另有一条铁路，估计是东海道线。记忆中比横须贺线稍高的路基上星星点点缀着残雪，伸展了好大一会儿。路基下面横陈着似乎没有出口的水洼，同样跟踪了一段时间。浸染万物的夕晖单单没有光顾水洼，水洼显得惨淡而孤单。

房子背对路基的枯草站着，那张远不到我肩部的面庞，染上一片橙黄。当列车斜着身子悬浮似的划出徐缓的曲线时，房子的身体恰同身后的水洼叠合起来。蓦地，我想起比房子还小的妓女——也许我心中掠过一袭残忍的荫翳。

我移目到另一侧车窗。房子的肢体于我既没有什么神秘也不构成刺激。在脑海中大致勾勒出少女的肢体，对我早已不在话下，也感觉不出兴奋。如此时间里，列车驶入市区。远处夕霭迷蒙的山丘与眼前近景的大约中间部位，现出窗玻璃闪着绿色光泽的楼房。那绿色委实妩媚得很，仿佛玻璃固有的色调成了加深那绿色的底色。某一物体在某一时间某一角度的光的作用下会呈现奇异的色彩，而这楼宇恰恰如此。原本昏昏沉沉的我，倏然感受到一股试图走往那绿色窗口的冲动，头脑随之清醒过来。我想起第一次见到妻时的情景。

走进先生家的房间，刚一落座，便听得一个年轻女子从浴室里招呼女佣：

"爱子，给客人递毛巾……"

我吃了一惊。听声音肯定是新婚的女主人。我倏地脸红起来。那时我还是个二十五六岁的单身汉。也不容我不吃惊：刚刚嫁来便从浴室里盼咐女佣招待来客，况且尚未弄清来的是何人！

"爱子，热水在这儿呢！"招呼声接着从浴室传出。

住房并不宽敞。但大概看不到女佣所在,无法估算距离,致使声音给人以游离之感。不过,里边含有"反正自己家"那种彻底的释然。这么着,我对这户人家颇有些意外。

传来女佣打开浴室拉门的声音。门安有导轮,微微吱呀作响。我不经意地抬起眼睛,又立即低下头去。

女子以等待女佣的身姿,站在大约是淋浴用的水龙头跟前。毕竟转瞬之间。只一晃觉得肤色很白,个头颇高。由于约略前趋,面部也没看清。然而有一处火烧火燎地刺入眼帘。我惊得直觉脑袋冒火。那般亮丽,那般丰盈,那般舒展!全然超出我的想象。结果,这次震撼可以说左右了我的一生。

时值夏日,浴室的窗口开着。窗口很高,闪出满窗竹叶。什么竹我不认得。竹不高,齐窗散开上端枝叶,重叠着推出竹阴,但叶片仍点点反射着阳光。

女子便是背对这丛苍翠的竹叶伫立着。我为之惊愕的部位应该低于窗口,但由于以竹叶之青为背景,以白为轮廓,因此得到的印象愈发鲜明。事后想起,亦每每感慨:那般纯净的青与白之中充溢着何等旺盛的生命!

我把女佣拿来的热毛巾敷在脸上,一股酥软感竟波及脖颈,令我不由想起婴儿初浴的温水。我以一种近乎刻骨铭心的快感看着擦手擦得发黑的毛巾。

在二楼写东西的池上先生移步下来,到楼梯口时咳了一声。

女主人端来冷饮。看样子一出浴便赶紧穿上浴衣,额头和发际汗津津的。

我沉下头,害怕看见她浓黑的头发和眉毛。

女主人把盘子放在膝侧坐下。大概是我屏息不语的缘故吧,随即茫然支起膝道：

"哎呀，金鱼好像没精神了！"说着，往壁龛那边走去，用指尖敲了敲圆玻璃缸的边口。无精打采的鱼于是开始移动。

"今早没有换水？"

先生没有回答。女主人从壁龛那儿回头望了一眼先生，出屋走了。

"老师，夫人好年轻啊！"我尽可能轻松地说。

"时子？十九。今年刚从女校出来。"

走出池上先生家大门，我马上反复低语：

"爱子，给客人递毛巾……"

就连声音的高度和语调的起伏也一一记在心里。反复低语之间，声音竟大了起来：

"爱子，给客人递毛巾……"

声音一大，模仿便走了样。我笑了，乘兴追逐市营电车，不管三七二十一冲了进去。洒水车在电车前一路跑着。

后些年我同时子结婚之后，我仍一如当时记着这句话。每次想起，都情不自禁地暗暗发笑。"爱子，给客人……"——我很想当妻的面说上一次，却不知为什么，从未出口。可能怕触及羞耻心吧。至于羞耻心是我的还是妻的，我则弄不清楚。

新婚不久便在尚未核实来客何人的情况下，从浴室吩咐女佣做事。年轻的我惊得一阵脸红。不知那是出于冒失和不检点，还是出于天真无邪。总之给我的印象不坏。

就时子来说，夏天并不生火炉烧水，用冷水亦未尝不可，却想起某处放有最后冲身用的热水，突然招呼女佣。那站在淋浴水龙头前等待女佣的身姿，完全是一副毫不戒备的样子。

这赤裸裸的身姿和"爱子，给客人……"的声音，使我嗅出了时子的性格。

不过这是很久很久以后考虑同时子结婚时的感觉，初见时子的当时无此闲心。同时子结婚后我才认识到，这种根据类似气味的东西窥视一个人的性格属于何等充满小孩子气的感伤情怀。

妻是再婚，这点我一开始就没大放在心上。事到如今，谈论初婚还是再婚，我觉得纯粹是一种回忆性质的问题。若是初婚，记忆更深的很可能是婚礼之日。而我，总是时不时就记起"爱子，给客人……"那天。

作为夫妻间的关键性回忆，无论从浴室召唤女佣，还是将在准备淋身用的热水中沾湿拧干的毛巾递给客人，无疑是相当低俗相当空虚的。可对我来说，反倒是这种喜剧性轻佻使夫妻关系转危为安。

那生命的充沛与恣肆给我的惊愕也似乎为长年累月的夫妻生活所彻底吸收，融为一体。但当时堪称震撼的印象当然不会烟消云散，而或许以一种对于有别于现实的另一天地的崇拜之感至今仍存在我内心的深处。

时子年方十九，又刚刚结婚，少女的清纯想必尚未风化。苗条的身段恐怕仍有稚嫩的线痕。年轻的我肯定一瞥之间便捕捉到了这点，因此才更加惊愕。那是不含杂质的惊愕，尽管尚不足以改变我对女性的看法。

每次看见牡丹、牵牛等大些的花朵以绿为背景盛开怒放，我总是感到心头一颤。尤其目睹早开的一两朵的时候——大概是因为不期然地想起浴室中背对窗外竹叶的女子身影。

而当我意识到这种原本不应因花而起的官能冲动时，眼前的花便陡然化为普通的植物。我有时很烦恼：莫非自己心底潜在的病态情绪刹那间浮上心头不成？

"爱子，给客人……"那时候，我只晓得妓女，对女人肢体的激情正被妓女磨损下去。很可能是这类青年多少自暴自弃玩世不恭的浅薄，使得现在已是中年的我失却了应有的期盼。

尽管如此，当在学生味儿未褪的新嫁娘肢体中发现从妓女身上根本想象不到的生命火焰时，我的惊愕仍非同小可。

日后池上先生去世，时子返回娘家外出工作期间同我相遇。始而眉宇含愁，一副困惑迷惘的风情。继而花开一般灿然朗然，白皙的脸盘光艳照人。不久，又凄凄然颓萎下去，颧骨显出棱角。未几，陡然变得妩媚起来，顾盼生辉，风姿绰约。而哪一种都令我心仪。两人双双未曾道出个爱字情字，我只是对时子的变化做了一厢情愿的诠释。对方由于碰上我而在短短时间里便有如此变化，这点也使我感觉出成熟女人的韵味。当她变得妩媚之时，我觉得同其结婚的时机到了。说不定这也是因为"爱子，给客人……"那天的惊愕的复苏所使然。

从金泽八景回来途中，目睹楼宇玻璃的绿色，之所以觉得甚是妩媚，恐怕也还是因为想起了那次惊愕。同样，蓦地想走往那绿色玻璃的冲动亦是由此而来。

在此之前，我原本昏昏沉沉地想起比房子还小的妓女，而忆起"爱子，给客人……"精神顿时为之一振。毕竟自己都未意识到，当时的记忆居然如此之深。

找那小妓女并非因是妻是再婚。不过是依风月场上的惯例萍水相逢罢了。客人受托，受谢，小妓女接受祝福——无非烟花巷内照例行事罢了。

事后再次见到也不过问一句：

"怎么样，可有客人？"

"嗯，凑合……"对方如此应对了事，双方都不以为然。

"总有人喜欢问那头一次，我说至今他还不时想起，常来光顾呢！"

"嗬。"

"他们说，那敢情不错。"

于是我敬而远之了。三个月后去时，一个胖女佣啪哒啪哒跑下楼梯：

"噢，那孩子死了，怪可惜的！"说着，胡乱抓起一边衣领往颈后拽去，用团扇扇着胸口和脖颈，"闷热闷热的！这么着，近来过的算是她死后的第一个盂兰盆会。"

女佣说，小妓女得的是盲肠炎，晚了，没动手术就死了。

"听说折腾得够呛哩！"

不知何故，我不大相信是所谓盲肠炎。她原先的住处就在前面隔五六栋的地方，但我从未去上过香。

"所以嘛，那孩子就叫不到了，是啊……"女佣像是在斟酌别的妓女，"瞧我这人，毛巾把也没给您拿……一听说有客就奔了下来。先洗个澡如何？随便冲一冲？……啤酒要喝的吧？"

女佣料理好回来，倒了杯啤酒。然后一边用团扇给我扇风，一边问十五岁女孩怎么样，并露骨地补充说，她在澡堂一起洗澡时看在眼里，不似十三岁死的那个女孩儿那么单细。竟像推销商品似的。我敷衍听着，兀自喝啤酒。大概女佣打过招呼了，不一会儿那妓女便出现了。

就十五岁来说，体态显然丰满得可观。红色的和服衬带甚是醒目,上面的胸部胀鼓鼓的。黑发浓眉,衬得白皙的皮肤湿润润地浮起一般。

女佣抽身躲开。折回时见我仍上不来兴致,便没好气地对女孩儿说:

"怎么回事,你这个人!长那么大块头,待客却不顶用,斟斟酒嘛!"

"不不,不是那样的。"我说。

女佣看懂我的脸色:

"阿哥说今天想一个人喝啰?说下次和朋友一块儿来时再找你是吧?"

女孩儿红了脸,要哭似的点头离开。

"怎么,不合心意?"

"哪里,蛮不错的女孩儿。"

女佣再次说在澡堂便已看在眼里了。

女孩对直接被打发回去感到羞愧,现出为难的神情——这地方的习俗也使我为之不忍。她同死于十三岁的女孩儿一起留在了我的记忆里。

房子与那女孩儿同是十五虚岁。或许因此我才记起十五、十三的小妓女来。而那不过发生在两三年前。当时妻的女儿竟已是同小妓女相仿的年纪!此刻我突然觉得自己撞上了什么,又好像脚下开了一个陷阱。

平日,我这人从不对道德深加思考。就像无意识地利用现有道路和交通工具,尽管多少发几句牢骚,但终归还是乖乖服从和依赖固有设施。每当有什么故障发生,才同初次碰在一起的乘客互不示弱地发表一通一次性议论。

于是，我产生一种隐隐的不安：房子的出现说不定威胁我日常机械式交通。

妓院女佣说她在澡堂看在眼里的话语中，有一种东西同自己在池上先生家初次目睹时子时的惊愕相类似。而那惊愕由于被混以巧妙的戏谑，反倒更诱惑人，因而那次在妓院里想起妻时子，现在在这电车中又想起妻同小妓女，两件事竟不期然地掠过心头。也许房子就在身边的缘故，使我泛起轻微的厌恶和自嘲。

这并非因为我过去的惊愕被多年夫妇生活所完全吸收和融合，而大约由于妻的女儿房子近在自己身旁。

妻把房子领到家里并拉我一同去金泽八景，对此我原本是带着从第三者角度审视这对母女的心情。然而事与愿违，不仅快成了三角关系，而且还使我萌发了预感，一种由我自己一个人发自内心深处的预感。

我似乎对房子怀有不无憎恶的对立情绪，不由皱眉摇了摇头。不是嫉妒，而是嫉妒之前的自我厌恶。

我背对房子，继续注视对面窗口。不料在这段时间里，房子也好像采取同一姿势，身体倾向列车行进方向，抓着吊环，开始同样目视对面车窗——我从身后察觉出了这种动静。

由于从列车观看的角度发生变化，楼宇玻璃窗的绿色不久消失了。勉强细看，灰色水泥墙上也仅有阴影般的窗口而已。

驶进东京时，我思忖该同房子在哪里分手合适。

烟断断续续地低低掠过原野尽头。那里并非原野而是连绵的市镇也未可知。看上去雾霭迷蒙。雾霭再往远处的山岭也是那么依稀莫辨，可能云絮低垂的缘故。

我回过头，往妻那边斜着身子问：

"从哪里送回？"

"哪里？是说房子？"

"嗯。"

"要不要在银座下来吃点什么？累了。"

"那怕不好办吧？"

夹在两人之间的房子道：

"妈，品川站下就行。"

我突然可怜起房子来。

以怎样的心情回叔父家去呢？今天一整天的事该怎样搪塞呢？至于房子在叔父家中受到怎样的待遇，我从没问过妻，妻也不曾主动告诉我。我倒觉得没什么必要非把房子送回叔父家不可。直接领到我们家又有什么不好呢？

当然这天我也不是没有考虑到外人闯入家中的情景。可是听房子说一个人从品川回去，又觉得即便闯入也无非临时寄居罢了。

我第一次想到，妻离开婆家时房子才三岁，也就是说已分别十年以上。房子今天固然到母亲再婚之家来过，但在来之前的好些年里，想必她以女孩儿特有的心理就母亲再婚后的家庭做过这样那样的想象。应该说我是够粗心大意的了。不过，就算房子接近并跨进我们家门，恐怕也不至于深入了解到母亲的再婚生活，而仍旧停留在自身空想上面。或许如此自信的关系，我又怜悯起这对关系不同寻常的母女。时子和房子大概不会有心心相印时刻的到来。自己同妻之间早已放弃了相互切入腹地的争吵，而这对母女或许今天也点燃了那种希望之火。

目光凝视母亲左肩的房子虽然梳着两条辫子，我仍发现其后颈同时子长得一样颀长。

"早上和阿清一起出门么？上学时……"母亲问。问得有些唐突，时子大概从房子将在品川站分别后独自转乘山手线回去的身影，想到每天早上兄妹上学的光景。

"哪里，各走各的。不愿意一起。"

"哪个早？"

"哥哥晚。"

房子看样子兴味索然。时子怕是想再问问阿清。

妻几乎没有向我谈起阿清。我跟妻子说是否领来一个，当然指的是房子。

想必妻对男孩看得重些。这反倒使她难以提及阿清。

房子当时三岁，全然不会有在母亲膝下时的回忆，阿清六岁，应该约略记得，对去世的父亲也是同样。这点恐怕也使得阿清反而对母亲心存顾虑，至少似乎不好意思同母亲相见——后来阿清到我们家时也是如此。

不料，较之母亲，房子更深切地缅怀父亲，阿清则思念母亲。当然我是在此后很久才得知这一意外情况的。

阿清长得像他父亲。第一次见到阿清，我不由想起池上先生的遗嘱。

同时子结婚不久，我这样问过：

"池上先生没留下遗嘱什么的？孩子怎么办啦，你自身的去向啦，噢，例如再婚问题等等……"

池上先生患的是结核。病危了两三次，临终时头脑也很清醒。应该早有思想准备。我觉得是会有遗嘱的。

时子迟疑了一会儿，声音略略颤抖地说：

"算不算遗嘱倒说不清——他叫我无论如何都要长久活下去，

说了五六次。说得非常认真。我甚至觉得是不是叫我也死,身上曾一阵阵发冷。但不像是那样的,而是说'要是你死了,这世上就再没有完全了解我、记得我的人了,我就会寂寞得受不住。'"

"唔,这可就该我身上发冷了!"

"所以,我不会活那么长久的。我说是不是为了叫我照料孩子。他说孩子指望不得,那么小能记得啥,什么都记不得!长大了也只是凭空想象父亲。给他这么断然一说,我也害怕起来……"

"临死之人有什么权利叫活着的人记住自己!那是罪恶,是亵渎!"我气呼呼地冲口而出,"居然认为记忆是靠得住,是一成不变的。就这点来说先生真是幼稚得可以。记忆是别人的自由。岂止记忆,歪曲和销毁也完全取决于本人!"

"真是这样。记忆也只能听天由命啊!"妻连忙附和。我甚为不悦。一股阴影掠过心头:莫非池上先生同时子的生活是极端病态的不成?

由于想起这个遗嘱,一见面我就对阿清没有好感,恨不得问他干吗像他那个老子。

但对房子并不这样。

在品川站分别时我还说:

"那孩子没有手套?给她买一双嘛!"

"戴手套在女校不是要挨训的么?"

"何至于……"

"家里怕是要问谁给买的吧?"

"会说是恋人给买的?"

"喏,瞧你说的!"

"女生之间不是经常送东西吗?"

妻在空座位上落下身，蓦然合上眼睛。

三

人们说夫妻好比堂兄妹。最常见的是妻的字写得越来越像丈夫的笔迹。甚至长相有相像之处的夫妻也不罕见。

父子兄弟过分相像，有时看上去甚为滑稽，一旦发生恶感，格外弄得人神经兮兮。而夫妻的相像在旁人眼里则没有什么不好。这恐怕因为这种相像是有限度的、后天的。

问题是，夫妻究竟要一起生活多少年才能趋于相像呢？所谓夫妻相像，指的怕不是脸型举止，而是心理定式和生活习惯——甚至这点亦因人而异，我还没见到大约需多少年这类心理学统计。何况像及脸型无疑更难计算。

听到时子道出所谓亡夫遗嘱之后，我头脑中于是浮现出如此不着边际的念头。

不用说，我对长得像父亲的阿清怀有反感。

自然，多少也想忖度一下时子什么地方同池上先生相似。

池上先生叫时子长久活下去，说："要是你死了，这世上就再没有完全了解我、记得我的人了，我就会寂寞得受不住。"

"我不会活那么长久的，你是不是说叫我照顾孩子？"

"孩子指望不得，那么小能记得啥，什么都记不得！长大了也只是凭空想象父亲！"

听池上先生说得如此斩钉截铁，我气得骂道："临死之人有什么权利叫活着的人记住自己！那是罪恶，是亵渎！"记得那以后我还耿耿于怀，无事生非地敲打过妻子。

"池上先生是认为你是理想的女性吧？"我愣生生地冒出一句。

"不晓得，谁晓得！不至于是那样的吧？"

"可先生不是说自己死后最了解最记得他的只你一个人吗？"

"那倒是的。"

"既然那样，对池上先生来说，你不仅是理想的女性，而且是无可替代的存在喽？"

"什么意思？"

"不是叫你记住他，不是想把那记忆作为死后生命的再续么……"

"即使无所谓什么死后生命的再续，想到任何人都不记得自己，不是也够寂寞的？"

"或许。莫名其妙的人被莫名其妙地记住——对我们可是一种麻烦！"

"就算莫名其妙，陪伴他的也只我一个。"

"所以说，你若不是池上先生理想中的女性，先生就更可怜了。"

"除我再无第二人，没别的办法。"

"你以为只有你自己才完全了解完全记得一个人？你果真负得起这种怪诞的责任？"

"瞧你说得多难听！"

"那还不是怪诞的责任？你不这么认为？"

"真能欺负人！反正我是个庸俗的人，只能记得他庸俗的地方……"

"嗬，能负起这种责任的却是只有神明哟！"

"可他也并没叫我像神明那样连我不知道的地方都记住嘛！"

"那我问你：这里所说的完全了解，是完全了解池上先生的什么？所说的完全记得，又是记得什么？"

"逼人太甚！"

"是逼人太甚，如果我们也偶尔追究一下事实真相的话。触及平时避而不触的东西，手难保不痛。"

时子懊恼地低下头，拄下一只手，用手心来回摩挲草席，另一只手不自然地抓着胸口道：

"可称为完全记得的东西，是一样也没有的。我这不是和你结婚了么？对那个人，我一不怎么心爱，二不怎么尊敬。"

"这话现在我不愿意听。"

"我现在也不愿意说。"

谈话急转直下。虽已投下一道怨恨的阴影，甚至再懒得看对方一眼，但我还是加了一击：

"不是说小孩小什么也记不得，什么也不知道吗？"

时子默然。

当然，如今能做出回答的，在某种意义上，或许是我而不是时子。

这些在对方听来未免欺人太甚，实际也是强词夺理的疑问，我并非出于嫉妒才连珠炮似的提出来。然而这又可能是我最露骨地表现嫉妒的一次。

我极少在时子面前提起她前夫。一般来说，再婚者之间恐怕谁都不愿意提及对方以前的配偶，而我这样做并不是出于高度克制。相比之下，这倒不是什么对过去的宽宏和潇洒，而是一种马虎和敷衍：万一时子的前夫横在她面前，一块儿接收过来就是！一度提出领养其前夫之女房子便是始自这样的念头，并非什么深谋远虑。

从金泽八景回来差不多一年时间里，房子开始无拘无束出入我们家门。表面上甚至对我表现出类似亲昵的感情，实际上无论对母亲还是对我都在心底藏有根深蒂固的敌意。而对此我几乎浑然不觉。妻也许心中有数，反倒对曾提出将房子收为养女的我的迟钝感到于心不忍。

房子敌意的化解，是在婚事定下的时候。

对于结婚的对象，时子自然放心不下，准备由自己大致调查一番。不知为什么，房子几乎声色俱厉地拒绝了，时子于是作罢。

但在听说男方家住在镰仓海棠寺附近后，觉得至少应在女儿结婚前去察看一下——大概总是出于母爱吧——叫我也陪同前往。海棠寺是俗称，因为寺内有一株名气蛮大的海棠树，加之正值海棠花开时节，房子她们便更称之为海棠寺了，想必。

按照房子画的地图，我们往镰仓邮局那边拐去。

女儿本不愿意曾扔下自己不管的母亲前往调查，却不知出于怎样的心情，将这样的地图给了时子。

穿过松树成荫的寺院前庭，上得大路，过一道小桥，海棠寺的大门矗立在古杉前面。从门旁高耸入云的松树那里拐入胡同，第三或第四栋便是房子对象的住宅。镰仓常见的珊瑚树墙也没好好修剪，一座极普通的二层民宅。我毫无兴致。

时子贴着树篱慢慢通过时，一只手抓住我的上衣襟，从我的肩膀上往里打量。走到隔壁家同样树篱的中间，又折身回来。回到大松树下时，妻松了口气，抬头看着我微微笑道：

"里面没什么人吧？静悄悄的……"

"会有吧？"

"怎么回事呢？也够马虎的。比现在房子的住处可是差不少咧。"

"里边情形并不晓得嘛，光看外观。"

"说是结了婚就分开住。"

"是吗？"

看样子妻心里好像另有所感。不是不想向我说，是不想诉诸语言。

"房子要是问看过后的印象，该怎么说好呢？"

"你倒像是光隔院墙看看住宅外表就冒出这样那样的想象，我可不成。总之叫她失望不大妥吧。那人的照片可看过？"

"不，还没有。"

"照片不让看，看住宅倒可以——她这么说来着？"

"倒不是说可以看。"

"瞒着房子来的？"

"也不是瞒着……"

"房子来过这户人家？"

"嗯，三四天前还来过。说回来路上看了海棠花，劝我也一定看看，说了好几句。大概认为，要是来看海棠，顺便也可看看那附近的住宅。"

我们穿过寺门，朝里走去。

见时子自然而然地跨门进去，我也顺其自然地跟在后面。也是受妻似乎想说什么的样子的诱使。但随后发觉，妻似乎仅仅来看海棠花。

右侧气势逼人的杉树林一派岑寂，沁入耳鼓般的岑寂。岑寂中飘浮似的散落着所剩无几的樱花瓣。樱花树不大，成排成行，其间夹杂着枫树。枫树的嫩芽刚要伸开五指，红红的。

刚才从寺门往里看时，这些残花和嫩芽刚及门匾高度。成行的树木——里边掺杂着不像人工栽植的细细高高的什么树——也只有细长的白色树枝探进门匾。而跨进门抬头一看，原来这些树木也只是刚刚舒展开小小的叶片，阳光从梢头泻下，细细的枝条尚未得到叶片的庇护。

顺着树梢往寺后山上望去，一只大些的鸟从空中斜飞下来。在掠过山体曲线那一瞬间，翅膀的动作真切切地映入眼帘。颜色也看得分明：翅膀上白下黑。

切入曲线的鸟翼给我的鲜明印象，一直印在脑海里。每当想起海棠，我便记起这鸟儿。或许这容易使我联想到房子感情变化临界线的缘故。

鸟消失在新绿初染的山中，消失在山门红柱的左侧，再也不见了。

到山门有两段石阶。眼前的较短，高处的长些。看上去两段都有点往右拐，掩映在树荫之中。爬上高处的石阶，左边一株巨杉的主干在枝叶舒展的枫树下稍稍向山门方向斜过去。枝叶间泻下的斑斑点点的阳光在杉树干上微微晃动。

海棠从山门闪出。

"啊，在那儿！"时子在山门前停住脚步。

海棠树位于大殿前面，偏右。花色似乎温馨和煦地整个浸染着萱草色尚很鲜明的殿顶。树的右边紧挨着杉树成林的山麓，那是一片墓地。

进得山门，时子走到饮食店老太婆那里，要了柏叶馅饼。说是饮食店，其实只放着一张坐榻，锅也是临时搬来的。

我站着等待。要罢柏叶馅饼，我以为自然应先凑到跟前看看海棠花，回头坐在店里歇息。不料时子像是理应首先歇息似的在坐榻上落下身来。我仍站着看那棵大海棠树。

"怎么样，这儿的柏叶馅饼像是挺好吃哟！"时子用手指捏起馅饼剩下的柏叶道，"听说房子也在这儿休息来着。"

"那么说是双双在这儿吃馅饼喽！"我苦笑着坐下，"年轻人怕是陪不起的啊。"我心里像是痒痒的，同时觉得如此为人之母的时子有些可怜。

但无论房子第一次来我们家去金泽八景那次，还是女儿订婚这次海棠寺之行，时子两次都拉我同行——本该她自己来才合适——我忽然心想，这是出于夫妻关系呢，还是因为时子是女性？于是问道：

"房子劝你来看海棠，可是叫两人一块儿来的？"

"倒没那么说。不过心里应当以为两人同行，而且也希望两人都去的。"

时子语气含有某种感情深层次上的东西，我没再出声。

大约客少的关系，饮食店端出的是新沏的热茶。坐榻靠近后面八重樱和枫树那边。樱花树枫树都不很老，旁边一棵梅树倒是老态龙钟，新叶如卷曲的绒毛。

院里的这几棵树和坐榻上的红毡全都罩在杉树荫下。寺院前庭已差不多全是树荫。大殿和大海棠树那边则洒满阳光。山和寺都好像朝西。

只有后山传来小孩子的嬉闹声。寺院墙内唯有饮食店老太婆一个人。一株便胜过千株樱花的大海棠花开得正盛，为什么不见游人呢？静谧之中，花显得格外妩媚动人。

"房子叫来看海棠，其实不单单因为花开得漂亮，还因为从中感受到了女人的幸福，那孩子说。"

"唔。"

"说她好像第一次明白了女人的幸福是怎么回事。结果心里充满温馨柔和的感情,为我们祝福来着。"

"为我们?"

"嗯,是的,第一次……那孩子虽说不至于诅咒我们的婚姻,可终究有一种不满情绪。这也难怪,很久以前嘛。你没察觉到?尽管并不讨厌你,也努力带着好感亲近你,但对我们的结合还是耿耿于怀的。而在这看海棠花的时间里,怕也是因为同未婚夫在一起,较之女人的幸福,开始更多地体会出了什么是女人本身,想必也就理解了母亲的再婚。她伏在我膝头上哭着道歉,说实在对不起我。"

"是吗,明白了。近来也常死盯盯看我的脸。那孩子恋爱以后,我也觉得眼神好像都不同了。"

"是恋爱的关系啊。自己体会到女人的幸福,也就开始祝愿母亲幸福,房子蛮真诚的。说她还充分反省自己是不是祝愿母亲幸福有不纯动机。就是说,在为我祝福过程中,房子无论如何总怀疑自己是否在为自己祝福。并且担心自己的祝福传不到对方身上。说她觉得想让对方收到祝福是出于利己心理,而若对方收不到就更加陷入利己心理的泥潭——打着为母亲的幌子而独自沾沾自喜。还说不知道自己的祝福是否对母亲有益,是否能多少给我们带来实际好处,她说的是实际好处哟!如此想来想去,便又反省自己是不是动机不纯,反省个没完没了,最后竟朝我跪拜来着。深更半夜朝咱们家方向跪坐合掌。口里说道:妈妈,让我拜一拜你,不,请允许我拜一拜你。"

听到这里,我明白了时子为何不从山门径直去海棠树那里而首先坐在饮食店坐榻上观望海棠树的心情。

"我叫房子一辈子都不要忘记那海棠花。房子说'你都不晓得那花,怎么好叫我别忘呢,去看看好了!要不然给你想象成通宵营业的花店里卖的盆栽海棠可就糟了。'果然如房子所说,的确值得一看。"

"结婚前我们也看看这海棠花就好了!"说着,我又想起"爱子,给客人……",想起浴室窗外的竹叶。

时子边看海棠花边说,我边看海棠花边听。一歪头,时子的后颈闪入眼帘。

时子后颈的发际又长又黑。从前面看脖颈倒不显长,但从侧面往后看去,脖颈便因发际而显得亭亭玉立。满头浓发在颈后变得更浓,黑白分明地勾勒出发际,俨然齐刷刷拔除了一般。注意到这点,是时子初次把脸伏在我膝头的时候。不过时子本身倒好像没甚意识到自己发际的分明。不仅没意识到,还用来频频撩拨我的嘴唇,一副惶惶然的样子。我又惊异起来:莫非前夫没有清楚意识到时子后颈发际?很可能是为我保留的空白。房子像母亲,后颈也很好看。

如今年轻姑娘的发型,已不再把颈后毛发向上梳起。但房子十五六岁时我便发现其后颈和时子一样。同我们家相当熟了以后,开始同母亲一起入浴。入浴前为了不弄湿头发,把两条学生样的辫子向上盘起,用发卡夹住。我回来取忘在梳妆台上的手表时,从颈后看到房子那多少带有女人味儿的举止,同时发现房子的后颈发际也好像又浓又长。

时子的后颈发际同昔日令我那般惊悸的部位之间,当然有着密不可分的联系。由海棠花想起当时进而注意到时子的后颈发际,就我来说是极其顺理成章的。而时子则似乎被海棠花或较之海棠花更被房子观看海棠花一事本身夺走了全部心思，没有觉察我的侧头。

我很想引过妻的注意力，却一时不知说什么好。

"房子今年二十一了？"

"嗯。"

"比你结婚时大两岁？"

"是的。"

"当时你比现在的房子小两岁，真有点难以相信呢。"

"我也同样。"时子答固然答着，但看上去并未因房子的年纪想起自己的过去。现实更令她激动。

我未能像时子那么激动。时子的自我激动反倒使我觉出被冷落的味道。

对于房子为我们夫妻祝福，我当然怀有好感。但那也可以说是她不无悠闲——一种注视自身幸福而忍俊不禁的悠闲——的结果。此外我还有一种类似羡慕房子幸福的轻微妒意。这或许是我与时子的不同之处。

幸亏海棠花没让我产生阴暗心理。房子说她感觉到女人的幸福，固然可能同未来的丈夫在一起有关，不过目睹此花的少女那温馨的惊悸照样传导给了我。

"近前看看吧，据说'立观海棠'，差不多站立起来吧。"我离开坐榻。

"立观芍药！"

"是么。就是说'老人和纸袋，不塞立不起'喽！"

立起一看，耳畔传来类似远空呻吟的声响，原来是环绕大海棠树的蜜蜂的嗡嗡声。再次站定侧耳细听，温和而压抑的声响中涨起一股冲击波撞入耳底。

蜜蜂数量显然可观。仅仅一棵树便招来如此众多的蜜蜂。花朵密密麻麻，重重叠叠，几乎分辨不出花与花的空隙，俨然并非树在开花，委实蔚为奇观。

颜色比樱花浓而较桃花浅，近乎梅紫或藤红。总之有淡淡的紫色，显得温情脉脉，柔美多姿，而日照的角度又使之增加了隐约的层次感。

时子绕花走了半圈，步入花下。我也跟了进去。

海棠树干比我们头部略略高出，撑开伞一样的枝丫。大树生小枝，小枝又生出无数细枝，在花荫中编织出黑色的网络。从下面看去，叶片也有不少了，小小的，嫩嫩的，翠绿翠绿。花朵大多下垂，沉浸在薄暮的静穆之中。花瓣亦浓淡有致，边缘更浓一些。

时子眼里噙满泪水，仿佛一低头就会顺颊而下。

"走吧。"我留下一句，径自走出花荫。

走出两丈远回头一看，时子虽也走出花荫，但仍观望不止。

我也重新看了看那花，脑海中浮现出净琉璃寺的吉祥天女像来。

落花像被风吹到一起似的聚在山脚下。那里是寺院墓地，落花勾勒出后塔基座的轮廓。

走到山门处再次回头，巨杉的阴影已探至庭院边缘，开始朝海棠树靠拢了。大海棠树似乎只把山脚纳入春日淡淡的阴影，兀自吮吸着。

从这天开始，这海棠花便频频浮上我的心头。妻想必更是如此。

不妨说，提议观看海棠的房子获得了意外成功。感觉中我们甚至把海棠看成房子的象征，每当房子不在时提起房子，房子的形象便叠印在大海棠花中；当房子生父的婚姻、其母亲同我的结合等往事即将被房子发掘出来的时候，海棠花也豁然闪出，我的心情便多了些许平和。

同未来的丈夫一起观看海棠花而悟出女人的幸福——为了保护房子的幸福，我觉得自己也应付出一点牺牲。

若称之为少女的感伤，自是便当得很。不过观赏海棠时的房子的的确确是幸福的，拥有如此关于海棠的记忆也无疑是一种幸福。而我从来不曾这样思考过何谓幸福。似乎从未有过个人幸福开出海棠花的辉煌。

海棠花想必也将作为我的记忆存续下去，但同房子的记忆迥然有别。对我来说，那海棠花只是一幅遥远的幻景，很难相信它曾是世间实物。

比如，自己由海棠而在脑海里推出净琉璃寺吉祥天女面影之类就没有告诉妻，总觉得羞于启齿。

妻显然从来自女儿的祝福中品出幸福，视女儿眼下的幸福为自己的幸福，欣欣然准备染一件海棠花样的和服给女儿在婚礼换装时穿用，以此作为自己的贺礼。

"你这样的贺礼，房子能接受吗？"

"她都让我参加婚礼了嘛！"

"话是这么说……"

"没父亲的孩子，本人这么说不就差不多了！要是她父亲在世，把扔下孩子的母亲找来参加婚礼或许不大容易。可她父亲不在了，反倒……"

"不在了反倒如何如何——这么说不大合适吧？"

"对方不介意，我再顾虑就不对了。况且婚礼上新娘的母亲不露面也够凄凉的。庶出的女儿常被当作嫡出的，是吧？我女校的同学就有这种情况,婚礼上把生母也请了来,看了也根本没觉得有什么别扭。尽管我已到了不能原谅妾的年龄……"

"或许,我们不必再多顾虑了,毕竟房子已经在我们家进进出出。"

"是啊。她来我们家,她叔父大概多多少少也知道吧!"

"婚礼在什么时候?"

"说是秋天。"

"秋天可就没海棠喽。"

"没关系,只消拿海棠的红叶点缀点缀,春天也好秋天也好……"

"嗨,快成海棠病了!"我笑道,"房子为你祝福自是好事。不过婚后还时不时前来看望,问你是不是幸福,可是有点尴尬哟!"

"蛮认真的,那孩子。近来看我的眼神都好像尖刺刺的,多少有点儿害怕。还问我以前多大年纪时最开心,我说眼下怕是最开心,结果她莫名其妙地沉思起来。"

"说不定她以为你是说现在比同她父亲结婚时幸福,嗯?"

"恐怕不完全这样。她还说了一通很有点奇妙的话:在考虑迄今为止什么时候最开心的时候,是认为现在最开心的人真正幸福呢,还是觉得过去某段时光最开心的人真正幸福呢?认为现在最开心的人,看起来幸福,而实际上会不会不知道什么叫幸福的呢?"

"你认为言之有理?"

"那样认为也不是不可以,总之觉得她说得很奇妙。"

"房子会不会因为现在很幸福才产生一点这样的不安呢?"

"也可能……话说回来,你感觉什么时候最开心?"

"哦——,也还是现在。"

"尽说谎!时不时就说独身时最开心!"

"罢了罢了,我们家严禁谈论幸福。"

"海棠病嘛!"

两人的谈话急转直下。时子微微蹙眉看了看我。

得到妻前夫女儿的祝福固然不坏,但妻像是为此过于动心,不免使我有点揪心似的不安。

四

男人能够在失恋后马上同另一女人结婚吗?房子向我提出这样的问题,是我们也看罢海棠花大约半个月后的事。妻不在家。

"能够。"我即刻回答。这无须顾虑。

"真的?"

"女人也能的。"

"女人不能,我认为不能。"

"当然啰,眼下的你肯定认为不能。"

"哎哟,我指的可不是自己。"

"这样的人还不到处都是!原本有恋人,却因为父母反对等某种原因而不得不同别的姑娘结婚……这样,失恋同结婚不就同步进行了?"

"是这样。您是在取笑我!"

"没有取笑。"只是,我见情况不妙而虚晃一枪倒是不假。我察觉房子疑问的深处含有什么,"照你的说法,失恋的人是不能结婚的啰?"我笑道。

"不是那个意思……不过，或许真是这样的。"房子凝视我的膝头，"只是想问问是不是不出半年就能有结婚的思想准备。"

"半年？失恋第二天结婚也罢，十年后结婚也罢，我觉得对我们都没大区别。"

"您这么说，是不打算和我正经谈这个吧？"

"是不想认真探讨。"

"即使关于自己的？"

"自己？我？"

房子眼球向上看着我笑了。笑得很美。似乎无意盯视我，但眼睛里闪着仿佛盯视的柔和的光。

我不由有点警惕，疑问是否同为母亲祝福有某种关系呢？

"我自己无所谓什么失恋。假定失恋是一种悲剧，那么既可以从下次恋爱中获得抚慰，也可以通过结婚来愈合创伤。噢，凡夫之见！"

房子默然。

"用不着勉强悲天悯人。毕竟同第二个女子结婚时，已到了老大不小的年龄。"我试探着说。

"不是在说您。"

"那，说谁？这种问题，若是泛泛而论，就更没趣了。它取决于每个人的具体情况和心绪。"

"哦。"

"莫非说准备同你结婚的那个人？"一开始我便有此念头，但没出口。

房子似心头一震。她原本把右手指放在左手腕上，慢慢抚摸似的移动着；此时蓦然抬起，向上撩拨鬓角的毛发。大概是想掩饰突然的惊诧。

"不是的。"声音断然，像要将我轰走一般。

我点燃一支烟。不觉之间，少女的胸悸传导过来，我开始觉得应该认真作答才是。

"是父亲，是指我生父。"房子说。

"唔——"我始料未及。

"父亲是失恋之后马上同母亲结婚的。以前我不知道，想都没有想到……我不明白父亲的心情。又不能问母亲，更不便向别人提起，所以才想问一问您……"

"这是从哪儿听来的？别人的话是靠不住的，尤其不负责任的说法。"

"不是听来的。是从父亲日记上看到的，完全可信。"

"日记？"我下意识地低声自语，心里涌起突遇入室恶魔般的憎恶，刹那间肯定皱眉来着。

"日记不同于为别人看而写的东西。应该是父亲实实在在的心情……"

"既然不是给别人看的日记，你岂不是也不该看的吗？"

"嗯。不过，父亲已经死了……"

"死了就更不地道。晓得'死人无口'这句话么？你那做法其实是叫死人说了话。同一句话也叫死人无口证。就是说，不管别人说什么，死人都不抗议。但我想说的和一般意思相反：死人一旦开口，活人是无法抗议的。因为死人一不改口，二不辩解。而不改口不辩解的话是很可怖的。那不是人的话语。古来便有谚语，大意说人死了但写的东西仍在说话。你看日记就属于这种。'死人无口'倒是万无一失。"

"我看父亲日记时也觉得歉疚。就好像偷看别人的秘密,胸口扑通扑通地跳。原先不晓得有日记,夹在父亲笔记本里来着。笔记本留下很多,都装在旧藤筐里没动。我们以为是专业方面的东西,看不明白,从来没碰过。对叔父他们也可有可无……可是,一旦要离开这个家,父亲那些东西也好像变得亲切起来,就想过一过目。没想到会有日记。"

房子似乎没理解我的话。大概也不想去理解。理所当然。我话中也没有让她理解的用意。我不是向房子和其亡父等具体对象表示抗议。不妨说,不过被死者莫须有的权威吓得耸耸肩而已。

眼下那权威移植在房子身上。房子固然好像无意盯视我,但仍是盯视。眼神虽是热恋中的眼神,但此刻满脑袋她生父的日记,且相信那日记,从而显出自我迷失的神色。

但我也反躬自省:对时子我嘲笑她有关前夫的记忆的不安全;对房子我又想要嘲笑她已逝父亲的日记的不准确。莫非出于妒意?

关于池上先生,其有生之年的一切都那么虚无缥缈,于我绝对的真实仅仅是他的死。时子和房子有没有将先生之死这一事实误认为是死者本身的真实呢?

由于池上先生的遗孀时子同我结婚的关系,其女儿房子选我为对象来听她讲述生父与时子结婚前的往事。换个角度考虑,这也堪称一段奇缘。

"还有那女人的照片呢,夹在日记本里……连照片都在里面,想必母亲没有看过。"

"有可能。"

"要是看了,还不把照片扔掉。她不会喜欢的,是吧?"

"扔照片也解决不了什么。"

"或许那样。不过,就连我看到照片心里都跳得不行。父亲的模样一点也不记得,现在却看到父亲恋人的照片,您不认为心里怪别扭的?"

"人漂亮么?"

"嗯。长得哪里同母亲有点似像非像。脖颈蛮长的,弱不禁风的样子,同样有病也不一定。"

"怕是因此分开的吧?说是失恋……"

"大概是父亲咯血把女方吓跑的。"

我想起自己当学生时的池上先生。先生喜欢足利义尚,看过宗高的《将军义尚公梦逝记》,从中推测义尚患的是结核。先生本人当时肺就好像不好。

但是,先生同时子结婚时我已大学毕业。婚前半年失恋时的先生,同我记忆中护着胸口弯腰在高中讲台上来下去的先生之间,已经隔了一些岁月。莫如说"爱子,给客人……"那时候的先生更近乎失恋。

"看了父亲日记,我可怜起了母亲。"房子低下头,向上翻起黑眼珠似的觑着我,"您没从母亲口里听说过什么?"

"没有。"

"是吗。母亲离开婆家,又结了婚,我好像可以理解了。"

我露出不悦。房子则似乎没意识到这话对我的伤害。

"而对父亲的心情,我既好像理解,又好像不理解。所以才想跟您谈一谈的……把父亲日记带来就好了,毕竟我也不愿意给别人看……伤脑筋,我表达不好。父亲说女方离去是无可奈何的事。女方家人听说咯血也都很吃惊。可父亲害怕爱情消失,以为爱情一旦冷却,自己的生命便也冷却了,死了。终究是那种病症,很可能真的丧命。父亲所说的爱情，好像不同于对那女人的爱情。他无疑对女方怀有爱情，但他所说的爱的感情，好像更为广大，更为深邃。父亲写道，自己从未这么爱过，邻人也好，大自然也好，学问也好……"

"当然。那才叫恋爱呢，眼下你不也如此？"

"嗯。"房子乖乖点头，接下去说，"然而父亲失恋了。失恋了也一点不怨天尤人，不恼恨对方。所以，那女人离开之后，仍有爱情存留下来。我想是父亲有意存留下来的。想必他一心一意想把存留下来的爱情维持在原来的高度。一般说来，原来的恋情冷却下来远离以后才好同别人结婚。父亲却相反，他要趁以前的恋情还没冷却还没远离时结婚。这是我们难以设想的……"

"怕是寂寞难耐吧？或是风流人的心血来潮……"我还想说是出于将死之人的紧迫感，但未出口。

"好像还不至于寂寞，心血来潮倒有可能，但也可以说父亲对爱情是始终如一的，哪怕对象换了……"

"哪有这么荒唐的事……不过，有也未可知。"

"父亲大概是宁信其有的。"

"意思是说因第一个恋人萌发的爱会在第二个恋人身上开花结果？"

"父亲也可能是个更多时候只考虑自己的人，只是想把自己的爱情支撑下去。"

"算是自我中心式的感伤吧！恐怕不是想支撑爱情，而是想支撑自己。"

"那倒是的。父亲很珍惜自己的爱情嘛，不愿失去自己爱的感情嘛。想必他很想让爱情高涨的自己长久地活下去。这种心情我感同身受……"

"是啊,谁都希望如此。"听房子说到这里,我不由思忖:这少女是以怎样的动机找我谈其生父的呢?

我的话语自是句句冷冷的不近人情,而房子明显在向我强调什么。瞧那一副急切切的神情,说不定她也在爱情高涨。我得抚慰一番才是。

我们也看过海棠的半个月时间里,房子来我家两次,今天是第二次。我想起上次来的那天夜里躺下后从时子口中听来的话。

房子说自己的乳房暖暖的,唯独乳头发凉。问时子是不是人皆如此。还问自己乳头这么扁扁小小的是否不碍事。

说到这里,时子微微含笑道:

"不过,这一来我真有点放心了。从这些话听来,那孩子至今都没有过闪失。不是么,是吧?"

"唔。"我对母性的心机不无愕然,"你察看了不成?"

"本想看来着,可她又没主动提出。毕竟没一起生活……"

"在澡堂不就一目了然了么?"

"那孩子不去澡堂……况且平时也不在意这类事情。到快要出嫁了,才什么都警觉起来,担心得不行。"

"就跟她好好讲讲嘛,又没母亲在身边。"

"讲了,告诉她不要紧,不必放在心上。"

我把手放在妻胸上。当然不至于因此影响谈话。平素几乎忘记这便是哺育过前夫两个孩子的乳房。及至想到房子的乳房,便将手从其母亲胸部抽回。

妻谈起以前的丈夫。

"房子也好像变得多愁善感起来，提到父亲说不上两句就眼泪汪汪的。她父亲时常把房子抱在怀里出门散步，没等出牙就塞饼干给她，那可真叫狼狈。告诉说衣服弄得一股乳腥味儿，他也硬是不肯放下。估计到底还是有死别的预感。"

"尽惹房子哭，说这些……"

"我还担心传染上病来着。反倒好，房子很早结核菌素试验反应就是阴性。"

往下我不声不响地躺着。假如房子对什么都如此敏感，对什么都如此介意，那么很可能产生我们意料之外的疑惑，尽管看了亡父的日记。或许出于不愿让妻的过去破坏自己心情的打算，我尽可能避而不谈同妻前夫有关的事。而这恐怕也是因为不具有设身处地为房子探询的胸怀。

如此想着，心情不由松弛下来，那盛开怒放的海棠花于是浮上脑际。

"就是说，你是说不明白池上先生为什么在失去恋人之后不久——趁原来爱情还没消失时就马上同别的女子结婚喽？"

"是不是呢？大约不是趁爱情还没有消失，而是持续时间里吧，或者说为了使爱情持续下去更合适。如您所说，有恋人而不得不同别人结婚的人诚然不少，但因为失恋而匆匆结婚的人也是有的。不过恐怕都属消极行为。而父亲则似乎不同，他是积极的，相信自己的爱情，并想升华下去。他认为自己从未像现在这样爱过人，唯独现在可以爱，所以才同别人结了婚。"

"不管怎样，总好像十足自我中心似的想法。"我还是憋不住说出口来。

"他大概觉得,一旦现在这个时候过去,一旦现在的爱情冷却,就绝对再也爱不起来了。"

"这个明白。"

"可是,爱情能像流水似的直接流到别人身上去吗?"

"这——"

我觉得池上先生可能怀有某种深刻的悲哀或恐惧。如若解释为害怕在失恋的打击下病情加重死去,未免过于草率。刚才房子也谈了这番意思,我也一度认为是出于将死之人的恐惧,但未尝不可能是来自其植根于性格中更加病态更加错乱的某种心理。

而我仍然不情愿在年纪轻轻的房子诱导下深入那种心理。

"啊,怎么说呢,或许像是你的海棠花吧,你父亲以前的恋爱……"

"哦?"房子显出释然远眺的神色。眸子闪着柔和的光波。

我不过随口说说罢了,但觉得房子的接受方式很是美丽,自己的话也好像随之荡出余韵。

房子脸色一亮,两颊微微泛红,一不做二不休似的说:

"想到父亲爱那个人爱到那个地步,我很有些同情母亲。不过,那个人怕也不在了吧。"

"真的?什么时候?"

"不不,只是一念罢了,看照片时……一看日记本中的照片,我就有点想见见她,怪不怪?这么着,啊,就觉得这人已不在人世了,不知为什么。"

"体弱多病的样子?"

"仅仅是一种感觉。"房子伏下头,"只是,那么结婚,对方会幸福吗?"

"你母亲？"

"嗯。"

"幸福那东西原本就说不清，不单纯取决于外部条件。"

"要是我，可不愿意。假如被失恋弄得萎靡不振或伤心倒也罢了，而父亲的情况好像属于自命不凡。他心目中唯有自己的爱情，并不把爱情的承受对象放在眼里。就算不是为前一人找替身，而是为了不使在前一人身上高涨起来的爱情回落下去而结婚——因为爱前一个人所以爱母亲，因为前一个人赋予了爱情的力量所以能爱母亲，母亲也不过仅仅在支撑父亲在前一个人身上感觉到的爱情——这样的婚姻对母亲当然是一种不幸。"

"事情并非那么机械。日记上怎么写的我倒不知道……"

"那不是没有母亲的位置了？母亲是怎么想的呢？"

"现在来问我这个？"

我本来无意厉声诘问，但房子看上去仍为之一震，上下眼睑仿佛互不相干地倏地分开，连耳朵都显得凄然寂寂。

那瘦瘦薄薄的耳轮也是她母亲的遗传。从身旁看入睡时的妻的耳轮，有时便想到我们的年龄。年轻的房子虽然耳朵颜色不似时子那样欠佳，但在她显出遭到冷落的神情时，有时就泛出凄寂的意味。

此刻便似乎因我一句话而将身子缩进壳内。孩子毕竟寄人篱下，轻易触动不得。如此想着，我说道：

"我么，尽量不跟你母亲提起她第一次婚姻，一直是这样的。"

在房子听来，也可能觉得我连妻是房子母亲这点也不愿意承认。但房子显然点了点头。

我很想知道池上先生的日记有没有接着写他同时子婚后的

事——这当然不便问房子——甚至产生一种乱糟糟的不安：关于我的妻，其前夫日记中是怎样记述的呢？

唯独房子看了那日记，也就是说唯独房子知晓池上先生与时子结婚当时的心情。我可不愿意他人戴这么一副有色眼镜窥视我们夫妻的现在。我向来觉得假如存在那样的日记和信函，那简直和幽灵差不多。

"日记里可写有同你母亲结婚以后的事？"我尽可能若无其事地问。

"没有。"房子低着头，小声细气地只此一声。

我的疑惑膨胀了。

"假如婚后仍往下写，你想知道的事不就清楚了？譬如当时你母亲怎么样，父亲对母亲怎么看的。"

"嗯，不过……"房子支支吾吾，用在我听来多少暧昧的语气说，"大概婚后怕母亲看见不妥，就把日记藏到了什么地方，所以未能继续写下去。"

"你父亲婚前那次恋爱也没有持续下去吧？该以空想告终吧？"我蓦然心想，池上先生同以前的恋人不至于有肉体关系，"那么，说什么趁爱还没冷却的时候同别人结婚也未尝不可等等，不是空想就是病态，是吧？那样的日记理应结婚时烧掉才对。"

在现在的我看来，时间已过去二三十年，又是离世之人的心情，无论怎么样都已虚无缥缈。但当时的日记的确是在阻碍过去的消逝，它正违背历史规律而变成木乃伊。倘若其子女、妻以及我今天因此受到伤害，那么池上先生的日记便不仅仅是罪恶的证据，而且可能是罪恶本身。

房子是为此来访的，总之我不能弃置不理。但在常识上我想尽量避免落到发掘妻过往之墓的地步，避免连当时的房子都沦为我掺杂着妒意的憎恶的目标，也不喜欢伴随异常心理的疲劳。房子这样的处女所以过度追求纯洁甚至连身边也不放过，未尝不是一种类似异常心理的麻烦事。由于房子的话，我竟萌生不必要的疑念，怀疑妻同池上先生的结合，除了同结核患者共同生活这点之外，恐怕还有异常情况。而在这方面我们夫妻从未敢越雷池一步。

"你父亲的日记是他还年轻时候写的，人又不可能一成不变，我们不便说三道四。只是，你不理解父亲同恋人分手后立即结婚的心情这点，竟给自己的婚事投上了阴影，是吧？"我小心说到这里，开始找机会结束这场谈话。

对我来说，较之房子的话本身，房子何以来说这样的话更是现实问题。她无疑把父母的结婚同自己面临的结婚联系在了一起。但我弄不清其父亲日记中恋爱和结婚同房子现在的恋爱和结婚在少女心目中有着怎样的关联。莫非房子猜测其未婚夫以前也恋爱过不成？

"看过日记，可有什么叫你放心不下？"

房子再次向上翻转眼球似的看着我，脸颊泛起红晕。

"也不是那样的。可以了。是我不好，跟您说这些。"

"没有什么不好，只是不大乐意听。"

"那怕是的。不便跟母亲讲，所以才跟您讲的……还就我母亲想了一些，如您所说，也是因为关系到我自己。"

"就母亲你是怎么想的？"

"但愿她能和您美满幸福……"

"噢，谢谢，谢谢。"我脸有点发热，"像海棠花那样……"

"嗯。"

"不过，你母亲的两次婚姻都不如你想象的那样受那日记的影响哟。"

"我对母亲和生父的思考，同对您是不一样的。"

"或许。不过要是同你本身的婚姻联系起来可是不对的。"

"联系倒没联系……我好像觉得自己的出生不一定纯洁……"

"什么？"我腾起怒火，"那是亵渎！小孩子怎么好说这种话！不管你怎么追求自己婚姻的纯洁，都不可追溯到自己的出生，那是不能容忍的大不敬！"

"与大不敬却是相反。如果通过介绍人，肯定要调查血统什么的嘛！"

"唔。可你自己调查自己则另当别论。调查自己的出生无非调查父母，而调查父母也全然弄不清自己出生的契机。有些东西并不能归结为父母的意志或责任。即使父母的结合是污浊的，从孩子自身的角度来看，也不能说自己的出生就污浊不堪。"

房子没有反驳，但心里似乎很不平静。

"所以提出自己的出生不纯洁，不外乎是想表示自己的纯洁，这就是大不敬。以这样的心情祝愿母亲再婚的幸福，我们可不领情的。"

房子穿上雨衣，在凄迷的梅雨中无精打采地走了。雨衣大概从学生时代穿到现在，旧了，下摆和袖子短了。大约是想掩饰这点，从后影看去整个人都像缩进了硬壳中。我并非没想追上去叫住，等妻回来一起上街，顺便给她买件雨衣。但恐怕到底受了房子话的影响，没心绪三个人一块儿冒雨上街。

我爬上二楼，枕臂躺下。

本来打算上楼找一找刊载池上先生关于足利义尚论文的杂志，

却又懒得边边角角地搜遍抽屉。那是一家语文杂志在先生死后以悼念之意刊载的。我甚至记不清自己是否还保留着。只记得先生去世后,同级同学寄来过印制的信函,我也相应地应酬了,作为纪念领了那份杂志。

从房子口里得知先生的日记,我推想可从先生唯一的遗稿——乂尚研究中窥视先生心理和性格的一端。然而又丝毫提不起兴致。毕竟我现在同曾与先生朝夕相处的时子一起生活,不便在那样的论文上嗅来嗅去。

问题是,时子追忆的丈夫同房子空想的父亲,尽管同是一个池上先生,但终究误差很大吧。房子还是婴儿时父亲便没有了,不可能记得父亲。

况且又被母亲扔下不管。就算出生本身有什么秘不可宣的东西,养育也是父母自行选择的责任。在婚姻上面,较之出生,房子或许更对自己在扭曲环境中的成长耿耿于怀。近来作为养父母的叔父婶母也似乎默认她可以自由出入生母家门。因婚约而变得亢奋变得开放的房子陡然思念起了生母,叔婶两人对此是怎样看的呢?

我后悔自己未能对房子更温情一些,她走后自己心情颇不好受,便静等时子回来。

妻回来了,也是筋疲力尽。

像是出了汗,正在整理长衬衫腰带下面的部位。这方面妻向来一丝不苟,我自然屡见不鲜。但今天却觉得心烦。妻脱得仅剩一件汗衫,敞着怀,弓着腰,背对着我。

"喂,披件衣服如何?"

"让我这么待一会儿。心情怪不舒畅的。今天没洗澡水吧?在电车上脚给人踩得一塌糊涂。"说着,时子朝左边伸出脚底板,歪身坐下。袜子也脱了，甩在一边。

我生硬地抛出一句：

"房子来了。"

"哦？回去了？"时子右手拄着草席略一回头，但并非看我，"大星期天的。"

"怎么？……"

"星期天不是想和未婚夫游逛的么？"

"噢。"

"什么时候回去的？"

"不大会儿。一小时了吧。"

"是吗。叫房子烧洗澡水就好了。"

我不由有些气恼，默不作声。

时子抱着长衬衫立起，穿进吊衣竹竿。

"这雨要下到什么时候呢？"边说边把竹竿吊在走廊上。

晚饭从饭店叫了现成的寿司。

睡前，时子烧了水，进浴室擦洗。没有动静后仍不见人出来，前去一看，见她穿着睡衣，对着梳妆镜怔怔坐着。从镜里看我站在身后，问：

"房子在这儿化妆了？"

"噢，大概吧。"

"我的口红少了一支。"

"哦？"

"拿走了，那孩子。"

"不至于吧。"我轻声道，"下次给房子买件雨衣吧。"

"雨衣？……到底还是把口红拿走了。倒不是偷，和自己没有而想得到是两码事，肯定。只是心血来潮，想试一下我用的口红。女孩子常有手不老实的毛病，那孩子怕是没有的。"

"哪里谈得上偷！"

"房子今天怕是有什么伤心事吧？没跟你说什么？"

"说了。啊，等去那边……"

"嗯。拿我的口红有什么用呢，她用又不合适，很素气的……就这种颜色。对我倒可能有点艳。"

时子把脸凑近镜子，涂了口红给我看。洗去淡妆的脸上唯独嘴唇红红地浮起，颜色比日常化妆还要浓。我边看边说：

"会不会掉到哪儿了呢？"

"不会掉的。是那孩子把用开头的拿走了。"

"好了好了……"

我从身后把两手放在时子肩上。时子抓住我的手站起，到走廊也没松开。虽在幽暗中走动，我仍能觉出妻的口红。

"我说，那孩子说什么来着？告诉我……"妻不无献媚地问。我吻住她的嘴唇。

时子"呀"一声贴在我胸口上。

"我，猜猜那孩子的话好么？问你是不是不愿意同初婚的结婚，对吧？"

"胡说！"我扬手打在妻的脸上，自己都吃了一惊。

时子捂住脸，呼吸急促起来。

"可她最近还跟我那么说来着，跟我……"

我赶紧脱身似的说：

"今天房子说的，概括成一句话，就是你前一次的婚姻是否幸福……"

"前一次婚姻？她又做什么文章了？"

"对她似乎是个问题。"

"对你呢？"

"算了吧！"我重重地打断，"不过，和病人……夫妻生活持续到什么时候？"

"别问了。"

"什么时候？"

"到死啊。"

"到死？"

"是的，是到死！"

冷冷的呼喊使我一阵战栗。

"被垂死的病人……"

"是这样的。"

五

婚前的少女期望自己生活在幸福之中生下幸福的孩子。房子从而追溯到自己的出生。探索自己是不是双亲幸福婚姻的纯美的结晶。这显然证明她对此次婚姻是那样真诚与执着。房子希冀以纯洁而完美的身心投入婚姻生活，以致对乳头的瘪小心存疑虑，甚至想调查怀胎时的父母。尽管房子和我处于相互对峙或敌视的立场，但终究因她母亲的关系而结下了亲缘。既如此，我还是应安慰一番房子才对。时子作为母亲将为女儿的结婚祝福。而这祝福若没有我的积极参与，房子接受起来难免蒙上凝滞的阴影。这种时候我需要设身处地地为房子着想。毕竟一生大约只此一次。我是同结过婚的女性结婚的,同有前夫子女的女性结婚的。我并没有硬要将那前夫及其子女从妻身边一笔勾销。我觉得那是一种徒劳。

但今天站在房子角度想来,时子作为母亲对女儿似乎有些冷漠。时子在丈夫死后丢下两个孩子离去,固然是出于想避开丈夫弟弟等不止一种的情由。但即使在离开婆家而同我结婚之后,较之世上其他同子女生离的母亲,时子对待房子兄妹恐怕也算是冷漠的。当然,其冷漠的姿态或许是对婆家对养父母以及对我的一种情理或义务。问题是时子的本性中难道就无此因素吗?而我自己又有没有强制时子那样做的表现呢?对此我开始反复思考。说不定也是房子的纯洁给我的微妙影响。

因我们之间没有孩子而向妻提出领养房子,已经是很多年以前的事了。

"你也有私生子,一起领来怎么样?"妻半开玩笑地把话岔开,"我是再婚不错,可你说不准是十婚二十婚哩!"

妻的意思无非是男人独身过到三十五,有私生子也无足为奇。经妻如此一说,我回想起青年时代,各种奇思怪想顿时纷纭而来:也可能有哪个女人瞒着我生下我的孩子,偷偷将其养育成人。其实我的男女关系并没达到妻说的那种程度。不过,再婚的妻在头脑中为初婚的丈夫描绘出并非特定配偶而是暧昧的女人幻象,莫如说有一种通过由此产生的心灵痛感而忘却自我愧疚的妙用。时子所以不曾深究我婚前的两性关系,莫非是因为我不追查时子前次婚姻不成?过去只要团团裹好,便不至于现在出来张牙舞爪。

岂料,自己从房子说她看了池上先生日记的话中,竟连先生同时子结婚前有个恋人这类不必知道的事都知道了。而且据说是趁前一段爱情尚未冷却也不想使之冷却的时间里同另一女性时子结婚的。不知时子是否知道这点，还是同我结婚时早已忘却。如今想来，时子所以不触及我的婚前交往，估计是自身有往日旧伤的缘故。以我现在的年龄看来，在二三十年前的日本，虚岁十九的新娘，心理上无疑是幼稚而单纯的，甚至使我觉得娇小可爱，撩人情怀。虽说是他人而不是自己的新娘，我仍然多少生出奇异的错觉，以为是自己的新娘。也许是年纪大些而变得迟钝的关系，我只觉得惹人怜爱而并无妒意。纵使池上先生婚前有过恋人，年方十九的时子想必也只能乖乖地忍气吞声。

大概同样因为年龄的缘故，我并不怎么羡慕别人的恋人或妻子的漂亮。尤其目睹带小孩的母亲时，觉得小孩不仅不妨碍母亲的漂亮，反而为其增光添彩。若喜爱孩子，便喜爱母亲，喜爱带孩子的母亲。而现在才意识到，这种中年人的厚脸皮中，很可能潜藏着自己的妻即是带小孩女子这一因素。我提出领养房子，又自然而然似的允许房子出入我们的家门，这种做法一方面也是想在房子与我们夫妻之间维持适当的距离。自己是否因此而隐约怀有愧对妻子的心理呢？我被别处带小孩妇女所吸引，莫非是因为无意之中将对方看成了自己妨碍或未允许的时子形象？总之我不擅长探索这样的心理。

"把房子领养过来……说领养不大妥当，本来就是你的女儿嘛，"我改口道，"即使领养过来，怕也到出嫁的时候了。"

"怎么说呢，恐怕早了一点儿，才二十一。"

"你自己不是十九结婚的？"

时子没回答，边削梨边说：

"房子说她要是这次婚姻受挫，可就无家可归了。作为那孩子，有这念头也在所难免。"

"无家可归更好也说不定。如今的婚姻真是不保险。"

"但也够可怜的。"

"到时候领我们家来就行了嘛。"

"有你这句话,房子不知多高兴。"时子不无动情地说。旋即语气一转,"可房子不会来的吧,而且我也不喜欢嫁出的女儿再回来。"

我默默伸出手。时子递过削好的梨,却又略微一笑递过毛巾来。我出了汗。我们夫妻两人都是极爱出汗的。

"房子既然希望我们幸福,那么无论如何都不会来搅乱这里的生活的,想必。"

我本想说已经有点被她搅乱了,但压了下去,转而道:

"不过,房子对于婚姻幸福的期待,大约有点怕人味道吧。就算是恋爱,也类似一种信仰。而若不是信仰,难免事与愿违,是吧?"

"嗯。才刚提到年龄——我对房子说在她这个年龄我已经结婚生下她哥哥了。结果房子说不对,说'妈妈是二十八岁结婚的'。我吃了一惊,脸也大概红了,不知该不该这样去想……房子倒是很一本正经的。"

"还是十九结婚可爱。到二十八岁,都成老油条了。二十八对三十五,怕是双双对人生基本绝望之后的结合……"

"我没那么绝望吧?要是绝望,不至于有两个孩子还结婚的。我比房子还乐观着哩!房子也好她哥哥阿清也好,让叔婶照顾未尝不可,但为什么就不退学去自食其力呢,我就这么想。"

"可话又说回来,如果房子不是乐观型,也是被你遗弃造成的。在她扬起风帆的现在,你该做一点补偿才对。不必顾虑我的。"

"说是那么说，可怎么做才好呢？"

"这也问我不成？"我苦笑道，同时想起房子也问过同样的话，"不特意考虑怎么做或许也可以的，母女之间的感情已经由于房子的幸福沟通了嘛！"

我的回答根本上似乎没有错。往下只需将母亲特有的祝福以形式体现出来就可以了。然而不知不觉之间，我还是对这自鸣得意的回答加以反省和怀疑。时子和房子间母女感情的沟通会不会并非始自今日而是一以贯之的呢？单纯地说来恐是如此。只是由于夹在作为房子养父母的叔婶和作为时子后夫的我等第三者之间，而仅仅装作未能沟通而已。或许房子本身也以为没有沟通，而那只能说明房子的心并不像现在这样纯净。

房子甚至问过我离奇的问题，问我是不是不愿意同初婚之人结合，是出于沟通过度的亲昵吗？想必因为房子将作为初婚之人结婚才道出这种话来。但在我听来，既纯洁无比，又淫秽至极。

这种事对于我已不过是回忆的问题了。但我根本就不具有地道初夜的记忆。也许代之想起"爱子，给客人……"我惊叹那生命火焰的炽烈，崇拜其为有别于现实的另一世界的象征——由于这种感觉的经久不泯，不妨说更属于精神层次的记忆。

肉体的记忆比精神的记忆还要不可靠。例子倒是有点奇特——房子那次雨天来访过了些时日，一个梅雨过后的盛夏里的一天，发生了这样一件事。

时子自己将脚踝骨往上的部位牢牢绑好，把细绳递给我说：

"用这个把膝部往上也紧紧绑住！"

"绑住怎么着？"

"病人这么折腾我来着。"

"哦？"

我明白了。也是出于好奇，我把时子膝部往上的裸腿绑了起来。

然而时子并未显出受苦受难的神情，仅仅有点异样。我也没兴致寻根问底。

"傻气，何苦绑起来？"

"是够傻气的。"时子重复道。我解绳时间里，她显得不胜羞赧。

时子再也体验不出往日那种病态刺激。记忆或许残留，实况已无法再现。

把腿绑住也许出于某种心血来潮，但它很可能使得时子同时从其他病态记忆——时子的告白也罢，苦诉也罢，危险的游戏也罢，抑或其他什么也罢——中解脱出来。从中我推测抱病的池上先生还是有些异常。解开腿后的时子流露出要哭似的欢喜，我自然不至于抱怨她的这种尝试。

那种不妨称之为性爱式家风之类的东西，我们夫妻之间也同样存在吧？既然所有夫妻间都似乎存在，我们也应不例外。迄今为止，自己好像并未因此而自我感到困惑和狼狈。而这很可能又有点过于玩世不恭。即使女人身上被前一个男人刻意训练成的某种东西，自己也以不无好色之徒意味的自信视之为天赐佳果和那女人获得的生之恩宠，而这未尝不属于自作多情。也有可能池上先生虽使时子生下孩子却仍为我保留了一方空白，我因此得以将时子塑为天赐佳果和大自然格外的馈赠，从而使自己忘乎所以。可是，还有一点也令人疏忽不得——时子未必对我全部亮出她以前的性癖。那是作为女人所能遮掩的吗？绑腿即为一例。从十年后才突然不打自招这点来看，说不定还有什么秘而未宣。纵使时子身上那病态家风已然成为过往,也无法轻易断定其原本就比健康家风难以维系。

我似乎自愿粘在蜘蛛网上。真实莫不就是蜘蛛网?

两三天后,我试着对时子说:"你要好好告诉房子,维持婚姻要晓得好多条路:暗路、弯路、逃路……"

"嗯,日前跟房子说来着。要她不要多说,只管爱就是。"时子回答。

"不要多说?"我重复一句。时子可能泛泛而论,但我觉得对房子恰如其分。刚来我家时,房子看上去是个沉默寡言的少女,而实际上却似乎是个开口振振有词闭口头头是道的人。也许成长环境所使然。在叔父家里,哥哥阿清有家庭教师,房子则照看孩子,待遇不同。这点房子在她还在女校上学时就说过。

池上先生去世后,曾有过叔嫂撮合之说,而小叔第一个孩子出生后不久,又把阿清和房子领养过去,这对于年轻夫妇非同小可。时子为之感叹不已。仅此一点就足以使她认为先生的弟弟是大好人。时子没见过丈夫弟弟的媳妇。假如时子也被请去参加房子婚礼,会自愧无颜见房子婶母。

这段时间,房子在我家也俨然成了主人。虽说女儿从小到大都不在这个家里,时子也还是为女儿婚事欢欣鼓舞。叔父家也多少有些准备,房子无疑也升到了主人公位置。不过相比之下,房子恐怕更是因此第一次成了其自己本身的主人公。我不由新发现似的惊叹爱情力量的伟大。无论时子抛开孩子离家的内疚,还是房子成长过程中没有母爱的酸辛,都好像短时间里得到了补偿。

就连哥哥阿清现在也好像沉到房子的幸福中来。

下班路上我一下电车,见时子领阿清走来。阿清虽然还是学生,却穿一条时髦的藏青色西裤,看上去活像换了一个人。头上戴

一顶崭新的浅色檐帽。晒不黑的白脸异常的光滑。我想起池上先生,反而热情招呼道:

"好久不见了,不再回我家坐坐?"

"阿清说他暑假外出打工,今天公司体检,就溜了出来。"时子说。

"为什么?"

"要是查出点什么来,影响房子的婚事就麻烦了。"

我不由觑了一眼阿清。阿清慌忙道:

"再说我也不愿意……"往下便含糊了。

我于是不再勉强拉他回去,走进电车道旁的饮食店。金鱼缸里的水已经浑浊了。

阿清的背影在傍晚的人群中仍很显眼。不像池上先生那样驼背。

"好个美男子嘛,值得装扮!"

依我的感觉,阿清已懂得女人。年轻男子的皮肤盛夏闪着冷油般的光,我总看着不大顺眼。也可能是一种偏颇。

以前我就听说阿清肺不大好。若马上透视,担心出现疑点。我记得房子跟我说的话,其生父便是咯血把女友吓跑的。万一沉溺于女色,也可能咯血甚至早逝。房子幸福的旁边已有不幸在涌动。房子的幸福难道也将昙花一现?

我没对妻提出阿清的病,以为妻会主动谈起。待回到家,妻却说:

"正像你说的,阿清变得漂亮了,我也吃了一惊。鼻子嘴巴却一副馋女人的样子……"

"俏皮嘛。"

"说起漂亮,阿清小时候倒像是认为我漂亮来着,今天就说到这个。他说在我离家以后,房子思慕父亲,而他则觉得我好。房子父母都不记得,而他则双双依稀有印象。依他的记忆,并不觉得母亲不好,再说母亲还活着。一次我告诉房子,父亲曾抱她外出散步,而阿清自己则记得。说我背着他,他觉得我后颈很好看……"

"后颈?"我一惊。

阿清还说:房子婚礼略略提前,定在九月十七日。

进入九月的第一个周日的下午,房子路经门口时进来,说她去镰仓,求时子一起去见见她的未婚夫。房子晒得蛮黑,说和未婚夫常一起去镰仓海边游泳。

"莫名其妙!眼看举行婚礼了,怎么好晒得那么黑?擦粉都盖不住的。"

"她说不要紧,都已经加小心的了。"

"房子会游泳?"

"会的。"

房子说今天去男方家寒暄一下,婚礼前就不再去了。她想让母亲参加婚礼,故先让母亲见一见男方。我以为时子也到男方家去,房子却说把男方领到海边,让时子在海边等着。时子不禁同我面面相觑,一时答不出话来。时子说有失体面,不去。房子便要哭出似的哀求。

"要是你义父去的话,去也可以。一个人可懒得去。"

"这是为何!我不奉陪!"我紧张起来。

"还不明摆着:我一个人去,活活成了小偷乞丐,狼狈透了。要是你肯同行,多少像那么回事。"

这怕就是女人心理。在已经使得房子变强的幸福这种利己主义面前,我也败下阵来,勉勉强强跟出门去。本来就没积极性,便在银座买礼物时趁机歇了一会儿。到镰仓已是薄暮时分,茅蜩鸣声四起。

房子往海棠寺那边走去,我和时子径直走向海岸。

刚届九月,由此海滩冷冷清清,连不知夏日喧嚣的我们两人也感觉出了海水浴场初秋的凄寂,唯有夏日嬉闹的遗迹。沙滩后侧正在修路,更平添了荒凉的况味。更衣场的一排席棚成了寒伧的空壳,没有风却好像有风穿过。有的地方已经破烂,瑟瑟作响。垃圾烟经久不散。游艇出租亭和橡皮船出租亭前像是搭过遮阳棚,现在连柱翻倒在地。

"不是西瓜苗?"

听时子如此说,我也停住脚步。两片小叶星星点点地冒出,如一方苗床。

"是西瓜苗,到处都是。"

面积相当不小。大概是夏天游客吃罢西瓜扔下的瓜子发出的。一片嫩芽仿佛在诉说男女的杂沓和食相的贪婪。但在这秋季的沙滩,西瓜生得出芽也是长不大的。不知是种子犯了某种错误,还是落地生芽属于种子的宿命,这片双叶群可怜巴巴地立着,如在倾诉对生命的无知。仔细看去,西瓜芽越看越显得多。而沙滩,则给夕晖抹上了一层淡妆。

低矮的山岭从稻村崎一直绵延到长谷观音的后头。山岭的上空,火烧云细细长长地向上舒展开去,俨然火焰高高喷向长空,但斑斑点点仍有白色遗痕,显出原是白云的面影。

夕晖投射在靠近海岸的波浪上。目睹淡淡镀上一层彩色的波光浪影,我竟忘了此行的目的,一时心旷神怡。在海滩打秋千的年轻男女也甚是赏心悦目。女的一身素装，男的亦着白裤。两架秋千各朝不同方向起伏，交错时似有所语。

时子一直目视波浪，注意到秋千比我迟些。

"哎哟，那不是房子么？"时子突然说。

"房子哪里能先到？说的什么！"

不过，从时子把秋千上两个年轻男女当成房子他们这点上，我感觉出了时子的母爱。

秋千一直升到山岭幽幽的曲线，在即将冲上霞空的刹那间倏地滑下。

一男一女便是这样交替着周而复始，颇有羽化升天的架势。

听得人语回头，见一个席棚主人模样的男子正向领狗前来散步的一家人搭话：

"收拾得差不多了，正叫小工他们喝一盅呢。"

还说今年好天气不多，来海水浴场的游客比去年锐减一半云云。

两人在沙滩坐下。东方天空没有云絮，被夕晖映得通红。

房子跑来。从西瓜苗那儿跑到我们身旁，花了不少时间。

房子气喘吁吁，说：

"妈，抱歉，不行的。他说不愿意瞒着我叔父来见面。我问'难道妈妈就不是我妈妈不成？'他说妈妈倒是妈妈……"房子像要扑在时子身上似的坐下，抓住时子的手。

"是么？我无所谓，可你没说义父也一起来了？"时子单刀直入。

"我没关系的。算了算了。好久才得看一次海，喏，这景致简直是仙境！"

房子略微发青的额头和稍粗的睫毛，也仿佛染上了夕晖的光彩。

"照他所说,静等时机好了。这以前时子不是已经等了十多年了么!"

不是前两天才第一次听说阿清认为母亲长得漂亮么!

"房子,看那海浪!"我催促道。

房子若只觉愧对母亲和我而漏看这难得的海浪,委实令人惋惜。如此动人的波浪恐怕一生也见不到几次。而且,如这海浪留于记忆,房子那力图让恋人见一见抛下幼小的自己离去的母亲并想请母亲出席婚礼的苦心,想必将在庄严的晚霞装点下永远浮现在房子的心际。或许同时记起催她看海浪的我也未可知。

终归,时子未被邀请参加房子婚礼。但在房子再三请求下,在两人出发去新婚旅行时,时子装出若无其事的样子去了东京站送行。这样,就大约不必视为幸福利己主义。我没有阻拦。

由于房子的婚事,时子的前次婚姻在我们之间投下往日及去世之人的阴影,我也一度陷入困惑,内心泛起始料未及的亢奋的战栗,连自己都为之愕然——而现在,总算像是平复下来。

(1948—1952年)